北漂诗篇

师力斌　安琪　主编

中国言实出版社

图书在版编目(CIP)数据

北漂诗篇 / 师力斌，安琪主编 . -- 北京：中国言实出版社，
2017.4

ISBN 978-7-5171-2247-0

Ⅰ . ①北… Ⅱ . ①师… ②安… Ⅲ . ①诗集－中国－当代 Ⅳ .
① I227

中国版本图书馆 CIP 数据核字 (2017) 第 040801 号

策 划 人：王昕朋
出 版 人：
总 监 制：朱艳华
责任编辑：肖　彭
文字编辑：张　强
　　　　　张　朕
封面设计：不识北
内文版式：
内文插画：安　琪

出版发行　　中国言实出版社

地　址：北京市朝阳区北苑路180号加利大厦5号楼105室
邮　编：100101
编辑部：北京市海淀区北太平庄路甲1号
邮　编：100088
电　话：64924853（总编室）　64924716（发行部）
网　址：www.zgyscbs.cn
E-mail：zgyscbs@263.net

经　　销　新华书店
印　　刷　廊坊市海涛印刷有限公司
版　　次　2017年4月第1版　　2017年4月第1次印刷
规　　格　710毫米×1000毫米　1/16　22.75印张
字　　数　280千字
定　　价　68.00元　　ISBN 978-7-5171-2247-0

代序｜北漂一族的文化想象和精神地图

师力斌

一

"北漂"概念人们早已熟悉，但对北漂诗人的了解却付之阙如。据相关统计，目前北漂的人数最少在 800 万左右，数量庞大，三教九流，藏龙卧虎。北漂诗人更是其中一个独特的群体。他们怀揣梦想，从大江南北天涯海角来到燕山脚下，前仆后继进入首都的各个行业，分布在京城的各个角落，为自己也为北京奉献才华和心血。同时还写诗。把这些北漂诗人的诗意收集起来，呈现出来，将是怎样一种面貌呢？

《北漂诗篇》尝试呈现北漂诗人的文化想象和精神地图。编选创意来自北漂诗人安琪。她是资深北漂，对北漂一族情有独钟。这个创意激动着安琪，也激动着我，并得到了中国言实出版社及社长王昕朋先生的大力支持。该社一向有关注农民工的传统，在十年前曾出版过一本《中国农民工调研报告》，获首届中国出版政府奖。王昕朋先生农民工二代题材的长篇小说《漂二代》在人民文学出版社出版后也产生较好的反响。我们认为，北漂诗歌不仅是一种具有中国特色的文化现象，也是中国社会进步的一种象征。北漂诗歌蕴藏着当代中国社会丰富的文化诉求和创造性的文化想象。因此，我们想在现有的中国诗歌地图当中，在古典诗歌、外国诗歌、百年新诗经典、当代名家诗选，以及各种琳琅满目的诗歌地标当中，再增添北漂诗歌的新地标。北漂诗歌是个空白。这个空白应该填补。

《北漂诗篇》逆明星文化潮流而动，聚焦沉默的大多数。新媒体时代是明星时代，各种明星闪耀于我们的日常生活，光彩照人，眩人耳目。然而，终究只有社会名流、演艺大腕、商界精英，简单说就是高富帅，能够进入明星行列。生活中总是那么几张脸，手机广告上的冯小刚，喜剧评委席上的冯小刚，影院银幕上的冯小刚；新闻里的马云，论坛上的马云，发财指南上的马云，就差马云写诗啦。中国十三亿人，被文化筛选出来的竟然只有这么几张脸，这不是一个理想的文化生态。成名既是一种梦想，也是一种社会机制。官二代，富二代，文二代，星二代，他们成名的机会要远大于草根阶层的孩子。成名与沉默，较量的不仅是个人能力，还有机制。后文中提到的小诗人李圆圆的成长史，可为这种机制的印证。社会与自然一样，多元共存才是正道，只有绵羊没有老虎，生物链会发生危机，只有老虎没有绵羊，更无法持续。文化平衡是一个社会安定和谐的重要因素。编这本诗选，目的非常简单，就是将更多的创业者的心声传达出来，听听他们怎么看待自己身在的城市，怎么看待自己的生活，怎么看待这个时代，为中国诗歌提供了怎样的新元素。北漂一族当然不乏功成名就者，但绝大多数是沉默的。愿这本诗集能做悄无声息的北漂一族的小型话筒。

《北漂诗篇》是网上公开征集的结果，从众多的来稿中精选，挂一漏万。即使这样，一百来位诗人也让我们看到了与其他任何一部诗选完全不同的面目。梁小斌、车前子等许多知名诗人的加入，极大增添了这个选本的艺术含量和精神分量。当然，我的解读着重于诗人们的"北京"想象，对其他的意义空间关注较少，只好恳请诸位诗人朋友们谅解了。

二

首先是对北京的感受，也就是理论上的文化认同，可谓千差万别，形形色色。

有的人基本认同，"北京就是我的家"（许多《北京，北京》）。有的完全排斥，"这是一个巨型的城堡 / 我们没有自己的位置 / 将肉体变卖 / 或许比不上 / 二舅家的一口田猪"（于丹《这里是北京》）。相当多的是权宜心态，"北漂，落脚而已。"（鲁橹），"我从来不是我的 / 和家一样可靠的名字是我租用的"（老巢《和家一样可靠的名字是我租用的》），"北京如此大 / 像一个胖子，充满亲和力 / 而我临时住在这里 / 辅以外省人的热情 / 白天萎靡，夜晚亢奋 / 和京腔保持着谨慎的距离"（广子《住在石景山》）。不乏对生活和梦想的坚守。"请原谅 我依然写诗 / 依然在这个尘世上忙碌与热爱""而剩下的 剩下的就是 / 我们微笑着 回赐这个世界的风骨 / 静静地看着 美好的事物再次 / 悄悄地发芽 开花 结果"（娜仁琪琪格《我有我的九万里山河》《大风至》）。

张祈笔下的生活有着鲜明的现代性审美观念及高度的艺术性，他写出了现代人奔波挣扎的心态与漂泊无根的精神处境，纠结而又温馨，破碎而又完美，"明天它们是否还会振翅起飞 / ——那颗不时被充满被移空的心 / 又将要向着哪里翱翔？"（《夜色中的停机坪》）。"我走过珠穆朗玛 / 我放牧贺兰山下 / 我抚摸野草的丝绸 / 我咀嚼凋零的花儿 // 我听到一支歌谣 / 来自大地深处 / ——宛若灿烂的星河 / 它从岩石的胸膛涌出 // 那是真实的历史 / 那是燃烧的记忆 / 那也是永世的爱恋 / 是无尽的苦难与叹息 // 我写下这首诗 / 我剪断这根琴弦 / 我要去赶赴千年的约会 / 转过身我就消失不见"。这首诗大气的思想，丰富的感受，起伏的音乐性，结合得那么恰到好处，甚至让我忽生现代王之涣的幻觉。张祁的《小别离》则有罗大佑歌词

《滚滚红尘》的曲折飘缈之美。张祁诗歌的丰富圆润处在于，他不但写出了奔波与疲劳，也写出了停驻与安慰，不但呈现了破碎与忧伤，也唤醒了幸福与希望：

温暖如节日的问候
在融雪的初春夜晚传来

妩媚的焰火，杂乱的鞭炮
灯光明亮的餐馆

这一切都使异乡的游子
感觉到一种淡淡的忧伤

其中混合着难以言及的
希望与幸福
——张祁《温暖如节日的问候》

程一身对北京的感情同样纠结，深沉的爱恋和强烈的陌生感纠缠在一起，"我来到北京汇入陌生的人流 / 身边走着刚下飞机和高铁的人 / 已经变成市民的人和农民工 / 只携带着金钱和欲望的男人女人 / 心怀梦想的人遍体鳞伤的人 / 无论活着还是死去都被忽略的人 / 厌倦尘世又不肯自杀的人 / 现在活着下一秒就会死掉的人 / 我来到人间看到这么多陌生的同类"（《我来到北京》）。"可以持续留在校园里 / 未名湖，偌大北京城 / 只有你容我随意探访告别"（《重返未名湖》）。蔡诚表达了与张祁类似的复杂体验，"当她在容纳梦想的房子里飞翔，他觉得 / 走向它，人生再疲惫，成功这个词 / 已写在他的眼睑上，真实的像头上的白发"（《幸福了吗》）。"生活只有一面，奔波，快餐 / 地下室 和蛰入心中的孤独 / 在北京，7 年了，他跨不过这篱墙 / 但仍没有离开，黑暗里的一口井 / 一盏灯似的光亮中，他像风中的芦苇 / 金灿灿的暮色里，倒下又扬起"（《快递员速写》）。

还有更多的体验。

肆虐的雾霾成为抒发的出口。"没几天 / 一种叫做霾的东西让我猝然倒下 / ……我用了二十年才丢掉暂住证 / 你却用一页诊断书判了我死刑"（老肚《哦，北京》），"傍晚，如果你胆子大 / 去和雾霾约会……用我的诗吸毒 / 用缺席的天空为雾霾送葬"（潇潇《我的诗有毒》），"雾霾将一切撕碎 / 又将这一切愈合成 / 你陌生的样了。"（郎启波《想念一个人》）。"雾霾在天上运行，如同罪在大地上运行"（天岚《霾行天上，罪行天下》）。有对户口制度的感受，"今天。看全家的户口簿 / 很像看全家福"（姜博瀚《户口》）。有对频繁更换住所的无奈的调侃，"我从上个世纪 / 到本世纪 / 我干在金台 / 住和睡在庙啊寺啊 / 比较多的，是／坟"（张小云《住处》）。"搬家……真累／每一个北漂者／都累过无数次／在累中感受／活得沉重和死的轻盈／灵魂飘升／梦一样的蒲公英／飞扬，翱翔"（张晴《活着还是已死》）。有对电梯的细腻感受，"电梯的声音隐逸／一整个都城的人／在一根消音的梯子上攀登"（回地《电梯之诗》）。有对北京的文化提出精神层面的要求，"她说上海比北京时尚／时尚从来不是／女人戴了什么珠宝首饰／穿了什么牌子的衣服／用了欧洲哪国的香水／男人开了什么车子／而是像唐朝／时尚的人都读过李白／或者像曾经的英国／贵族没读过《国富论》的会被嘲笑"（卫行《时尚》）。有被忽略的痛感，"我们住在北京城的地下室里／日复一日的为生存而奋斗着／我们活过，像从未活过一样"（杨泽西《北京地下室之蚁族》）。有对爱情的绝望，"我将要嫁给一个陌生的人／委身于一块凄冷的石头"（李柳杨《我将嫁给一个陌生的人》）。有的痛哭不像雨声，而像瀑布，那该是多么大的委曲与痛苦！（石梓含《哭泣的声音》）。有对城市化进程的感喟，"我始终找不出古老和荒凉这样的字眼／驻扎在心上的那片城廓啊／庄稼地越来越瘦／人和车越来越多"（楚红城《在周口》）。车前子、阿翔、李荼等人的诗，更是高度抽象的体验，有时诡异，有时直接尖锐，很荒诞又很真实，能在变形的基础上抵达写实。李荼《如果女人天生爱美》是一个狠角色，《两个橘子》又温柔敦厚。祁国的诗直接，敏锐，生活化，仿佛诗人站在眼前说话，形象留住这个时代的某些片刻。王夫刚以一首诗为1995年的北京留影，道出那时飞速发展中复杂的面相，"三环路上的车祸／没有影响广西大厦的成长；垃圾场／使都市愈加繁华；走出一千里的／山东方言，听上去越来越接近方言了／／半块墙砖出现松动，脱落，长方形的／事件，渐渐露出背景复杂的脸／我们的舞台尚未搭建／向首都致敬，尚需假以时日"（王夫刚《〈潘家园〉——为1995年而作》）。

三

讨论下面几个主题，有助于理解北漂诗人的精神世界。

对亲人和故乡的思念，是抒发最多的情感主题之一，近30位诗人在诗中书写父母。"有时，北风还装成母亲的声音喊我"（许烟波《北风，在窗外喊我的名字》）。"那些干瘦的树枝上／那么多空空的鸟巢／那么多双空空的无神的眼睛／望着空空的天空"（许烟波《冬天的旷野》）。"当父亲谈及因此病突然死亡的同伴时／建筑工人、服务员、农民工、搬运工……／这三十多年来陪父亲一同受苦受难的称号无一幸免／都随着父亲的一声'老了'而一并逝去"（杨泽西《苦难》）。对千里之外小女儿的思念，"宝／虽然妈妈手机里有爸爸／你也不能总用舌头去舔呀／吧唧吧唧的／真有那么好吃吗／都舔坏三个手机了……在北京／德胜门／55路公交车上／爸爸正低着头／是是／低着大头／看着手机里的你／傻乐"（刘不伟《拆那·刘春天》）。

小诗人李圆圆对北京的感受是最特别的，与外婆一起捡破烂在她幼小的心灵中留下的记忆，令人心酸：

> 当我学会走路的时候
> 外婆用绳子拴在我的腰上
> 像遛狗一样牵着我
> 走街串巷去捡破烂
>
> 我常常盯着喝饮料的小朋友
> 他们的空瓶子就是我的硕果
> 我常常恳求发传单的大姐姐
> 她们的广告纸就是我的收获
> 我常常比别人眼睛尖跑得快
> 挣脱拴我的绳索抢到废纸盒
>
> 外婆夸我是孙猴子
> 捡的破烂比她的还要多得多
> 我说外婆是猪八戒
> 背麻袋像背媳妇双脚打哆嗦
>
> 外婆捡破烂
> 我在捡欢乐
> ——李圆圆《北漂的童年》

　　在另一些诗人当中，玩世不恭或寄情山野，成为他们面对现实的无奈选择。"我像一个孤寡老人，在这/过去属于皇帝的园子里/一切感觉都挺好的/克里米亚公不公投和我没有多大关系/不仅仅是离得远。只有马航/还能牵住了我一小半的心……乏了我就闭上眼睛眯片刻/太阳照着，这日子很美，无人打扰/一个人独自为这块大好河山活着……"（张后《为这块大好河山活着》）。谢长安的思路新奇怪异，他少谈人世，多谈自然，在生活之外的天牛、蝉、甲虫等身上发现的，依然是令人震惊的人道主义力量，"于是他提议，回归现实主义/在你们的防盗门上重贴两张照片/左边碧波荡漾、威严肃杀的螳螂/右边赤红如焰、腾云驾雾的蜻蜓/它们能消灭一切/恼人的蝉鸣与蚊蚋"（《门神》）。同理，李成恩的《过西域》《草原铺薄雪》几乎可以说是被城市逼出来的、移情大自然的想象，她诗歌中"雪还洁白""沙驻额头""风吹遗骨"的、多雪多沙多风的西域，恰是对拥堵、杂乱、聒噪的城市的逃离，她的"脸上有白云翻滚"的牧马人，必是对面无表情的市民的厌弃。王秀云强烈向往旅游佳处，以躲避城市的喧嚣与污浊也是这样的心态，"你要到文成去，离开坚硬的城市／接受翡翠湖柔软的目光，你要喝一口真正的水／让月亮和星空进入肺腑"（《你一定要到文成去》）。

对亲人和故乡的怀恋，玩世不恭或寄情山野，都是疏离感的体现，是对北京在精神上缺乏认同感的表征。那个流行词汇"诗与远方"，在此恰是部分北漂诗人的生动描述。所谓北漂是一种权宜之计。"我曾望过天空，望过 N 架次南航的黑蟋／我望过轻轨，望过飞驰的京广线／我手上／连一匹树叶也没有"（黑丰《在北方过年》）。一无所有，期待远离，并非与现实一一对应。这些诗人在现实中可能有所收获，成绩不菲。逃离源于现实的无力感。

我特别注意到诗人们关于呼喊的悖论式抒写。许多诗人写到京城茫茫人海中的呼喊，却无声喑哑，孤立无援，让我想起蒙克的名画《呐喊》。"呐喊。一个人的海啸。卑微到／可以忽略"（孤城《草木人间》）。"嘶吼呐喊谁人痛惜扼腕／守望是五指山下的悟空"（孤狼《守望》）。"那假寐的钟表在清点我内心的恐惧／叫喊像一辆呼啸而过的救护车，穿过美容院／为时间减肥"（左安军《时间把所有的重量压在我身上》）。"但呐喊始终未被听见，一个低回声团块／始终沉默"（蒋立波《蝉衣》）。周瑟瑟《一个男人在马路边大声喊》就描绘了这样一个在巨大城市里孤立无援、无处发泄、大喊大叫的主体形象。白连春的呐喊也许是最惊心动魄的，"我的心里沉默着十万个你，坚守／贫穷和疾病，叫喊着十万个你，捍卫／朴素和善良"（《我的眼睛里噙着狂沙十万里》）。将这些喊与后文将提到的打工艺术团孙恒的喊对比，就可以看出完全不同的精神状态："他带领大家高声喊：兄弟们！／团结一心跟他干！团结一心跟他干！"（《团结一心讨工钱》），前者是孤立的，后者是群体的，前者是无奈的，后者是有主心骨的，前者是消极的，后者是积极的，最重要的，前者无济于事，后者心存希望。我们当然可以做多种理解。一方面，这些无声的呐喊录制了心灵的音轨，呈现了北漂一族压抑无奈、艰难痛苦的精神处境，有独特宝贵的价值。另一方面，从社会来看，这些外来创业者，呼唤无门、孤立无援的社会处境，则应当引起社会的关注，尽快为他们创造更好的就业环境和文化环境，不应让此种困局长此以往。我很少在北漂诗歌中看到参与的形象。要么是旁观者，要么是受难者，要么是愤世者，要么是隐居者。而在现实中，他们很可能是业务骨干，IP 创意者，活动的发起者、参与者、组织者。这种精神分裂或许是北漂一族最复杂、最值得关注的历史体验。

四

从职业来看北漂诗人，也许是另一个有意味的角度。入选《北漂诗篇》的诗人来自众多行业。文学、戏剧、音乐、影视、书画、美术、设计、出版、编辑、商业、科技、网络、媒体等。更多的是自由职业者。他们文化程度较高，相当多的诗人受过大学以上教育。这是一百年来少有的。诗人不再是泥腿子。这种情况正印证了我的日常经验：北京一个送快递的，很可能是科技大学的学生；会场上一个端茶倒水的，常常是硕士博士。应当承认，高等教育的飞速发展，极大提高了当下诗人的教育起点。

宋庄艺术家群体是北漂一族中令人瞩目的一群。李川、石梓含、马莉、朱子庆、邢昊、阿琪阿钰、吴震寰、沈亦然、潘漠子、王顺健等诗人，我对他们基本是零了解。从来稿简介中可知，这些诗人都是艺术专业出身或从事艺术创作的北漂，都在宋庄长期或短暂居住，可谓有相近的生活文化背景。宋庄一直作为艺术家聚居地而驰名于世，它诗意的一面又是如何呢？试图找出他们的共同点非常困难。这些艺术家如此不同，个性不同，思想不同，对待生活和世界的情感态度也不同。邢昊的诗是那样通俗不羁，谐里含庄；马莉的诗又是那样飘渺梦幻，执着内敛。吴震寰智慧超脱，潘漠子逆反思辨，阿琪阿钰失望嘲讽，王顺健有实足的烟火气，沈亦然狂放沉痛。沈亦然的一句诗，"只有祸害才能活千年"包含了多少母女之间的不隔膜与复杂的情感（《如果不轻易死去，我就能活千年》）。有些宋庄诗人长于自省，有强烈的自由意志和独立思想。艺术带给他们痛苦，也带来诗意。他们的表达呈现看破人生、透彻高冷的一面，"整日与屋顶对话成疾 / 你所想的我都透过时间的缝隙 / 了如指掌"（李川《雨洒之殇》）。心中仍然怀有某种不灭的坚守："沉默是发光者向黑暗致意，正义的声音 / 此时重复出现，又重复消失"（马莉《陷落在风景中》）。某种可贵的忧患意识："我仿佛触碰到泥土的神经 / 冰川 大海和零星的大小湖泊 / 像一团团神经元 放出 / 江河的闪电 / 把它们操控"（朱子庆《沙尘暴》）。宋庄艺术家八仙过海，各领风骚，凡此种种，很难用单一的概念打包格式化。如果有，也只能是"个性"一词，只能是他们的艺术敏感。李川对墙的敏感，沈亦然对书橱的敏感，石梓含对哭声的敏感，邢昊对于新闻和历史的敏感。也许这是天赋艺术家的特权吧。

北京的媒体行业聚集着一批非常优秀的诗人，他们以诗歌记录了对北京生活的观感和体验。影视行业的周瑟瑟、老巢、宋咏梅、才旺瑙乳、李成恩、刘不伟。编辑、出版、网站等行业的沈浩波、白连春、娜仁琪琪格、安琪、王秀云、不识北、黑丰、孤城、林茶居、李兆庆、林平、星汉、谢长安、刘傲夫、苏笑嫣、于丹等。这些诗人创造力旺盛，活跃在北京和国内诗歌界。这些诗人与其从行业来讨论，不如从个人来得更深入。他们是如此自由不羁的闲云野鹤，无法捕捉。沈浩波是新世纪以来的重要诗人，在诗歌创作、诗歌理论、诗歌活动、畅销书和电影生产方面都有建树，具有爆发性能量。他的诗直接锐利，眼光宏阔，富于思想力，对当下世界的思考常有震撼人心的力量。周瑟瑟也是一位活动家式的诗人，对北京的打量既保持着距离，也置身其中，一种很奇特的观察方式。"我怕自己喜欢上 / 一座万古常新的古塔 / 就像喜欢上慈禧"（《白塔》），一种欲罢不能的吊诡，传达出一个隐士式诗人的十足个性。对于安琪而言，诗是她北漂生活的闺蜜。她的诗有左冲右突的时光，有经纬四面的生活，个体的感受饱含群体体验，具有很强的公共性，"那时我年轻 / 青春激荡，梦想在别处 / 生活也在别处 / 现在我还乡，怀揣 / 人所共知的财富 / 和辛酸。我对朋友们说 / 你看你看，一个 / 出走异乡的人到达过 / 极地，摸到过太阳也被 / 它的光芒刺痛"（《极地之境》），几乎是北漂一族最精简的心历总结。林平以许多生活细节且富于音乐性的诗句，呈现了北漂强烈的身份不平等意识，"我一张口，他们就知道我是外地人 / 躺在病房里，甚如最无助的囚犯""一个借调到财政部的女子 / 愤怒地斥责我什么都不懂 / 只因我委婉地指出 / 她的文章没按我的要求写""一个金发女骑车跑过宽阔的大街 / 她海一样的回眸让尘嚣退却"（《梦想拒绝的细节》）。林茶居似乎适应了生活的变迁，诗里有一种从容的、随遇而安的心理，"总会有你的消息，结婚或者乔迁"（《而我在北京》），"没有一个地方是不好的，只要你在"（《书房》）。总之，这些诗人各美其美，皆有特色，或在细微处令你会心，或在空寂时让你共鸣。

五

最后想讨论一下当代诗歌的文化想象问题。

《北漂诗篇》与其他各种诗歌选本一样，有一种定型化的想象，即个人化想象。隐逸，孤独，清远，超脱，苦闷，逃离，呼喊，乡愁，寂寞，痛苦，恨世者，落落寡合者，不合作者，遗世独立者，所有这些情感，主体形象，文化想象，都让我联想到一个词：个人化。个人化想象是当下诗歌，也是 20 世纪 80 年代以来诗歌的最大意识形态。整个文学界都弥漫着这样的想象，少有人能够逃脱这种意识形态的笼罩，就像少有人能想象一个没有金钱的世界。个人的 = 真实的，真诚的；集体的 = 虚构的，虚假的。这几乎是一个定理。在所有这些诗歌当中，尽管有种种不同，但在个人化这点上，完全一致。这就是意识形态观念，它束缚着诗歌的想象力和创造力，统治着诗歌的精神面貌。从北岛、顾城、江河、杨炼，到舒婷、王小妮、海子，到西川、欧阳江河、于坚，到沈浩波、张执浩、陈先发、臧棣，当代的优秀诗人中，无一例外地沾染了、分享了这一思想观念。在消费主义向一切领域进军的消费主义时代，特别是在手机称霸、资本创造的娱乐神话大行其道的时代，很多人被淹没在资本设置的个人化的汪洋大海之中，也就是金钱及与金钱相联系的文化想象之中。除了金钱，我什么也不信。这就是当代中国一些人的思想状况。

打破这一意识形态化文化想象的，不是什么知名诗人，而是皮村工友之家文学小组成员们的写作。在社会学和思想史的意义上，这帮聚集在北京皮村的打工诗人，呈现了 20 世纪 80 年代以来完全不同的文化想象。这正是他们的价值观，也是《北漂诗选》的一个特殊诗人群体。他们不仅写出了打工生活的另一番面貌，而且重新提供了有关集体、互助、友爱、平等、进取、乐观等新的价值观。这些价值观如此珍贵、稀少，以至于我们必须将之放置在当代中国文化整体的层面上来看待。关于集体的想象，是皮村工友之家文学小组成员诗歌写作中的重要方面。这种想象源于他们的打工实践。苑长武《这里是皮村》是一个代表性的文本。"村里来了一群有梦想的年轻人—— / 一个背着吉他走天下的河南人 / 一个普通话说的很烂的江浙人 / 一个怀揣着相声梦的蒙古人 / 一个性格豪放像架子鼓的东北人 / 一个眼睛比崔永元还小的豫中人…… / 还有几个志同道合的打工姐妹 / 用七万五千元创办了一所'同心'

学校 / 新工人艺术团在这里安下了家"。他们还"创办了同心互惠公益商店""服务社区工友 降低生活成本"。这个文本包含了对集体的强烈认同感,也承载了这个时代进城打工者新的文化诉求。它描绘了北京皮村这样一个城中村的文化存在,有时候想起来,在三千万人口的北京城,皮村简直就是个奇迹。当同一楼道里的居民们形同路人,当一个人数上千的单位的职工在茫茫人海中感到孤身无朋,当疯狂的网购、热闹的聚会、酒酣歌爽等狂欢式消费结束之后顿觉冷清之时,大多数人都会为孤独凄清所困扰。在市场经济时代,真正讲究团结互助的反倒是商界精英。大佬们在各种俱乐部、论坛上碰面联络,加强沟通,反倒是那些进城打工的千千万万的草根,偏居各种胶囊公寓、城中村、租住屋的一隅,独自伤怀。

城中村是北漂生活的重要之地。许多诗人生活在这些地方,房租低廉,环境较差,但相对自由。他们一方面是这里的寓居者,另一方面,又是文化上的创造者和主人。这又是一个主体身份和精神分裂的怪现象。感情上他们少有对北京的认同,心里仍然惦记着千里之外的家乡,但手头正在创造着北京的文化。这是大多数城中村北漂一族的心理状态。然而,皮村这群新工人,以打工艺术团、打工文化博物馆、文学小组等流动人口合作型的文化组织,正在创造新的文化,那就是城中村文化。这个文化提供了超越个人、对付人情冷漠、治疗现代大城市病的文化想象。他们举办的打工春晚正是这样的代表。在打工春晚的舞台上,平日的女工走上舞台,手中的拉杆箱就是走秀的最好道具,这在我们这个已经高雅精致到晚会完全靠炫丽的舞美和出众的颜值来维持的时代,几乎是不可能的事情。但他们做到了。劳动者自己就是演员。打工春晚的美学,是劳动的美学,意在将普通劳动者,特别是体力劳动者,快递员,建筑工人,服装工人,电焊工,装修工等的生活审美化,与明星文化完全不同。这些形象当然是粗砺的,扎眼的,缺乏专业化训练和镜头感,是我们的影视屏幕刻意遮蔽的形象,他们在自己创造的舞台上找到了文化表达空间。可以说,以皮村新工人艺术团为代表的城中村新文化,塑造了一种崇尚团结互助、推崇劳动光荣、鼓励积极创造的新的劳动美学。

孙恒、许多、小海、李若、苑长武等皮村打工诗人群体的诗歌,呈现了当代诗歌中独特新颖的面相。孙恒的诗歌是这种新文化的代表性表述。"他不唱富人有几个老婆,也不唱美女和帅哥 / 它只唱咱穷哥们儿的酸甜苦辣,它只唱咱自个儿的真实生活""它不唱晚会上的靡靡之音,也不唱剧院里的高雅之歌 / 它只唱黑夜里的一声叹息,它只唱醉酒后的放浪之歌"(《我的吉他会唱歌》)。孙恒《团结 心讨工钱》《天下打工是一家》这样的诗歌,一方面是打工者为生计而斗争的写照,一方面更是团结这一观念的呈现。它在个人的文化想象中重新表达了团结互助的可能性。

想象一个可以抱团取暖、互助友爱的集体,是新工人诗歌的特点。正因为有了皮村文学小组、打工艺术团这样的集体支撑,他们的诗歌才表达出自豪与自信。80后新锐诗人小海(非彼小海)才写出了这样的诗句"我现在依然还要无比骄傲的告诉你 / 我又多了一个绝对高逼格牛顶天的庞大称谓 / 北漂"(《一个北漂的自白书》)。小海的诗歌抓住了时代总体性语境中个体感受某些重要症状,"我们对着手机说话 / 我们乘着机械飞翔……想想看 / 一具具没有灵魂的躯体在大街上嘻笑怒骂尔虞我诈／又是一件多么滑稽可笑的事情"（《致伟大时代中的我们》）。特别值得关注的是，孙恒在《劳动者赞歌》中大声地喊出了"劳动者最光荣"的呼声。这一句诗，很可能说出了千千万万普通打工者的心声。打工艺术团另一位重要代表，立意为普通劳动者歌唱的歌手许多，他的《生活是一场战斗》则将打工生活积极、乐观、进取的精神传达出来。如果说苦闷、彷徨、孤独、无奈的生活情绪占据了绝大部分北漂诗歌的精神空间，那么在许多这里，则是另一番气象。在一个急剧转型的时代，拥有一种战斗的精神，难能可贵。无独有偶，2016 年石一枫的中篇小说《特别能战斗》，跟许多的歌词一样，共同表达了我们这个时代潜在的、新颖的精神状态，具有可贵的思想价值。我更愿意将之看作治疗现代化城市病的新办法，比处处贩卖的心灵鸡汤更为有用。经过改革开放三十来年的社会实践，人们已经认同了个人奋斗伦理。个人奋斗没有错，但它不等于将团结互助、集体观念彻底流放。皮村打工诗人群体的实践有力地证明，独立自主的个人奋斗，与团结友爱的集体精神，在现代化、城市化、全球化时代的中国，同样大有用武之地。

2017 年 1 月 22 日于通州

目录

代序｜北漂一族的文化想象和精神地图／师力斌

｜辑一｜

北京地铁（5首）／许烟波（2016年到京）　/1

梦想之都（6首）／小海（2016年到京）　/4

北京地下室之蚁族（3首）／杨泽西（2016年到京）　/8

朝圣（外5首）／李柳杨（2016年到京）　/10

孤独者（外2首）／谢华章（2016年到京）　/13

干巴巴／叶上达（2016年到京）　/15

关于北京的诗（外1首）／常文铎（2015年到京）　/16

嘘——我在开花（3首）／石梓含（2015年到京）　/19

没告诉你的（4首）／孤狼（2015年到京）　/21

向日葵孩子／宋咏梅（2015年到京）　/23

冷空气下降（4首）／孤城（2015年到京）　/24

北京印象／郭福来（2015年到京）　/26

孑立（3首）／子语青阳（2015年到京）　/27

从一日的工作中醒来（5首）／左安军（2015年到京）　/29

不哭（3首）／霍旭（2014年到京）　/32

家与远方（外1首）／冰凌（2014年到京）　/34

长满翅膀的热带鱼（外1首）／周园园（2014年到京）　/35

另一种孤独（5首）／李川（2013年到京）　/37

今天你要离开北京／崔家强（2013年到京）　/40

北方的路（3首）／项见闻（2013年到京）　/41

金色十四行（组诗）/ 马莉（2012 年到京）　/43

沙尘暴 / 朱子庆（2012 年到京）　/46

宝贝，对不起（外 3 首）/ 李若（2012 年到京）　/48

我愿做一只小鸟展翅飞翔（外 1 首）/ 雪婷（2012 年到京）　/52

祷告词（4 首）/ 三四（2012 年到京）　/53

清洁工 / 寂桐（2012 年到京）　/56

一条河（外 3 首）/ 邵小蓄（2012 年到京）　/57

这里是 皮村 / 苑长武（2012 年到京）　/59

黑珍珠（外 2 首）/ 玙姬（2011 年到京）　/62

弟弟霾中来京（5 首）/ 邢昊（2011 年到京）　/65

画饼（5 首）/ 车邻（2011 年到京）　/69

最后再刷一次朋友圈（5 首）/ 屈磊（2010 年到京）　/72

香格里拉（组诗）/ 周朝（2010 年到京）　/75

你们思考人类我思考我自己（3 首）/ 不识北（2010 年到京）　/78

漂在宋庄的毛（4 首）/ 阿琪阿钰（2010 年到京）　/80

奔波大意如此（5 首）/ 胡勇（2010 年到京）　/82

太阳花（4 首）/ 爱斐儿（2009 年到京）　/85

思·念（组诗）/ 才旺瑙乳（2009 年到京）　/88

中年夫妻 / 朱翔宇（2009 年到京）　/91

你一定要到文成去（外 2 首）/ 王秀云（2008 年到京）　/93

而我在北京（外 4 首）/ 林茶居（2007 年到京）　/96

天气预报的寒流没有来 / 张洪雁（2007 年到京）　/98

宋庄诗草 / 吴震寰（2006 年到京）　/99

银色管道秘密的力量（5 首）/ 苏丰雷（2006 年到京）　/101

潭柘寺（4 首）/ 李兆庆（2006 年到京）　/103

活得简直就像一件艺术品（4 首）/ 沈亦然（2006 年到京）　/105

孤夜（3 首）/ 王迪（2006 年到京）　/108

在北方过冬（组诗）/ 黑丰（2005 年到京）　/109

回乡记（外 3 首）/ 李飞骏（2005 年到京）　/113

我曾经抱怨敌人太多（外 4 首）/ 花语（2005 年到京）　/118

808 路巴士（外 2 首）/ 潘漠子（2004 年到京）　/121

松动的门牙（5 首）/ 星汉（2004 年到京）　/124

想念雪（外 1 首）/ 赵天鹏（2003 年到京）　/128

一代人（5 首）/ 向与（2003 年到京）　/130

冬天的童话（外2首）/黑鸟之翼（2003年到京）　/133

诗/苑伟（2003年到京）　/136

沐仁（2首）/娜仁朵兰（2003年到京）　/137

他乡的野草/徐良园/（2003年到京）　/139

关键词（3首）/周占林（2003年到京）　/140

李自成/王春玉（2003年到京）　/143

北漂五年祭（外3首）/冯昭（2003年到京）　/144

父母国（6首）/安琪（2002年到京）　/147

名（5首）/牧野（2002年到京）　/150

光明由你自己构成（组诗）/苏笑嫣（2002年到京）　/154

时光之旅：致往昔/李伏明（2002年到京）　/158

蒋胜之死/大枪（2002年到京）　/160

早安，朋友/周步（2002年到京）　/163

灰烬之歌（6首）/叶匡政（2001年到京）　/165

幸福了吗（7首）/蔡诚（2001年到京）　/169

春梦（外4首）/张后（2001年到京）　/172

我有我的九万里山河（5首）/娜仁琪琪格（2001年到京）　/176

自然之子（4首）/谢长安（2001年到京）　/180

石头里的女人（外3首）/潘无依（2001年到京）　/183

黑暗点灯（5首）/李成恩（2000年到京）　/186

小寒日，京城街头所见（外2首）/杨拓（2000年到京）　/190

夜色中的停机坪（外4首）/张祈（2000年到京）　/193

迁移（3首）/刘傲夫（2000年到京）　/196

梦想拒绝的细节/林平（2000年到京）　/198

流水的记忆（4首）/河山（2000年到京）　/204

玛丽的爱情（外5首）沈浩波（1999年到京）　/208

动物园（5首）/周瑟瑟（1999年到京）　/212

生活就是一场战斗（外1首）/许多（1999年到京）　/216

这里是北京（3首）/于丹（1999年到京）　/218

哦，北京（5首）/老肚（1999年到京）　/221

户口（4首）/姜博瀚（1999年到京）　/224

散落在北京的朋友（外3首）/杨北城（1999年到京）　/229

天下打工是一家（4首）/孙恒（1998年到京）　/232

云眼看京华（5首）/张小云（1998年到京）　/234

有野兔的山水诗（5首）/车前子（1997年到京） /238

活着还是已死/张晴（1997年到京） /242

不一样的烟火（3首）/楚红城（1997年到京） /244

诗歌与生活（5首）/回地（1996年到京） /246

冷或微暖（组诗）/鲁橹（1996年到京） /251

我们还在（6首）/老巢（1993年到京） /254

四月的怒江（外1首）/艾若（1993年到京） /257

车站（5首）/李茶（1992年到京） /261

走火的星星（5首）/潇潇（1991年到京） /263

时尚（外2首）/卫行（到京时间不详） /269

| 辑二 |

在一条伟大河流的旋涡里（5首）/梁小斌 /272

分界线（外3首）/柳宗宣 /275

过一种理性的生活（6首）/祁国 /277

跑道上的亲人们（4首）/王顺健 /279

暴雨及其他（4首）/王夫刚 /282

在小堡/阿诺阿布 /286

献辞（组诗）/布非步 /288

在异乡（5首）/苏忠 /290

回乡后骑车上路（5首）/李之平 /293

拆那（2首）/刘不伟 /298

长江图/陶醉 /300

内心藏着一场大雨（3首）/七月友小虎 /301

许多诗只剩下了一个个标题（5首）/蒋立波 /303

一生（5首）/广子 /307

一块不朽的地方（外4首）/魏克 /311

陌生人（外4首）/郎启波 /316

离别辞（5首）/阿翔 /319

北漂的童年/李圆圆 /322

一位迷途诗人的心咒（外5首）/天岚 /324

中年诗（5首）/陈波来 /326

一日实景/杨晓茅 /329

我来到北京（外 3 首）/ 程一身　/330

大雪中的北京 / 王寒山　/332

园明园（5 首）/ 刘勇　/334

在北漂的日子里（组诗）/ 乐源静雯　/337

若（外 4 首）/ 白连春　/341

后记｜北京是一个锻炼人的地方 / 安琪　/344

| 辑一 |

许烟波，生于 20 世纪 70 年代，湖南省石门县人，2016 年 9 月来京，职业警察。感言：背负理想行走远方。

北京地铁（5 首）

许烟波

北风，在窗外喊我的名字

一个人在外，最怕
北风，在窗外喊我的名字
呼呼地贴着玻璃
有时还砰砰地摇晃着窗子
我不敢应声，母亲说过：
一个人在外，不能随便答应
一应声就失了魂
找魂的老婆婆前些年死了
小时候还为我收过魂
那是我淘气，很晚了还不回家
有时，北风还装成母亲的声音喊我
在很长很深的夜里
即使在梦里，我也听得出：
那声音很硬，不是母亲的声音
母亲叫我时很轻很柔很温暖
特别是在我出了远门
特别是在很长很深的夜里

冬天的旷野

冬天的旷野——
那些干瘦的树枝上
有多少个空空的鸟巢
就有多少双远望的眼睛
那些漂泊的云彩
那些鸟飞过的大空
那些鸟声寂寥的旷野——
注定是干燥的冬天
流干了水分的季节

注定是带着刀子撕裂万物的风
注定是老去的旷野——
那些干瘦的树枝上
那么多空空的鸟巢
那么多双空空的无神的眼睛
望着空空的天空

白皮松的秋天

那么多灰的绿的红的金黄的秋天
只有白皮松是白的
那么斑驳的白
在被夏日灼烧之后
被季节的风擦伤过之后
不是后世伤疤，也不是前世的胎记
我总得给这另类的白一个说法
给死灰的枯草
常绿的树
红的心碎的叶子
金黄色的阳光一个说法
秋天不应该有这么一种白
偶然遇见或不经意地抬头
松针头重脚轻地往下掉
土地被刺痛的感觉
就是我在满目疮痍中
看见的白皮松的秋天

北京地铁

在一座古老的城里
列车在地下穿行

所有乘车的人，都默不作声
轨道上咣嚓交错的声音
惊扰了在地底沉睡的灵魂

每停一站
我都会惊恐地看着上车的人

坐在冬天的寒夜里想着春天

人应该都是这样，一静下来
就喜欢琢磨些远的事
要么是过去要么是未来
一个人呆坐在冬天的寒夜里
这么漫长的夜
除了想想春天还能做点什么？
其实也不是不喜欢冬天
如果整个冬天都下着雪
如果整个冬天都燃着柴火
如果整个冬天都不是在远方
如果整个冬天都吃着母亲做的火锅
我也希望冬天一直这么长着
可以一直这么安安静静想些什么
其实也不是那么的想着春天
如果还是一个人在他乡
（是冷是暖又有什么区别）
如果还是一个人的夜
（是长是短又有什么两样）
但现在，一个人呆坐在冬天的寒夜里
这么漫长的夜
除了想想春天我不知还能做点什么？

小海，原名胡留帅，1987 年 8 月 27 日出生，家乡河南商丘。2003 年初中毕业加入南下打工大潮，在珠三角长三角一带沿海城市打工 13 年。大约在 2007 年受海子诗歌与摇滚乐的影响开始在车间里试着表达自己。至今在上班之际以诗与歌的形式发牢骚长短四百余篇。2016 年 7 月到北京，现在北京东城区南锣鼓巷一家谱文化馆工作。感言：所有与北漂有关的，都与梦想脱离不了干系。无论是辉煌的还是暗淡的。既然北漂，就不怕嘲笑。

梦想之都（6首）

小海

梦想之都

长安街很宽
可转过日坛路就堵了
坐车错过了工体
就随 403 一路坐到了北京站东
下车后去车站广场转转
找找初次来到北京时的自己
有些人把梦想紧紧地背在包里
有些人把梦想摊平随地倒下
有些人的梦想则表露在神情上
而有些人握着正义的梦想
一言不发

从建国门桥望下去这座城市灯火通明
我们在这灯火通明的城市里寻找着回家的归程
可高楼从来都化解不了大地的忧伤
就如同有些乌云从来都解决不了需要的雨
有些人的梦想坐在车里
有些人的梦想飞在天上
有些人的梦想在地宫里日夜疾驰
而有些人的梦想破碎如尘埃洒落一地
那梦想遥远如天上的星星
被迷雾遮住
遮住在夜空
在时间的黑洞
在梦想之都 在梦想之都

一个北漂的自白书

我有名 有姓 29 岁
我有快乐 有悲伤 没有对象
我是联大的 中诺基的 泰莱的 申洲的
富士康 简龙工业园 新郑航空港 辛德勒西餐厅的
我是 7639 11515 6100350 工号 12
我是他们嘴里的 空想家 不现实 文艺青年 还没有醒
屌丝 草根 单身一族 困难分子
可上述统统的这些
都没有让我的代号终结
我现在依然还要无比骄傲地告诉你
我又多了一个绝对高逼格牛顶天的庞大称谓
北漂

致伟大时代中的我们

我们对着手机说话
我们乘着机械飞翔
我们在抵达欲望之门之前的途中
一言不发地漠视人群

我们习惯在暗黑里穿行
我们经常在深夜里清醒
当白昼再次降临的时候我们又瞬间沦为生活的工业复制品
我们或许会在下一刻死去
我们也许在某个去年时刻早已被虚无的废墟埋葬

想想看
一具具没有灵魂的躯体在大街上嘻笑怒骂尔虞我诈
又是一件多么滑稽可笑的事情

活着这回事

当组装 缝纫 快递了那么多年
终也没有把生活这块皱折的碎布缝制铺展开来
安身立命 这个词汇
再一次地在孔子的论语里
大门乐队的梦呓中

在冷漠又躁动的大食堂
匆碌而单调的机台旁
被重新定义

我的青春纪念册

多功能收音机 英格兰运动服
NIKE T恤 韩国铁板烧 圆通快递
深圳 宁波
苏州 上海 北京
2003 2006
2008 2011 2016 年
装配工 平车工
服务生 快递员
当这些词汇
在这个冬天
在我脑海里再一次地像雪花一样纷至沓来
十多年的青春就如同流星一样
在脑后一次又一次地升起又坠落
落在心的荒原
新鲜的阳光下
铺满了遗失了的 尽是时间的残骸

在这条迷失的大航船上

早晨七点钟的太阳在团团的迷雾中升起
带着夜的浑浊和恍然的隐隐疼痛
像初生的婴儿在歌颂着岁月的苍老
城市的列列长车带着张飞的鲁莽在灰色的高速公路上向前疯跑
像是要甩掉昨日的悲伤与前年的忧郁
工厂的大门将要关闭
楼市的泡沫还在鼓吹
时代的大搅拌机将欲望 金钱 现实的深渊和梦幻的彩虹一起搅动
企业家 小学老师 农民工和马戏团小丑各自带着难以再隐藏的表情
坐在了这条迷失的大航船上

一对恋人在十月清晨的雾霭中吻别
眼前泛起的是都市中暧昧后的模糊
男人将童年的旧伤抛掷脑后

女子将花朵的妖冶开到荼蘼
生活在 20 平米深夜摇动中泛着金边儿的爱情之光终将毫无悬念地褪色而去
PM2.5 污染颗粒 食品安全 医疗保险 依然是人们一次次讨论着的隐性话题
直播 网红 选秀节目像古代的学院一样让每个人都仿佛时刻走在进京赶考的镀金路上
人造卫星太空对接
郊区高楼拔地而起
地下也正被经济的上升数据日渐掏空
机器人将代替人类开车 做饭 进工厂
那我们是该紧张还是放松呢
当这一切都挤在这条迷失的大航船上

人们目不转睛地盯着仿佛能打开宇宙大门的手机屏幕
双手划着触屏如同手握按钮随时可以将世界上任何一个洲瞬间炸成废墟
朝鲜核 伊朗核始终是全球敏感的导火索
特朗普和希拉里在人性的背面做着总统的较量
我们每天都在重新思考着关于生存的渴望与窘迫
再拉下几匹高官落马才能将粮食的价格提上去或工资上涨一点
再下达多少文件才能将我们泥泞里的生活真正的打捞改变
再虔诚地暗暗祈祷多少回才能通到上帝温暖的左手掌
再听多少首歌曲才能找到摘掉一百万张面具后的真实自己
我已是越来越感到无知疑惑
当我夜以继日地重复着坠落在这条迷失的大航船上

杨泽西，男，1992 年生于河南省临颍县繁城回族镇双路姚村。2016 年 7 月份来到北京，现于北京一家广告公司任文案一职。著有诗集《第三面》。感言：活着，就好。

北京地下室之蚁族（3 首）

杨泽西

北京地下室之蚁族

除湿器还在嗡嗡地响着
我枕头里的河流早已被疲倦的白日烘干
为了应对晚上地下室潮湿的地面
不得已把失眠和梦想混在一起
再重新煮沸一遍
但时间长了，脑袋的四壁
免不了全都是梦的残渣
室内肯定还有各种菌类在阴暗处悄悄疯长
当然，也会有一些微生物
因承受不住这种环境和压力而率先死去
所幸，白天我们又重新活成了一个人
我们搭坐地铁和公交几个小时，来到公司
习惯性地刷卡、微笑
打开电脑，开始一天的工作
不得不承认，这是我们最光鲜的一天
晚上，我们又重新变成一只潮气虫
在虫洞一般的出租屋里穿梭、洗漱
我们时常在人和昆虫之间进行角色互换
并且游刃有余，准确无误
没有人能够识别我们的身份
我们只是微不足道的生活的一小部分而已
每天，城市都会高速运转
仿佛，一掺及乡愁和孤独
你这个微小的零件就会卡壳、损坏
迅速被城市换上新的一个
就是这样，我们住在北京城的地下室里
日复一日地为生存而奋斗着
我们活过，像从未活过一样

让他们都先睡

让跑了一天的北京城的地铁和公交车先睡
让被踩了一天的广场和道路先睡
让工厂里的老板和工人先睡
让路边的小商小贩儿们先睡
让乞丐和拾荒老人先睡，让孩子先睡
让那些强盗和小偷们也先睡
让撑了一天的城市的骨架先睡

让屋子先睡，让灯盏先睡
让电风扇和皮箱先睡
让疲惫的鞋子和衣服先睡
让跟着我受难的肉体和骨头先睡
让全天下所有的父母都先睡
让遥远的村子里的乡亲也先睡

让所有醒着的事物统统都先睡
写完这首诗的最后一个字
让因我受累的这首诗歌也先睡

苦难

红辣椒第一次成为如此黑色的隐喻：
这不是我有意为之——
母亲从全部的血管里榨取出五亩鲜红的血液
用来抵押我四年的助学贷款
但这仅仅是现实刀刃上露出来的一道寒光
父亲能做的也只是用一粒一粒药丸
把高血压的顽疾一步一步往反抗的道路上引
我知道，终有一天所有病因子会聚在一起
蜂拥而至，把父亲一下子吞并

当父亲谈及因此病突然死亡的同伴时
建筑工人、服务员、农民工、搬运工……
这三十多年来陪父亲一同受苦受难的称号无一幸免
都随着父亲的　声"老了"而　并逝去
我知道，父亲的苦难并不止于此
当时代和现实一同向一个农村大学毕业生
抛下"房子、车子、妻子、票子"这四座大山时
我的苦难又让父亲的苦难加重了一倍

李柳杨，出生于1994年，写诗和小说，老家安徽，2016年来京，做出版。

朝圣（外5首）

李柳杨

朝圣

我们曾一起愉快地
度过一个下午
玫瑰波涛般涌现
在我们的窗台
我们谈论诗、云彩
还有鸟儿轻盈的歌
那时我们在一起
路过的蚂蚁也为了
能有一个纯洁的愿望
而在我们身边驻足

那个下午飞快地逝去
现今我们又聚在一起
意外地谈起女人
你说性是奇特的
似乎那样便可以忘记
玫瑰本身的凋零和
玻璃窗外暗黄的云翳

阿莲的父亲下葬时，她正在打一只苍蝇

阿莲的兄弟朝棺材磕了第一个头
阿莲的碗边叮了一只苍蝇
兄弟抹干了眼泪
阿莲抽出了一个拍子
兄弟向棺材撒了第一把土
阿莲正到处挥舞着她的拍子
接着泥土铺天盖地地淹没了棺材
阿莲的苍蝇又停在了她的碗边
抬棺材的兄弟灭了他的烟插进土里

阿莲挥了挥手把那只苍蝇赶走
一铲一铲的土终于达到了它该在的高度
兄弟停了下来擦了擦汗，他说
"真热，生死一个样受罪啊！"
苍蝇再一次小心翼翼地停稳了
兄弟铲了一块土盖在了父亲的坟头
好了，他说
啪的一声阿莲终于把苍蝇拍死了
好了，她说

喝酒

五月的夜在我的笔记本上写到
葡萄、酒、海滨大道和同性恋
我们谈黑格尔、诗还有烤茄子
夜色渐浓酒意兴起
每个人的腹部都能开出一朵花来
赤裸着上半身的男人在楼顶抽烟
我们穿着白色的短裤在楼下喝酒
喝到凌晨两点
眼泪婆娑
雪 在我的身上降临

一匹马

我爱过
让一些雾进入过身体
在大汗淋漓的夏日
孕育出一匹马
这匹马自然是这世上
最好的马
可每一匹马都不属于它的母亲
就像星星照亮夜空但不属于地球

总结

遗忘夕阳是好
与新欢爱恋更好
同那群乌鸦一样

我也把虚妄的钟声
总结为命运

我将嫁给一个陌生的人

我将会把你遗忘
像遗忘这世上任何一样东西
像遗忘一只飞过的鸟
一块生了芽的土豆
这并没有任何值得惊异的事情
只是在过程中
有些动人的细节
随意地飘飞
随意地似一件平常小事
一样琐碎
一样无意义

很快
你也将会把我遗忘
像遗忘一颗草莓以及
哺育它的春风
这件事情几乎是确定无疑了
我将要嫁给一个陌生的人
委身于一块凄冷的石头

谢华章，笔名南舟，1963年2月出生于福建省南靖县。中国金融作家协会会员，福建省作家协会会员。著有散文集《夯土的史书》《长教云水谣古村》《行走的记忆》。2016年5月来北京，现在中华联合保险控股股份有限公司从事《中华保险志》编纂工作。感言：北漂的路其实就像一首凄美的老歌一个温柔的陷阱，让我陶醉其中欲罢不能。

孤独者（外2首）

谢华章

孤独者

孤独者不为孤独守夜
喜欢用厮杀的血腥场面
让自己人吼马叫
电视的图像变得越来越模糊
夜色恐怖得只剩下一点亮光
折射我倾斜的意念
我像一个被困者
心中的欲望　如一阵凄厉的狼嚎
等待的只是暮色中
一次虚无的思想

一杯咖啡的消息

一杯咖啡的消息
有时也变得如此娓娓动听
像水车转动的声音
也像山风漫过
总带点委婉的细节
时常让人的神经
在失眠中飘逸起来
无法承载现实的冷冽
我闻着咖啡浓郁的芳香
看窗外漫天飞雪
才想起已经进入十二月了
是不是该回到南国
站在翠绿的山坡上

静静地看咖啡树开花
听一颗心轻盈的呢喃

时间总是颠覆我的想象

夜像一袭睡衣
让我越发显得孤单
月圆了又缺
不知过了几个轮回
时间总是颠覆我的想象
我无法尺量与故乡的距离
梦的隐意是否暗示
一种更深的痛
剩余的真实虚无飘渺
心变成一座空城
阉割的欲望血流不止

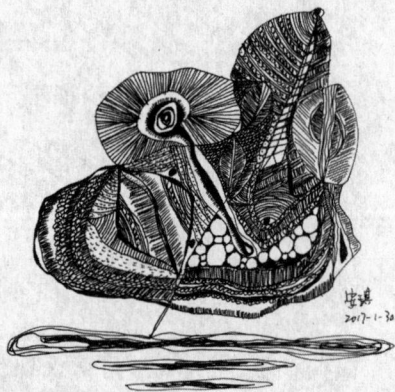

叶上达，1992 年 2 月出生，福建长泰人。2011—2014 本科毕业于墨尔本斯威本科技大学，2015 年硕士毕业于墨尔本皇家理工大学。2016 年移居北京，自由职业。感言：北漂对闽南人似乎是个艰难的决定，恋家早已根深蒂固在性子里，但又矛盾地有一种爱拼才会赢的精神在脑海里做对抗，孤独的时候，诗歌是让我享受自由的一道出口。

干巴巴

叶上达

干巴巴

伸手
抓一把四环的空气
盛进袋子里
干巴巴的叫做北京
剧院里剩两个大学生临演
唱了一出桃花源
想想也是
书本里不会介绍什么理想城乌托邦
看客座椅被人编号
无人啃咬的过去和未来
1357986420
只有正常人在精神病院里发呆
等待最终宣判的到来
裸露身体的腐败
成就你平板中的数字化独白
绸缎红幕落下
那分明是猴子红了脸时失的态
这个季节没有鸟叫
霓虹灯写下的成为扉语
总是不够火候
总是不够火候……
一直爱你
直到最后一家百货商店倒闭
一直爱你
直到花完最后五毛钱的硬币
第二天却被清洁阿姨拾起
一脸狐疑
昨夜又是谁扔的理想
谁捡起来的故乡

常文铎，1987 年 5 月 4 日生于沈阳，2015 年 11 月来京。现为艺术从业者。感言：我真的不知道说什么。

关于北京的诗（外 1 首）

常文铎

关于北京的诗

离开了松花江，来到了潮白河。
这里没有草，没有树，也没有阳光，
而我们彼此杀死了彼此心中的孩子，
在雾里我们被迫独自生长，不带有一丝真实的友善与同情，
即便我使出全身的力气，也叫不开你在家的房门。

无家可归的孩子，你的眼泪流进了潮白河，
异乡的游子，只有在梦里是你踏上回家的旅途，
那熟悉的声音，平日你早已听够，此刻你是那么贪婪地想多听一会。
而那不真实的气息，在梦里却是那么的真实与亲切。
从来没有过的真实与亲切。

欢笑声响彻了你的梦，泪水却始终留给了早晨。
家乡似乎只存在于异乡的梦里，思念的开始也是在你离开的时候；
我收罗着家乡的味道，好营造出我并未离开的错觉。
早晨的泪水是你离开家乡的车票，快速而又蛮横的把你痛苦地带出了家乡。
饥寒交迫的为了能回到那梦里而无助地奔波。
酒精似乎是不用排队而快速上车的通道。
孤独似乎是最好的面对方式；
而朋友似乎应该出现在梦里。

在梦里我结婚了，我穿着礼服牵着新娘的婚纱的裙子，看着她的双脚一起向车站走去，
她美丽得让我接受着她的坏脾气，这让我惊讶而又感到幸福。
这幸福感无比的真实以至于强烈到我在现实中感觉到的缺失。
我很庆幸我还会做梦，这三分之一的人生是我向往的，
我不需要做什么，在这里没有对错，也没有饥寒交迫，
去感受那充满阳光的春天，
闭上眼睛，

这旅途是愉快的，
此时我不会想起终点的泪水，
我都能看见我的笑容，
窗外的风景，美丽似春。
祝你旅途愉快！

关于北京的散文诗

我在雾里，
并且在纠结着呼吸；
雾很美，它的确很吸引人。

我在牢房里，
这里只是很大很宽敞相比较为舒适的牢房；
我觉得我会被遗忘，
我努力地试着去呐喊，
即便声音再大也不会有人听见。
人们忙碌着在为金钱讨价还价；
也在为修建自己的道路躲躲闪闪。
在雾里我自以为不为其染，
我看不见人，
但我能感受到人们都在雾里光着身子不以为然。

我想逃离这大雾，
但期限未满；
我挥霍着母亲的退休金，
在这雾里创造着只有金钱与酒精说了算的艺术。
我知道我会死去，
可我内心依旧是幻想着拼了命的挤进艺术史，
它像是北京早晚高峰的地铁，
我并不想拎着我的作品在那里，
它不是在脚下就是不见了。
我知道它来之不易，那是用母亲的退休金换来的，
似乎是母亲生命晚年的最后一丝希望，
寄托在我这见不到阳光就无法勃起的生命里。
其实我在历史里，
只是需要放大，放大，再放大，再放大……

我在想，

我会变得很丑吗？
当我逃离了大雾，回到了家乡，
我的母亲还认识我吗？
我在想，
我会孤独终老吗？
我会把身上的大雾也带回家乡吗？
我那梦里的朋友们还能看见我吗？

在大雾的牢房里，
我依旧能感受到大雾。
牢房里有一颗小树，
我第一次见到它时，它已枯干得似乎已经死去。
我给了它水，
它在雾里绿了！
它很平静而又勃起的生命让我欢喜。
我也渴了，
我也需要水！
来等待着我那需要复活的生命。

石梓含，1989年5月生于山东省东营市。2010年考入中央美术学院。毕业后于2015年来到宋庄。做过老师，卖过植物，做过服务员，现无业。感言：不错，有变的生活就有期待。

嘘——我在开花（3首）

石梓含

哭泣的声音

我哭泣时的声音就像这样：
哗——————————
——————————
——————————

有人问：那不是雨声吗？
我说：不！
这是瀑布声

你并不能以为我是谁

不知哪里来的默契
蓝色代表悲伤
红色代表希望
自古都是这样

已经厌倦了规则的蓝色对红色说：
我们玩个游戏
今后互换外衣
那以后
红色变成蓝色
蓝色成了红色
它们彼此穿着对方的外衣

梵高蓝色的星空下
是红色在热情地翻滚
马蒂斯红色的舞蹈里
是蓝色在悲伤地挣扎

现在，我把这个秘密告诉你
你会感到害怕吗？
是否还有人
以分析家的姿态
在红蓝两色的窃笑声中
理据确凿的讲解着名画？
你从未怀疑的那轮红日
当你知道它洒下的是蓝色光芒
是否还会觉得温暖？

是否还会依赖它生长？

嘘——我在开花

天阴了
雨水如约而至
又有诗人拿起笔
画家架起灯来
像这掉落的雨水般
如约开始创作

他们忧心忡忡
满面苍凉
仿佛看到有人
正假装成雨滴
在啪啪地撞击地球

然而
这些为雨点悲替地球痛的人
没看到我
因为我此刻
已假装成道沿儿上的一棵草
正同其他植物一起
悄悄从土里生长

他们还没看到
我甚至开出了一朵小花

孤狼，本名邱兴健，1993 年 1 月 7 日生于福建宁德，2016 年毕业于福州大学厦门工艺美术学院雕塑专业。雕塑和诗不可分割，这让我对诗更是情有独钟。2015 年进京的我，并无固定职业，目前在一雕塑家工作室担任助理。感言：北京这片土地，我不知道它有什么好，我只知道从我来到北京以后再也离不开了。

没告诉你的（4 首）

孤狼

呐喊

就是现在
你是那样的
孤独地藏在人群中
我
慌乱地
海浪一样地撞击礁石
一重胜过一重
世界再大
只在我的呐喊里
人海茫茫震耳发聩
你的耳膜
我是无法弹碰

没告诉你的

你却不知道
我厌恶束缚
又排斥自由
渴望时间
但宁愿从未有过现在
使劲靠近你
却不断地逃离你
害怕沉沦
却那么的希望从此堕落不起

守望

守望笔记
守望现在
守望渺无音信的归途
守望你
守望你的方向
守望你要的秘密
守望只是一点尘埃
守望不过日子里的无聊
守望甚至于就是你抖落的烟灰
守望已经死去
活来便悲嚎怒哀
守望化成蓝色的狼
嘶吼呐喊谁人痛惜扼腕
守望是五指山下的悟空
等待三藏
三藏却是多余让人害怕
蹑手蹑脚
哆嗦着逃离了西天
守望就是你的死不悔改
永远不会有回头

沉默

这里的雨
绵延不绝断断续续可以有三秋
那里的人
漂泊无依寻寻觅觅难有归处
今夜
我们不说艺术
不言爱情
也不去谈理想
好么——

那些可耻的念头
悲哀了故事的一生
一生的故事
写不出一句话送给你

宋咏梅，女，四川省作协会员。做过企宣、老师、法制报记者等职业，2015年到北京做影视编剧与策划。目前自由编剧。感言：每个人都是缺角的苹果，如果你觉得自己伤口深，那是上帝钟爱你的芬芳。

向日葵孩子

宋咏梅

向日葵孩子

喜剧之鱼
梧桐独舞　秋虫吟唱
宝贝
对你的牵挂是月宫里的桂花树
无论时间、空间如何割据
只能越加枝繁叶茂

每逢佳节倍思亲
宝贝
你心里升起的是满月还是弦月
妈妈不去想

妈妈只愿变成嫦娥仙子
随时飞到你身边，把太阳的光芒全部折射给你
驱赶吓唬人的天狗、饿狼
让你变成一株温暖、敏感的向日葵
人见人爱的向日葵

那么，即使风雨蒙蔽天空，
霜雪黯淡了美好
我的孩子也能不忧不惧
始终追逐萤火虫的舞步
向上　向上
灿　烂　生　长

孤城，原名赵业胜，1970 年 7 月出生，安徽无为人。中国作家协会会员、中国诗歌学会会员。2015 年来京，中国作家出版集团中国诗歌网编辑部主任。出版诗集《孤城诗选》。感言：北漂就是追寻内心的诗歌、远方。

冷空气下降（4首）

孤城

那些草们

谁在风中　身腰一弯再弯
把泥土当作约定的方向

最后一拨雨水　踩过来也踩过去
草的肩头开始接近一个人内心的
空灵　仅剩下一簇零乱的月光
没有霜重　且比雪轻
刚好能系住浮动的村落　辽阔的寂静

如果有一天　草们枯死了
那也没什么——
生命过于沉重　在两个春天之间
允许换一次肩

冷空气下降

暮色低垂，我未及说出苍凉
那些蒿草们已一再倒向坡地以南，偏东的方向
风从背后凌乱头发与衣衫，推动身体的
其实，只是一场虚空
村庄和土堆被抬高，微不足道。
它们还会在春天丛生的植物里大面积陷落
乌鸦去向不明
暂时不理会人世间延续的关联。炊烟升起
一些地方，冻土必然被扒开，必然掩上
冷空气下降，此去不远——
白雪地，红爆竹，孩子们撒欢，又是一年

草木人间

秋凉。晨光与暮色交替，洗换
一滴露水里的村庄
木叶翻动，动作无疑娴熟。万物倏忽
皆有葱茏的味觉。
于无形，于虚旷，食客归隐。
呐喊。一个人的海啸。卑微到
可以忽略
一切居于别处，光阴再三按捺
替灰烬
暂管真身

路过祠山寺

蚂蚁搬动月光，干着与寂静无缝对接的活儿
斜坡摸黑向低处倾倒草木
三两片碎瓦，压着古徽州的声色犬马
从来处来，向去处去
在佛地
裸体的睡莲，动用了俗家的后园
禅机不比水浅的样子
明月适宜相邀。只是，我已多年不碰杯盏
试图从身体内
拔除孽债，那些早年间欠下的软钉子
争执吗—— 一切无疑会平息复原
时间与生活从来就没停止，对我们的
有效干预

郭福来，2015 年初从河北吴桥来京，北京皮村工友之家文学小组成员。感言：现在是一名电焊工，焊接铁料，焊接生活和梦想。北京的博大和繁荣，如同富有营养的海，吸引着四面八方的鱼。

北京印象

郭福来

北京印象

走在北京的路上
我的身子缩小成蚂蚁
心却拔高自己的视线
摄入一切如画的面
车流被谁拖着疾驰
我担心个别的会
长出翅膀
飞过栏杆 飞向路边
飞向我
七彩的人流时时变幻
有时红、黄多一些
有时黑、蓝多一些
人流朝四方涌动
成一波波的海浪
我淹没其中
如森林里一片
孤独的树叶
在清风中摇晃
各种模样的房子
切割着北京的地盘和天空
风被挤压成弯曲细长的丝带
顺着楼间和公路
缠绕
它能带走蝴蝶和小鸟
也能吹来蓝天和
人们向往北京的心

子语青阳，本名苗旭，1997年9月16日出生，河北省新乐市人。2015年8月到京，自由创业者。感言：繁华之下，累累白骨。

子立（3首）

子语青阳

子立

当你独自扛着旗帜
不与任何一个人同行
这不是属于失败者的影子的溃逃
而是一场伟大的创造！
如果身旁没有了可以的依靠
谁又能阻止
搂紧自己的臂膀！
没有硝烟的战场
从你走过的每一步绽放
一片飘蓬的云
也不是无头
它终有彩虹一般的雨水。
用烛光点燃霓虹灯
鲁莽地撞开一道口子
有些铅水会储存
深沉的轰鸣在
你的每一寸肌肤里！
永不停止
这十个老茧——在摩擦中绽放
如此厚重直击灵魂的声音！

旅客

一页突出的鱼鳍
把阳光迸射的粒子当作码头
奢侈的海盐

漫

飘蓬。借这微弱、无序、赢弱的风
在绿色的头顶奔跑
从阳光下到月光里。逶迤的影子
哭泣着的褶皱，年迈而干瘪的乳房
时光抖了大半，恰似跳梁的小丑
重叠的黑色。在柏油路上打滚
破碎了的霓虹，被小偷偷了去——塞在裤兜里
水泥森林，流淌着的沟壑
手指尖。开出了眼泪
树叶的下巴，戳穿了风筝
一只呆呆的鸟，企图啄食天上的星灯。

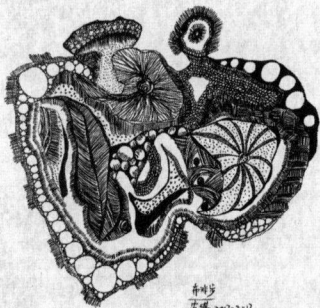

左安军，1991 年 10 月生，黔西北穿青人。毕业于四川大学，曾发起创办民刊《途中》，现主编该刊。自印诗集《第三人称的我》（2014），编著有《贵州 90 后诗选》。2015 年来京，现为某公司系统调试工程师。感言：让自己从小巫变成大巫，真正考验个人韧性的时刻到了。

从一日的工作中醒来（5首）

左安军

深夜来访

甚至说话的人
也不明来意

你是其中的整体
整体以外的全部

好的，请打开每双眼睛选择通过的门
向冬天抱你取暖的人致敬

归途

我们徒劳地从城市回到乡村
深入大地
寻找藏在种籽里的声音
以此抑制说话的冲动
直到我们从泥土中生根
我们已无家可归
我们注定一无所成
因为每一个决心出走的人
都会死在半路

父亲的诗篇

二十五岁，尚未成家立室
我站在并非故乡的大地上
随地铁的晃动穿过城市的每一栋高楼
父亲责备我一再违背他的意愿
他责备我只有母亲没有父亲

十九岁，我们把座位让给陌生人
他把我送进一所绿树成荫的大学
又在下午匆匆赶车回家
十五岁时，哥哥进入一面蓝色的镜子
他说他已没有这个儿子
四年后他才隔着玻璃和哥哥通话
十二岁，我们一家安安稳稳
尽管我是个差学生
四岁时他说要用背篓把我背到
五公里外的地方和他去上课，但被我拒绝了
两岁，我无忧无虑
骑在父亲的肩上，云游四方
现在父亲头发稀疏，两眼疲惫
我却不能代替他老去
有一些父亲在我体内尘封但我们素未谋面
作为他们的遗物我将被重新分配
我的孩子尚未出生而我业已衰老
父亲早出晚归，周末无偿加班
他说他属于他脚下的土地
我们很少通话但时常挂念
他站在小学二楼的走廊上，望着对面的山
他想起我，他不说话

时间把所有的重量压在我身上

时间把所有的重量压在我身上
我喘息，摇摇晃晃的影子像螺母丢失的
脚手架，从高空中轰然倒塌
母亲教会我如何用生锈的镰刀
把漫山遍野的秋天带回农舍
踏进成年的教室，我埋头瞥见父亲像他手中的粉笔
越写越少，但我什么都没有学到
因此，父亲，请你不要责备我
庄稼年年倒伏，暴雨无法解除河水的渴
我走得越远，离你们就越近
我作为一份遗产，你们的姓名从页脚签到页眉
爱情的风，已把我吹向四海
我站在森林的旷野中，任星辰明灭
那灵魂的探测器，心灵的接收机

在罗盘上射出反光，在无声的旋转中
照见事物的本来面目
那假寐的钟表在清点我内心的恐惧
叫喊像一辆呼啸而过的救护车，穿过美容院
为时间减肥
在身体里困得太久，喔，神秘工匠
请借给我那枚飞翔的钥匙
让夜莺重返天空，河流回到源头

从一日的工作中醒来

除了死亡的恐惧和生活的耻辱
什么也感受不到。早晨的道路通往医院
房门洞开，大厅里坐着编了号的人群
也许此刻在走廊来回走动的人身上就发着光
但谁也看不见他的那颗原子心
他们被亲友推进屏蔽室时全部的表情
像永别也像送葬
他们躺上去，听任医生摆弄
没有了平日的疯狂和野蛮
当我从一日的工作中醒来走上地铁
那里身体紧贴身体，谁也不认识谁
走出地铁，我驱车向北，大地在我身后倒退
我时时刻刻身处地球的中心，走到哪里
和他们一样都是无根的游牧民族
居无定所，乡音尽失，隔着沥青梦想大地
只是我偶尔听排队的瓶子高歌，直到深夜才睡
死神像一辆朝坡顶开去的推土机
到达坡顶时，司机突然从梦中松开双手

霍旭，男，1989年9月生，河南许昌人，2014年11月5号来京，从事手机售后工作。

不哭（3首）

霍旭

鬼天气

不足十平米的出租房
贴满了上不了学籍的孩子的奖状
匀速缓慢跳动的心不再感伤
那些感情的来来往往
还没混出个人样
老家的父母已经卧病在床
是不是因为每天都有灵魂死去
所以天空才总是这么阴暗
像哭丧

离经（京）叛道（到）

坐上车的这一刻就像宇宙开始的那一秒
高密度的思念爆炸行李箱已经装不了
我认为要给明媚报以微笑
把哭泣留给隧道
而脑中划了重点的片段
却是破坏理智的罪犯
回忆2马赫的精确打击让压抑开始溃烂
透过雾霾能看见许昌只因她耀眼的美丽
让我冲动十个小时如同赤裸的妙龄少女
泪水慢慢从情绪的深井涌出
向她的小腹汇去

不哭

孤独
像雾里的一棵树
看着同类
他们的神情也如此模糊

轻声喧嚣的时间似刺针划过皮肤
留下了深深浅浅曲曲折折血泪交织的纹路
坚强一些吧
等倾盆大雨再哭

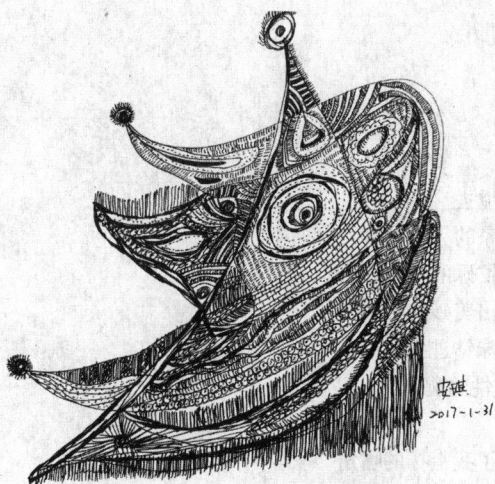

冰凌，本名张兰英，出生于1979年8月14日。吉林省人。2014年到京，现在在一家公司做销售顾问。感言：北漂的生活让我成长。

家与远方（外1首）

冰凌

家与远方

十三岁
醒时是家
梦里是远方
三十一岁
醒时是远方
梦里是家

下班

下班了
在地铁上昏昏睡去
感觉像是在回家的火车上
朦胧中是母亲忙碌的身影
铲子和锅敲击出美妙的音乐
有红烧肉的香味钻进我的鼻子
45分钟后习惯性的醒来
"到家了！"
车窗的风吹低了我上扬的嘴角
还有1小时15分钟到家
不，是我的住所
一会儿吃小鸡炖蘑菇呢
还是老坛酸菜呢
看着包里的两袋方便面我又复发了选择恐惧症

周园园，女，1989年生于黑龙江，毕业于福建师范大学，文学硕士。2014年9月来到北京工作，居住天津。有诗歌发表于《诗刊》《星星》《芳草》《中国诗歌》《福建文学》等刊。感言：北漂就是一个从生存到生活的痛并幸福的过程。

长满翅膀的热带鱼（外1首）

周园园

长满翅膀的热带鱼

那天没下雨，可我怎么听了一夜的雨声？

三只流浪猫跑进城隍庙又跑出来
天亮了，你说
你去赶走那些叫声凄惨的野猫。
但你很久没有回来。
你撒了一个美丽的谎言。

夏天结束时，我开始关注离别以外的事情，
期待秋天的种籽，十字路口的绿灯，
二十四小时不打烊的店面。
去小岛听贝壳和潮水的卧谈，
透过对岸城市的光亮，清楚地看到
海中的热带鱼都长满了翅膀

自从你离开后
我始终没能从神秘而古老的沉重和忧伤中
获得解脱

冬日

这是离开南海的第一个冬日
许多枯枝折弯在冰冻的河面
　整日未出门，看书，煮茶
文竹缺水，干得发灰
新年第一天，我们去郊外
收集遗落的种籽
从它们身上演绎一场仲夏的茂盛

新鲜的晨光和滑落的清露珠
我们钟情的事物远不止如此
顺着荷塘西路一直走到尽头
经过那些下垂的气根，唱起老歌
我们回到多年前年少的时光
站在马路对面凝视

李川，当代青年诗人，画家，作家，行为艺术家。1989 年 9 月生，甘肃庆城人，2013 年 11 月来京，现居北京宋庄。2014 年和 2016 年先后在北京举办个人画展，有作品在海内外展出。出版诗集《一切都很善良》。感言：如果把自己比做一本书，北漂会是这本书的开始，万事开头难，开了北漂的头，那我就要把这厚厚的一部分写完，另一部分肯定会在这一部分的基础上继续写，北漂的意义就不言而明了。

另一种孤独（5首）

李川

睡与不睡

我和两只猫在里面睡
一只母鸡在外面和鸡蛋睡
未点燃的香烟和烟盒睡
你和你的酒杯睡
你和你的枕头睡
你和你的情人睡
你和你的眼泪睡

满天的星斗和深邃的黑夜睡
麻木的肉体和干净的灵魂睡
半夜被神惊醒
审视着陌生的自己不睡

雨把雨的诗行带给你

你可以假装成雨滴，从忧郁的乌云跳到人间，吻在炽热的小草上
若你怕疼，你还可以假装成水滴向上跳，突然发现地球没有了引力
假如你没有发现，苹果就不会砸到牛顿的头上和乔布斯的口袋里
假如你没有发现，那人造铁球撞击地球的人是多么可怜

在这个世界上每时每刻都有人用自己的生命撞击地球妈妈，妈妈也疼
雨还是在下着，有人死在贫穷里，有人死在手术台上，有人死在弹片里
雨还在下着，有人死在起跑线上，有人死在教科书里，有人死在朋友面前
雨若突然停了，我的泪水就开始肆虐……

另一种孤独

创作中有时候会停下画笔
情不自禁地在字里行间挖一挖土豆
对你掏一掏心窝子
眼睛就落在孤寂的墙角
墙角一直很肃静

墙角落满灰尘，墙体笔直地站着
墙体和院墙都笔直地站着注意着我
大门紧闭，大门闭口不言
我不敢和大门对视
怕她突然打开

雨酒之殇

雨很大的时候我还躲在雨里
衣服湿透，纽扣跳进水里躲避洪流
在记忆消失之后
大水会漫过头顶的稻草
高出的灵魂自由如风

直到稿纸湿透，我从未动笔
看过太多的日落以及死亡
整日与屋顶对话成疾
你所想的我都透过时间的缝隙
了如指掌

无语的时候酒杯溢出自己的忧伤
我所饮尽的是我离开时拉长的背影

我的分娩时刻

诗行从身体里取出，分明是我的骨肉
我的性是和母亲一样的性

你父亲给我的闪电让我频频兴奋
你的父亲可能是一只葫芦
一只过度兴奋的猫或一座村庄

你的父亲拥抱我的是那裹紧我的黑夜
在他巨大的怀里我被爱得差点窒息
我要抽出我的灵魂去爱你
我的孩子，你是我的全部

你的父亲是个独裁的流氓，是个纵火者
是个凶手，他杀人不眨眼
他温情过后是一片冰冷，转身就会爱上别的女人
可我依然死去活来的深爱着他

我还是一行一行地打字，安胎
不会让你流产，会在第十七行生下你
你不会像你的父亲，你会像我
你是从我身上掉下来的骨肉

崔家强，来自江苏宿迁，1986年9月13日出生，2013年来北京，现在从事游戏策划工作。感言：这里的时间过得好像比家乡的快。

今天你要离开北京

崔家强

今天你要离开北京

离别是你吐出的口香糖黏在地面上
要上天空的姑娘你咬伤了我的心
抱歉的话不要在这雾霾笼罩的机场说起
看不清的回忆怕是记得更深
就此别过吧，与我分割的衣裳
就此别过吧，戴上口罩的脸
就此别过吧，模糊不堪的眼

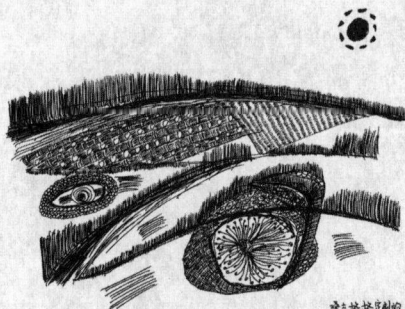

项见闻，男，湖北荆州人。笔名文剑、见闻、默默等。20世纪70年代生人，农民，大学文化。2013年8月1日来京，现为北京新发地集团董秘兼助理。出版有散文集《清贫的母亲》，诗集《北漂手记》正在印制中。感言："北漂"是我们这个时代人的共同特征。每个时代都有每个时代的特征，每一代人都有每一代人的不容易。勿谈得失，勿言悲喜，不同的时代成就不同时代的人。任何一个时代，生活总是大浪淘沙，我们要做的总是只有自立自强。况且对于文人、诗人，苦难本是人生最大的财富。

北方的路（3首）

项见闻

北方呵，北方

命运一样辽阔的北方呵
无边无际的向身后蔓延而去
闷罐列车一声一声有节奏的敲打应和着心律
演奏着此番北漂的主题
远山飘渺。透过神秘的车窗，翠绿的青山
将灰暗的情绪一点一点的侵染
长沙、鹤壁、郑州、石家庄
感觉每一个站名都很新奇
忽而金鸡独立，忽而凤凰展翅
十二小时的站票里，竟然忘却了什么叫累
已不算年轻的心呵，被未知的诱惑恣意地淹没
不要问我从哪儿来，北方
在这槐花飘落的七月里，对你的向往
已疯长成摇曳的森林
不管此番路途多么的遥远，旅途多么的艰辛
我绝不会退缩
就让我踩着落英，踩着黄叶，踩着霜雪而来

不要问我从哪儿来，北方
为了一个魂牵梦绕的季节
我已流浪了人生整整四十个冬天

北方的路

没有路，却又到处都是路
北方像海，每一个方向都可供迷航的水手选择
却又无从选择
茫茫人海里，浩浩苍穹上
滑翔的羽翼竟不知落向何处
一场猝不及防的暴雨袭来
雷霆震响，大地痉挛，山河颤栗
水珠沿着屋檐而下，沿着额头而下
一只离群的孤雁在风雨中伸颈叹息
风雨埋葬了多少代北漂人的梦想
可一代一代北漂人的脚步并未因此而停歇
暴雨中，一株枯萎的花儿即将绝望时
被酣畅淋漓的雨水浇灌得忽然又生机盎然
无意的反而捕获惊喜，蓄谋已久的反而两手空空
人生的舞台上，常常演绎一个个令人啼笑皆非的悲喜
茕立街头，看车流在风雨中像帆船
涌来又涌去，朝着各自预想的彼岸奔波
而我的远的岸，近的岸，也在不断地展示诱惑
那么，跨入风雨，继续走

北方的思絮

在北方，思念是一只只蚕儿
入夜便是作茧的时节。
丝丝缕缕，无声无息
把孤独的灵魂一层一层紧紧包裹
前方有梦，脚下延伸着一片绿色海洋
遥远的岸展示诱惑。静谧、无声
像无穷无尽的启示，蛊动着生命去寻觅
脚步一直都未曾停歇，因为肩上扛着责任的缘故
或许，活着便是对亲人的一种承诺
是以不管阳光多么的爆烈，寒风多么的肆虐
我都没有停下脚步，有些悲壮的一直朝前赶路
不悔地撒出最后一粒种子，只为生命中能有一次葱茏。
北方呵，哪怕此番豁出去一次
也要体验这迟来的激情

马莉，画家、诗人、作家。生于广东湛江市。毕业于中山大学中文系。中国书画院艺术委员。中国作家协会会员。2012 年漂泊北京宋庄并开始自由绘画职业。在北大等地举办有画展 20 余次，出版有诗集、随笔集、诗画集近 20 种。感言：漂在北京，让我找到了根植于大地的感觉，像树一样每年都要开花结果。

金色十四行（组诗）

马莉

另一个白昼

皮肤最底层的黑暗
是皮肤包裹着肉体的温度
是拉开抽屉看得见的筋骨，是血
是春天无处不在的心跳，深度的伤疤
同样藏在最底层，斑驳无畏地仰望着
这是另一个白昼，那匹脱缰的马
我深知它和我相似，我们总在逃亡
总在感受深度的灼伤和消失的光芒
我们总在逃亡，在心的远方应声倒下
相遇的时刻挖掘彼此的内心，表达着
最粗砺的需要，难以跨越的幽暗屏障
在黑暗中向白骨伸出爱你的双手
你认得那冷静的微弱的光吗？你认得
那双竖起危险的耳朵吗？那些大海的细纹

风在夜半改变了方向

我常常想象古代群岛上的奴隶
与岩石一样体验着疲劳和死亡
大海退潮时眼里满含着哀伤
今夜，钟表已经停摆，动静逐渐瓦解
水泥、石头，老鼠们，开始交谈或者说谎
喘息之声比影子微弱，更加模糊
也更加清晰，如同枯果弃落于深秋
隐藏在眼底深处，海水难过时
会溅湿一个人的扣子。今夜
风向南吹，继续向南吹

但在夜半改变了方向
吹开了家门，吹跑了衣裳
黑夜躺在床上盖着被子做梦
梦见我出生之前，大地无处躲藏

这是什么声音呵

人们忘记听取祖先回忆，做各自事情
橱窗闪耀，人流熙攘，车水马龙
告别的告别，哭泣的哭泣
人们忘记雨后春虫纷纷醒来，河岸草丛
高墙树下，大街小巷，肆意鸣叫
痛苦的词句，海水流经远方的绵绵途中
祈祷的祈祷，行骗的行骗……但是
一只花瓶从夜晚的额头、城楼的高处，轻轻
跌落了，跌落在时间逗留的间隙，清晰妩媚
是中国古代瓷器的声音，封建时代的声音
它远道而来，并非发号施令
这声音有光，擦亮夜空，时而急速时而矜持
缓慢穿越城市冰冷的面孔，今夜
全城人都做梦，并竖起耳朵倾听

陷落在风景中

声音该有力量
出现在右边，在楼梯口
拿在手中的利斧，该有力量
亲切又陌生的辞藻不要频繁地使用
利斧呈现明亮的光泽，力量该有气息
气息正在逼近，该有美好的沉默
沉默是发光者向黑暗致意，正义的声音
此时重复出现，又重复消失
焦虑的事物抵挡不了外界的阴霾
声音出现在左边，在露台上
熟悉的脚步总是收放自如，很稳、很轻
眼睛彼此相撞，门扉就会自动敞开
时辰到了，所有的声音陷落在风景中
声音该有力量，不然我们会再度失踪

大地上有一些失踪者

失踪者的夜晚到处是搜巡，房间四处
堆放着失踪者的尊严，椰子树摇晃着
白色的沙滩，被海浪一层层吞没
海浪呵，所有船只的大地
我的母亲忧心忡忡却沉默寡言
宁静的眼神使大地上的睡眠安稳可靠
大地上的失踪者，他们从不说话
他们背向着人群，坚定地注视黑夜
一只孤独的乌鸦在迁徙后的树枝上
感受着潮湿的冰凉，南方的潮湿
使我寒冷，使我的墙壁脱落
花园后门突然敞开，海水浸到柱廊上
失踪者爬上岸，他要求躲藏
可搜巡的人，还未来到我的梦境

朱子庆，画家，诗人，诗歌评论家。生于北京。毕业于中山大学中文系。著有《中国新生代诗歌赏析》《瘦狗岭诗歌笔记》。主编有《夕阳下的小女人》《触·马莉》《马莉中国诗人肖像画》《珠江诗库》《海心诗丛》等多种。画作参展"我们"（宋庄美术馆，2013）、"10年（2006—2016）——宋庄美术馆建馆十周年特展"（宋庄美术馆，2016）。2012年到京。现居宋庄。感言：北漂在我是一种现时寻梦，是不自觉地向有文化磁吸的地方走去。

沙尘暴

朱子庆

沙尘暴

人类大脑的神经网络
在这里被重叠
是缠络的植物根系
还是大地
恣纵的江河
凝视手掌
凝视叶脉一样
游弋的掌纹
事物的相似性
总令我吃惊　神往
而又困惑

坚信所有相似的事物
彼此或有
神秘的关联
我向掌纹深处望去
我发现　所有生命的体内
仿佛都深植着
一个水系
卑贱如草
也在渴望中
用它神经质的蜿蜒的根
虔诚地把江河模拟

我看到它地面分蘖的部分
因为光合作用
而抽出绿条

起脚于青萍之末的微风
与堤那边的大河
使它清纯又窈窕
草根深处　急惶惶的蚂蚁
这渺小而沉默的种群
在悄悄　挖掘着什么
莫非是一条　通往
梦想王国的隧道

我又看到　一只贪婪的
牵引骆驼的手
拔起了草　这青绿青绿的
命中注定的一棵
一根草　压死一头骆驼
又有什么神奇
如果在骆驼的肩背上
已经压得　足够多
也许　就是由于这么一点
微末的牵动　使蚁穴喷出了
溃堤千里的第一缕水沫

忧患的想象是自我恐怖
我仿佛触碰到泥土的神经
冰川　大海和零星的大小湖泊
像一团团神经元　放出
江河的闪电
把它们操控
植物根系　那敏锐的末梢
将每一粒泥尘吸附和握紧
而一旦林毁　草枯　断去链接
辽阔的瀚海和沙碛
就只会感应太阳和风

现在——不　是此刻
我想到的是
究竟是哪一棵草坚贞的草根
以它　最后的绝望
枯死
和断掉
使黄沙大漠
化作飘蓬
扶摇升空
令举世瞩目和震惊——
沙尘暴　沙尘暴直逼北京

李若，本名李玉林，1977 年 3 月出生，河南信阳人，2012 年来北京，现在 NGO 做公益。
感言：我是过客，不是归人。

宝贝，对不起（外 3 首）

李若

宝贝，对不起

宝贝，电话中
你问我快过年了
什么时候回
我说快了
放假了就回去
我问你想要什么礼物
你说让我帮你带一本《三国演义》

宝贝，我知道你酷爱打球
你还喜欢下棋
可是，你奶奶不让你打球
也不让你下棋
她说打球下棋都是贪玩
不是学习
你每次下棋都只能偷偷摸摸地
因为她照顾着你
她说了算
我无能为力

宝贝，作业遇到了难题
你会不会着急
我不在家
谁可以教你
宝贝，当你看到别的小朋友
和爸爸妈妈在一起
你想不想爸爸妈妈
你会不会哭泣

宝贝，你说你想要的是父爱母爱

不是爷爱奶爱
宝贝，对不起
我真不想和你分离
真想走到哪里把你带到哪里
宝贝，现实有很多阶梯
把我们相距两地
我也常常问自己
是什么不让我们在一起

你在哪里

我多想
和你一起
站在雪地里
一会儿就白头
那样就不担心
会分离

你看着我
我看着你
站成雕塑
瞬间也永恒
纷纷扬扬的雪
是我的嫁衣

我们还可以
在一起
堆雪人
打雪仗
可是
你在哪里

抢票

离过年还远呐
大家回家的心动了
一大早爬起来
坐在电脑前
等着放票

八点一到
赶紧刷票
屏幕上一个小圆圈转啊转的
票没了
这什么破网速
看到有票就是抢不到
同事骂骂咧咧走了

第二天一早
又接着抢票
我也加入抢票大军
才突然想起
我要去哪里
一个无家可归的人
跟着凑什么热闹
对着异乡的空气
冷冷地笑

停电

上次停电之后
就一直没来电
发电机拼命嘶喊
还是供应不上
大家用电
终于在今晚
它累得耳聋眼瞎
喂油也难以下咽
修机器的师傅
忙得团团转

冬日的夜晚
既冷又暗
厨娘做饭
因为看不见
所以每晚吃面
圆面条
扁面条

宽面条
粗面条
细面条
吃了个遍

我的充电宝
还有一格电
不知道
能不能挺到
挺到
明天

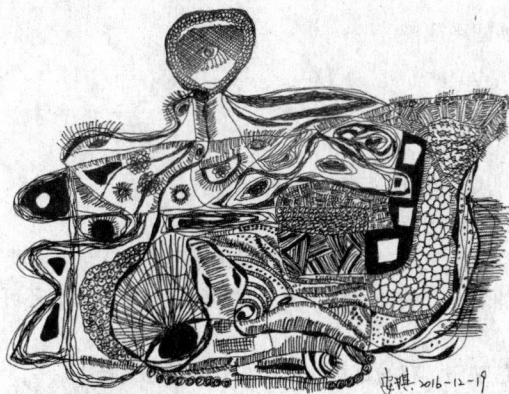

雪婷，1997 年 10 月生，辽宁人，2012 年来京，北京皮村工友之家文学小组成员。年纪虽小，来京 5 年了。感言：北京，想让人遗忘的城市，却又不忍心离开！

我愿做一只小鸟展翅飞翔（外 1 首）

雪婷

我愿做一只小鸟展翅飞翔

我一直在想人活着是为了什么？
是为了吃，还是为了睡？后来我知道了人活着是为了经历！
想着、想着我不敢想曾经，因为已成过往，再想也回不去！
当我睡着的时候发现，梦境离我是那样的遥远。
我不知道，我会在这个世界多久，只知道终有一天我会永远地睡去。
生命，你是那样的珍贵，可是这一过程，何尝不是，痛苦的，经历了太多的磨难？
生命，你是那样的珍贵，可是这一过程，何尝不是，幸福的，遇到了太多的人，感觉到了不一样的美丽。
我愿做一只小鸟展翅飞翔！

脆弱的灵魂

那一天他进来了，满身鲜血，面部是那样的狰狞；
那一天他进来了，手臂已断，面部是那样的铁青；
只见身后跟着的是他的亲人，亲人紧张的眼神是那样的无助，疼惜，不知所措。
我看见朋友发愣的表情，满是心疼，突然间他问我，"我以后还可以做什么？"我突然一愣……
这里的朋友有的是工伤，有的是意外受伤，有的是他人伤害。
门前挂号的人越来越多，排着长队。亲人家属陪着病人在这里过夜，每人带着毯子或睡袋，在走廊里小睡，不敢睡深，深怕夜里病人突发情况，突然离世……

三四，本名崔庆凯，1988 年 6 月 4 日生，山东博兴人。2012 年来北京工作，语文老师，e 诗代同仁。有诗发表于《新世纪诗典》《新世纪诗报》《东北亚新闻》，入选过某些选本。感言：漂久了，也会生根。

祷告词（4首）

三四

疼痛

是什么感觉，如今已经不记得了
指甲陷入肉里钢钉打进骨头
还是犯了错挨一顿鞭子
身体不说记忆咧着嘴笑
师傅拿着戒尺站在空荡荡的麦田里
我从梦中惊醒，风雨就这么
吹了进来
生命里的罚单已经够多
每天还有新的名字写在后面
一朵花，一条鱼
一块发疯的石头
这么安慰自己吗？
白天训练鸽子
找了多久，找不到一个人
找不到过去丢过的一枚硬币
和亲手埋葬的母亲的骨殖，父亲的热泪
如今我举着双手
像从战场上逃出来的怂货
再也找不到一条属于身份的唇语

祷告词

一场大雪，池塘衰老下来
十二月，鸟雀依然活跃
忙着搭建巢穴，并在梦中将我叫醒
未到中年已撞进中年的尘埃
偶尔擦拭像擦一枚影子
依旧是陌生地，走入超市和餐厅

现实中一再听闻风暴
虽暗藏刀斧的锋刃，劈头盖脸地
散落着乳花般的雪
时间仍然善良
仍然阻止来世再慢一点
走在街上，时常感动光是透明的
就像感动万物停留的仁慈
我进入它们，与蔬菜、收入表和水
并排搁置的位置
那个位置不高，不低
是生命与灵魂恩赐的
卑微的磷火

父亲

去年的雪下在今年的夜里
稀缺年代
你用月饷代替语言这把废琴
我从不敢说出，一只野兔
一块黑泥流淌的河，埋在雪里的枪
精致，隐忍，风干以后
伸手接住抽象的事物
比如，我的第四个性别明确的姐姐
如一粒蚕豆滑出子宫
万物轮回
依然替代不了她，在更高的位置
爱，以及爱本身
衰弱，以及背后迸溅的炭火
每虚设一次，疼痛就在身体里扣动扳机
日子没有边界，日子是宇宙
和加粗的历史
你的一辈子，是月光硌疼了脚背
记忆深处供着一把刀子

中秋那点儿事

有人晒团圆
有人晒出差
有人晒月饼

有人晒月亮
有人揪出苏轼清清这笔旧账
有人在大桥上跳河，模仿李白
有人晒酒店
有人晒盒饭
有人晒偷情
有人晒恩爱
有人晒爸妈
有人晒私生子
导演晒剧组，明星晒绯闻
作家晒新书，商人晒酒会
搞艺术的晒画晒字晒青花
不懂行的晒画晒字晒青花
年轻的晒身段，年老的晒秃头
白天晒粮晒衣晒肌肉
晚上晒床晒记忆晒忧伤
光脚的晒脚气
穿鞋的晒脾气
有人晒一阵子
有人晒一辈子
中秋真适合晒
晒晒摇滚乐也晒晒清远的笛
晒晒锅里的乱炖也晒晒小炒蒸焖
天桥上卖货的女人一张白麻单
月光打下来，她晒晒那些小玩意儿
当路人走过，她晒晒苍白的声音
当人们坐在沙发上啃着月饼喝着小酒
她晒她的时间
当月亮升高点，月光再狠一点
她靠在栏杆上还在晒
她明白晒干净了
月亮的鞭子抽在身上就不痛不痒了

寂桐，河北承德人，北京皮村工友之家文学小组成员。2012 年来京，现做北京工友之家社会企业库房管理。感言：我觉得北京既熟悉又陌生，但在北京生活工作必须有一股来自内心的劲头。

清洁工

寂桐

清洁工

清晨
推开门
朝霞向你点头微笑
扫把、撮斗与你同行
是你忠实的朋友
这时，城市是你的
巷口是你的
清脆的鸟鸣声也是你的
你重复着简单的动作
走走停停
唱着无声的歌
傍晚
伴着渐渐亮了的街灯
你那弯曲的背影
古铜色的脸庞
和我们诉说着你的一生
最美的人哪

邵小蓄,男,生于 1995 年 3 月,山东省东营市人。9 岁时开始写作诗歌、小说。2012 年来北京学习舞蹈、艺术设计,参与多个广告片拍摄及舞蹈演出。现在中国传媒大学导演专修班学习。感言:选择北漂,是我对自己的挑战。

一条河(外 3 首)

邵小蓄

一条河

有一次我去郊外
看到一条无人照管的河
我知道它在每个季节
都会有所不同,就像我
在一年一年地长大
直到变老——我还会记得这条河
以后这条河会更美丽
来这看的还有很多人

我偶然想起……

我偶然想起想想我做了什么
昨天跟今天都做了什么
我做过什么坏事
我又做过什么好事
不管我做过什么事
这次我都会从头想起

低飞

在一个晴天
我想练习飞翔
那时候天高云淡
我像风筝飞到高空

而阴天的时候
情况会就变得不同
当阴云像蝗虫压在头顶

我只能
选择低飞……

诗人

我爸爸是一个诗人
他的朋友们也是诗人
比如普珉和岩鹰伯伯
而瓦当叔叔
每次谈论国家大事
谈着谈着
就谈到了女人身上

苑长武，吉林省白山市人，北京皮村工友之家文学小组成员，曾做过13年工人，后在政法部门工作20年，2012年初来京，先后在顺义区清红蓝打工子弟学校、朝阳区同心实验学校做支教老师。诗歌《我是小北漂》被皮村打工艺术博物馆收藏。诗歌《北京我来了》《再见了北京》分别参加2015年、2017年打工春晚。诗歌《为爱坚守》等在第六、七、八届新公民儿童艺术节上获得好评，并在2015年第一届打工子弟教师年会暨新公民园丁奖颁奖典礼上获"特别致敬教师奖"。感言：漂在北京，也是北京人。

这里是　皮村

苑长武

这里是　皮村
——为新工人艺术团进驻皮村10年而作

在皇城根下
朝阳区东
金盏乡内
温榆河畔
有一个"城中村"叫皮村

这里是 皮村
是一个和"皮"没有丝毫关系的村
4条公交车线路在这里汇集
把城市和乡村连接在一起

这里是 皮村
一条东西贯通的"商业街"
贩卖着不是水果的"苹果"
还有不是粮食的"小米"

这里是 皮村
抬头可以看见飞机的起落架
低头可以看见随手丢弃的垃圾
那些房东看我们时流露着鄙视的眼神……

这里是 皮村
那是在10年前的某一天

村里来了一群有梦想的年轻人——
一个背着吉他走天下的河南人
一个普通话说得很烂的江浙人
一个怀揣着相声梦的蒙古人
一个性格豪放像架子鼓的东北人
一个眼睛比崔永元还小的豫中人……
还有几个志同道合的打工姐妹
用七万五千元创办了一所"同心"学校
新工人艺术团在这里安下了家

这里是 皮村
艺术团创办了同心互惠公益商店
服务社区工友 降低生活成本
在这里
全国第一家打工文化艺术博物馆诞生
新工人群体向世界发出了自己的声音
 "没有我们的文化，就没有我们的历史；
没有我们的历史，就没有我们的将来！"

有一天
木兰花开的时候
小妹妹来看我
来到男工宿舍
我们用五毛钱
吃着一个工友的伙食

这里是 皮村
我还有个工友叫老张
从六里桥搬家到工业区
和一个村里来的小伙
唱着打工打工最光荣的
打工号子
告诉人们我是一个建筑工
天下打工是一家

10 年了
"工人大学"的学员
遍及祖国的四面八方
同心学校的娃娃

已经出落成漂亮的姑娘

这里是 皮村
一个"打工春晚"诞生的地方
当"大地民谣"唱响在北国南疆
平谷的同心果园桃花已竞相开放

注：诗中带""的部分系选用了新工人艺术团一些歌曲的名字。

玛姬，诗人，画家，湖北十堰人，原系某高校教师，2011年定居北京。主要作品有长诗《大荒经》和《秋天十二章》，诗集有《T型台》《玛姬花语诗歌系列》《玛姬音乐诗系列》等，另有散文和小说等。有诗歌入选湖北省高中课程改革指导刊物《高中生学习》《湖北诗歌现场·2013》，其他散见《北方文学》《诗刊》《艺术宋庄》等数十种书刊。

黑珍珠（外2首）

玛姬

黑珍珠

那么多的人称，那么多的白色帆船
星星点点。岸在河堤分裂，
你，我，他。或者人，神，魔。
亡命的水系，亡命天涯，
颠沛流离。那么浓的魔汁，
黑压压的巨石垒成堡垒，白刃滚滚而下，
黑色的炸药，白色的恐怖，
惊魂未定。
为什么要让镰刀把守灵穴的四周？
为什么要抓大把大把的初衷，撒向空气？
接不住。
那渐渐失落的密宗，可曾旧日吟诵？
永不投诚的对手，暮色的战旗，
在猎猎的风中呼啸。
灵魂的狩猎者，水域的幻影，
黑压压的乌云，黑压压舞动的珍珠，
巨鸟叼着白刃的战书，
刺向白色的精神，白色的影子
溅起破碎的波浪，像大片大朵的白花。
黑米粒状的绳索，与时间一样长，
与时间一样生长，永不消亡。
那悲伤的甜品，在激流的天瀑之下
天的暴动，雨的弓矢，鸿宇汪洋。
那黑色的诘问，檄文一样尖锐。
对手的剑谱凌乱不张，
灵魂削去了一半，青丝削去了一半，
大白花削去了一半。一半逗留尘世

一半亡命水中。如果让虚构的情劫
像黑蜘蛛一样，吐丝结网，
圈套与圈套纠结，白色与黑色纠结，
灵魂与肉体纠结，人称与人称纠结，
你，我，他。像遥远的星星
不可琢磨。腹中的谋略如何
破解迷魂阵？那些箍咒如何消解？
我们是蒙面的剑客，
在月黑风高杀人夜，纵火，
然后借必然之手把刀光剑影导演成电视剧。
你在黑鹰的尾翼上，吊着白色的精灵，
她急速下坠，落入了万顷碧波。
这水中的生灵，重新回到水族。

神秘园

一个桃月在海棠花上睡去，
一场青丝之雨顺天直下。
一只火焰军团混战蓝绿，
一个蓝天方阵溃不成军。
千万只萤火虫敲击渔鼓和简板，
千万个精灵却不能开口唱道情。
四月，唯有清澈之眼方见精灵重生。
四月，拿什么祭奠春秋与绿野。

大荒经

在花朵的边缘结识绿叶，
在氢气的闷罐中感受偏头痛。
每一个葡萄糖的午后，
传来黑暗电子 Unheilig，
安抚城市楼宇中被打劫的受害者。
火药的仓库，牛仔的鸟铳，
引爆了沉没的鱼雷。
谁能享用煮熟的火星生物？
章鱼的肉糜奖赏给死亡之海。
烟花的导火索挑起海陆之战，
墓地外环的冲击波攻陷某座峭崖。
白鸥的乐队启奏蓝皮鼓面，

军乐的号角手吹奏冲锋的号令，
蓝色的军团上下夹击。
高压之下低压洄流，南北大溃逃。
北极之门冰封了退路，
南极之火殃及池鱼。
冰峰与火焰同室操戈，
北回归线是北半球的最后一道防线。
南回归线是南半球的最后一道防线。
风的睫毛串联一个个晨昏，
前仆后继。生命的皮屑一天天剥落，
腥膻的僵尸堆积大荒。
外星人奔赴光年之路，
百亿年可否寿终正寝？
假如天光拖着病体躺在黑水河边，
芦絮们站立荒滩上合唱大风歌，
几十亿两重的白雾堵死了
天地的豁口，
天鹅毛的宇航员们无力掌舵篮球的航行，
而雾水一天天加重。四维皆被窒息。
稻草的通行证助燃了南极之火，
地球的烽火台发送 SOS，
火焰的密波穿越五十四亿光年。

邢昊，原名邢少飞，1963 年 3 月 24 日，出生于山西襄垣。当代先锋诗人，纪实文学作家。2011 年来京，暂住宋庄，职业写手。著有诗集《房子开花》《人间灰尘》《蛇蝎美人》《苦役之舟》《时光沙漠里的梦想王国》《伤风吹》《白日梦》。2016 年，韩国海风出版社以中韩双语对照版，出版诗集《怀乡记》。诗作已翻译成英、法、德、韩、日等多种语言。感言：我像一部单面人电影，就这么一天天，反反复复，寂寞地在宋庄上映。

弟弟霾中来京（5 首）

邢昊

西风压倒东风

农民工崔东风
穿着屎布似的雨衣
马桶似的雨靴
臭烘烘地走了过来

要是家乡的父老乡亲
看见他每天趴在暗无天日的地沟里
一把一把地清淤
还被站在上面的监工陈西风
骂得狗血喷头
他们会怎么想

要是他的父母
看见他像只掉进茅坑里的
胡乱扑腾的猪
他们会怎么想

要是他的老婆郎先爱
和成天在学校炫耀
爸爸在北京挣大钱的儿子崔银锁
看见他像从坟里钻出的
孤魂野鬼
他们会怎么想

弟弟霾中来京

广场变成海市
故宫酷似蜃楼

鼓楼只闻鼓声
前门偶有咳嗽

长城狼烟滚滚
天坛驾着仙雾

水立方在冲浪
大裤衩给弄丢

鸟巢长出翅膀
不知飞到何处

高楼穿上纱裙
大厦掩面遮羞

道路捉着迷藏
车灯气得鼓鼓

红楼宛若一梦
弟弟正在西游

北京兜了一圈
没能看到首都

我爸最终死因不明

煤矿污染
恶劣环境
雾霾天气
垃圾食品
生活压力
遗传基因

还有我爸给领导提意见

挨的那记耳光

病从气中来
医生说这也是致癌的
主要原因

字条

利比里亚驻华公使
凯瑟琳·卡苏女士
说起埃博拉病毒的可怕
声泪俱下：

"一个人得病了
一家人照顾
一家人得病了
一村人照顾
一村人得病了
全镇人照顾

结果是
一个人死了
一家人死了
一村人死了
全镇人死了……"

演讲结束
七岁的女孩张娅瑶
悄悄递给公使一张字条：
黑人奶奶别伤心，
快快去叫李时珍！

鼓掌

开群英会
他不鼓掌
开劳模会
他不鼓掌
开代表会

他不鼓掌
开总结会
他不鼓掌

不是不乐意
而是好难为

车邻，本名张俊，山西榆社籍，生于1982年7月，2011年年初来京，目前主要从事大型网站开发架构、服务器维护等，自著有电子诗集《小人物事》，翻译有《拉塞尔·埃德森散文诗选》和《谢尔·希尔弗斯坦童诗》。感言：北漂对我而言是一种生计上的被迫！

画饼（5首）

车邻

啃骨头的故事

在一个月亮流着金黄酱汁的夜晚
一条小狗嘟巴嘟巴啃骨头

一个孩子淌着长长的口水
他两手油腻，刚扔掉吃完肉的骨头

他眼红小狗嘟巴嘟巴啃骨头
他就趴在地上学起小狗

可孩子没有骨头，他发不出
小狗嘟巴嘟巴啃骨头的声音

他汪汪叫了起来，他在和小狗
商量，想借它嘴里的骨头啃一啃

小狗不做声，只是摇摇尾巴
龇龇牙，不愿小孩打扰它啃骨头

在一个月亮流着金黄酱汁的夜晚
小狗啃着骨头，孩子假装啃着骨头

他们发出嘟巴嘟巴的声音
嘴里满是月亮金黄的酱汁

画饼

他们在天上画了一张
金晃晃的大馅饼

堪比太阳，他们说
下界的群众呀

你们要顺从听话
要膜拜画饼的领袖们
天上才会掉馅饼

于是，人们开始
竖耳朵，纷纷表忠心
直到肚子咕咕叫

可天上的馅饼
一直在天上画着
只是偶尔流出七彩色

拆迁与鬼

他们用挖掘机
把鬼从坟里挖出来
扔一边，也不管鬼们
是否准备投胎
还是流浪或者寄居
当然对于敢反抗的鬼
他们要把他抓起来
绑到太阳下晒
他们说鬼怕太阳
太阳是光明的象征
就这样所有敢反抗的鬼
都被重重判了
太阳底下的死刑
之后，城郊的坟地
慢慢都变成了水泥房子
空空荡荡，只有月亮
夜间努力在那里画影子

伥鬼

某天，老虎像坦克一样
扑倒野猪，它尖利的牙齿

连同温暖的太阳光一起
深深嵌进野猪的脖子
被咬死的野猪变成了鬼
但它一直都记得
老虎的扑倒它的动作
迅猛、干脆、像风一样刮过
野猪想，这样的死亡太爽快了
于是乎变成鬼的野猪
每天都会缠着老虎
表演像坦克一样的动作
为此，它还帮着老虎把生前
周围那些活蹦乱跳的朋友
一个一个都扑倒，并仔细记录
老虎坦克一样凶猛的动作
每次它都会从中得到些快感
直到周围的朋友都死光

杀鱼记

菩萨呀，你这
祖国的高档人物
请你宽恕我
这次小小的杀生
你高高在上
随时都有人巴结供飨
你想吃鱼，就有人
主动会替你去买宰杀
你无须亲自动手
你不用担心
罪孽和报应加身
菩萨呀，请你也要
宽恕那些小鱼贩
他们要糊口
他们杀生缴税
去供养给你
进献香火的人
菩萨呀，请宽恕

屈磊，1991年2月出生于陕西扶风。中文系毕业，大学期间曾自印诗集《我且降临》。2010年来京上学，毕业漂在北京，目前从事广告文案工作。感言：梦里不知身是客。

最后再刷一次朋友圈（5首）

屈磊

勃起

十月革命顶着八月桂花
星辰大海顶着沧海桑田
首都北京顶着城乡结合
痴心入迷顶着貌合神离
城管武装顶着小贩窜鼠
残花败柳顶着荷塘月色
房价暴涨顶着囊中羞涩
痴心妄想顶着伟大理想
王八蛋顶着傻白甜
猫城记顶着孔乙己
男人顶着女人
身体顶着影子
我顶着太阳
太阳顶着你们
看，全世界都在勃起

买房

穷人的血汗筑起鳞次栉比的高楼
穷人的孩子挤进售楼大厅的火热

穷人把青春一砖一瓦地砌进城市高楼
养家糊口，供儿上学
穷人的孩子渐渐长大、懂事
一点一点攒钱、打拼、买房

就在售楼部的那个下午
穷人的孩子掷金30万
首付买下城市一套60平米的房产

也一并买下父母一辈子的血汗
还要分期偿还

西安城里的楼

西安城里有十分之一的楼是属于父亲的
北郊、西郊、长安路、太白路、浐灞、
石油大学、高新区、西安翻译学院……
父亲从 18 岁一直盖楼到如今
耗尽了半辈子的心血、气力、精神
逐渐地老去。西安城里有十分之一的楼
是属于父亲的
铺砖、砌墙、粉刷、吊顶、修补
每一项事业都能证明父亲的功劳
还有跑路老板遗留下的债务，也是辛酸的一笔
父亲盖过西安城里十分之一的楼
没有一间是他的，它们分别称作
××大厦、××小区、××酒楼、××广场等等
因此西安对我来说格外亲近
走进建筑群里，总像走进了父亲的尸骨
西安城里有十分之一的楼都是父亲的尸骨

最后再刷一次朋友圈

临死，应当是这样的：
比着茄子在低垂的眼眉
强拧出一丝嘴角的微笑
什么也不说，在按动拍摄键之前
保持那生命最灿烂的神态——

最后再刷一次朋友圈
点击屏幕右上相机图标
选中刚刚拍摄好的遗照
按完成。写下这一刻的想法……
此人已逝，请点赞

发送同时听手指剥剥作响
想象默哀的表情在评论中爆炸

发芽的身体

碰到初生的嫩芽
一股电流涌入，隐秘的内心
春风作为香的介质也灌注而来
还要带来更多的香腐

我的身体快要撑不住了——
青苔丛生的日子，每个毛孔都在发芽
若有一天一切含苞待放
只好纵情地分裂自己
让生命小至蜜蜂的落脚
从而迎接一次又一次
神圣的受孕

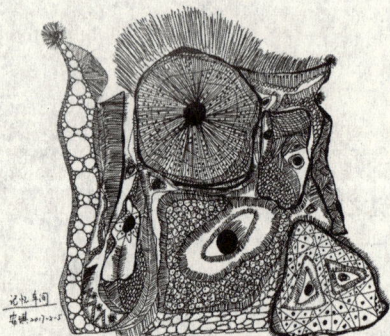

周朝，原名刘林，诗人，作家，职业期刊人，传媒策划人。1969 年 9 月生于河南太康一普通农家，大学毕业后从事教育工作，1998 年跻身传媒，2010 年开始北漂。长于现代诗歌、历史散文、文学评论、文化随笔，在各级文艺报刊发表文学作品 100 余万字。主要诗歌作品有《西藏》，天堂的最后一道门《走不完的柴达木》等。现为香港紫荆网副总编辑、中国区新闻官。感言：北京，你盛开巨大的花朵，站在高处，我一直匍匐在抵达你的路上，像一粒种子在成长。

香格里拉（组诗）

周朝

1）香格里拉，你紧裹芳华

此刻 我将继续 去彩云之南 去香格里拉
你在我的途中 就像扶桑的吟诵
美感 召唤 紧裹的芳华
以及在文字的领土生长的无限高原
与南向的风声一起 充沛于八月的腹地

扶桑说 她在此地的耽留还要很多年
还要等那几笔最后的重彩 才能完成她的雪
梅里的雪一向是高贵的
她端坐在石头和云朵之上
以不常见的姿势 成为我的路标

所有最初的抵达不只是一场狂欢
我备足粮草 乘着夜色 把自己交付于仪式
为一世的相遇 和敞开的爱情
香格里拉 我未曾有过的拘谨已经开始
这是我带给你的 一丝不苟的盛典

2）独克宗

独守于香巴拉的故乡 天空离你很近
凡俗离你也很近 还有兵戎和格冬节
以及在古道走廊边弥漫的藏香
和被赶路的马帮遗落草丛的喘息

有一场火焰正觊觎你
在某一天的深夜　从柔软的羽毛开始
掠过一千三百年的白月光和酥油茶
掠过四方街　木板房　梅朵酒吧
只留下救生棚里哭泣的眼睛
和青石板上暗淡的马蹄

大龟山是最初的目击者
它站在高处　任火光布满胸膛
哗啦啦转动的经筒以庄严的脸庞俯视众生
金光熠熠　不食人间烟火
身穿暗红色藏袍的喇嘛在废墟的边缘走过
朝向山顶的庙宇　我看见了他的背影

3）鲁茸卓玛们

六年前　母亲在通向牧场的路上早产
六年后　父亲的脊背就是她的世界
鲁茸卓玛走向医院的时间比看见牦牛的时间多
她和药品的味道　是她父亲饥饿的眼神

定珠达家那位被截肢的老人
风烛残年　坐在土房子灰色的窗口
病厄中的儿子和儿媳就躺在她的身后
打开门的光亮　对于他们　太奢侈

还有诺西村的德杰拉玛
她用十三岁的咿呀和脑瘫后的笑容与母亲对话
母亲的年龄有些苍老　脸上涨满泪水
在泪水中央　是德杰拉玛纯净的天空

我远远地走过　走到藏区的深处
没有找到梦中的雪山城和格桑花
我忍住的欢乐停留在那天的青稞架下不肯走
青稞架折射出的光彩　和痛苦一样残忍

4）松赞林寺

在康区最丰硕的山脉 三百三十年前
松赞林寺降临 坐北朝南 威仪四方

把真心给你 走过一百四十七级台阶
抵达与神灵接近的高处 诸神殿里香火通明

彩幛锦幔 经幡佛塔 以及黄金灯银香炉
美丽的喇嘛庙 佑护和照耀抵过千里迢迢

松赞林寺 我在南高原的笃敬和悲悯绝无仅有
请你给予鲁茸卓玛阳光和微笑 还有雪山和青草

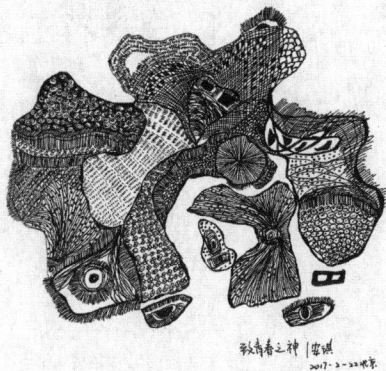

敬诗香之神 安娜
2017-3-22北京

不识北，男，1986 年生于西安，毕业于西北大学信息科学与技术学院，2010 年到北京。2008 年写诗至今。出版有诗集《吃过 1/3》。现从事图书设计、电影方面工作。感言：对我来说不是漂，是玩。在哪里都是玩，区别不大。

你们思考人类我思考我自己（3 首）

不识北

你们思考人类我思考我自己

我 比以前更加胖
比以前更老
更丑
我很担心
我以后会不会找得到女人
而我又没有钱
而我又 一个人在北京
漂泊
而我还渴望爱情
假如我生病了
囊中羞涩
谁来给我支付医药费
只要房东把门锁了
我就无家可归
实际上我本身就没有家
关于未来
我没有未来
我郁闷
又浮躁
常常心急如焚
又不知道要去做什么
不断的抽烟
让我喉咙肿痛
不断的喝酒
让我更加疯癫
熟悉我的人
渐渐对我感到陌生
进而鄙视
夜晚很安静
我只能听到自己的咳嗽声
什么时候

我开始不断的咳嗽
我的身体
愈加糟糕
只有一个人
在夜晚待下去很久
我才会真正关心到自己
你们热火朝天的辩论
我感觉到巨大的孤独

纳兰性德

那个大学教授
在课堂上说
自从纳兰性德的妻子死后
纳兰的诗
就充满了郁闷和哀怨
言语之间
对纳兰词珍爱无比
但是关于当代诗人
他就不知所云了
比如
他不知道牛逼诗人不识北
很穷
而且没有像纳兰一样的
漂亮的老婆
就算他知道了
他也只会说
不识北算个屁

我的爱人

我在人群中看到你
就在你们学校门口
你走在人群中
我忽然发现你
如此陌生
就像所有人一样陌生
如果你不是正在走向我
是不是就会
这样离开我

阿琪阿钰，本名张琪钰，1985 年生于贵州安龙。2010 年 5 月到京。著有诗集《安魂曲》。贵州省作家协会会员，中国诗歌学会会员。现居宋庄，自由职业。感言：北漂是寻梦者对故乡的逃离。

漂在宋庄的毛（4 首）

阿琪阿钰

漂在宋庄的毛

宋庄的大师都想当太师和天师
宋庄的牛鬼蛇神则成群结队的厮混
宋庄的流浪狗每晚对着月亮和乌云叫
宋庄的酒鬼和野猫成了最好的朋友
宋庄的兄弟是兄弟，弟兄是弟兄，光头是光头
宋庄的晚上是白天，白天还是白天
宋庄的药厂不卖药，只卖公交车站票
宋庄的画廊没有画大，宣纸没有毛笔长
宋庄的画家来一批走一批，再来一批再走一批
宋庄的油画比地沟油还油得闪闪发光
宋庄的艺术家男多女少，只要艺术不要家
宋庄的农民都习惯了当房东
宋庄的房东说艺术家都有神经病
宋庄最大的精神病院与坟墓只有一墙之隔
宋庄的坟墓在东，精神病院在西
宋庄的我们经常从精神病院门前经过
宋庄的风一吹，地上就卷起一缕缕尘埃
像一堆漂在宋庄的毛

北寺之雪

半个和尚去了南方，半个国土被落雪洗净
佝偻着腰的房东穿着旧棉袄踩着新雪来看我
房东在我门口跺脚，骂着那鞋上抖不掉的雪
门前的树朝天开满了一树白色的雪花
房东看了看天和房上的雪，又看了看我
说着房租和雪天里煤气让人中毒死亡的故事
雪水太硬。我对着远处的雪和向南的天空哈气

空中雪白的云朵是从我们的嘴里生出来的
雪花继续开在树上，树只有紧紧地抓着大地
地上的血液、尸骨和孤魂野鬼全被白雪照得铮亮
雪走了，在伸手不见五指的夜晚
雪又来了，在遥遥无期的黎明

非难诗歌

有时我半夜醒来，窗外暴雨不停
依然有夜行的死者结伴路过
我内忧外患地翻开书本里一些关于死者的汉字
他们在找寻灵魂的居所
有一些死者还活着
有一些死者彻底被掩埋在土里
有一些死者的照片永远年轻
他们微笑的脸
惊恐地在白昼中迎接每一个夜晚的到来
面对空虚时代不多的有用诗人
我悄悄地关上半夜的诗句
背对死者，把死者囚禁起来

冬天

冬天的冰做了水的棺材，年长的冬泳者难以钻到地下
冬天的风是一把晃动在雾霾中的尖刀
风不来，雾霾绝对不走。呼吸困难的困难户
冬天呼吸困难的尸体四处飘荡，从废都到荒外
冬天的树可怜得像一个出神而专注的送丧者
没有一棵南方的树敢在北方的冬天长满绿叶
冬天的狗长着比雪花还厚的毛，只有狗通人性
没有一条忠诚的狗会死在它主人的身旁
冬天的爱缓慢而笨拙，像一只过度肥胖的公猫
白猫白天睡觉，黑猫晚上睡觉，野猫到处睡觉
鼠目寸光的牛不在草原，它要同猛虎归隐于深山
冬天的蚂蚁钻进它们各自挖掘的洞里
等待冬天的结束

胡勇，男，汉族，1980 年 7 月出生，湖南省永州市东安县人，目前供职于国土资源部中国地质调查局地学文献中心，《国土资源科普与文化》常务副主编，清华大学博士后出站，副研究员、教授、硕士生导师，2010—2014 北漂，现定居北京。感言：精彩的世界属于不懈努力的斗士。

奔波大意如此（5首）

胡勇

奔波大意如此

窗外，雨在拼命地敲打
流不尽的眼泪
车内急着回家的人，触摸不到
这才离开月台一刻
心与家的距离瞬间变近

无法聆听周围的高谈和阔论
手机，微信，音乐
打发深入五脏六腑的寂寞之武器
悲欢离合抑或阴晴圆缺
生活大意如此

火车中的座位
这回还有空的
座位不知自己已过千道水和万重山
用岁月的痕迹见证无数过客
奔波相对论

火车前行，前行
黑夜中的眼睛
错过的过客
错过的风景
在这个晚上相遇
相遇在奔波的路上

夏夜，视线在黑中延伸

月亮害羞地躲开了，今夜无月
一张黑乎乎的大网罩住整个大地
太过于热情
我喘不过气来

我睁开眼睛眺望无边的夜
巨大的身躯里苦苦寻觅比理想更美的花朵
无获。视线在黑中延伸
我看见星星点点的灯火
灯火翻阅我对生命的沉思
沉思沉淀成一首与灯光有关的诗歌

我在诗歌中飞翔
我成了夜空中一朵云
透过夏夜的黑，抵达彼岸的光
有获。找寻到黎明

夏晨，梦的姿态

夏晨揉了眼睛
甩开一夜的忧愁
种植晶莹的露珠
与刚经黑夜包裹的万物对白

夏夜的背影已走，湿漉漉的
怀旧思念依旧，弄湿了晨的眼
我未懂。夜中疲惫不堪的大雨的阴谋

夏晨欣然开花，梦的姿态。
我看见一千朵雪白花朵在空中悬浮
接着，我看见一千颗青色果子在空中
游荡。也是一种流浪

夏果，寻一个理想的角落

夏天，把花儿从枝上赶下台的家伙便是果实
植物汁液的一部分

花儿流尽眼泪才结成的青色的东西
水土，阳光的关照，
日子的功劳
花儿的后悔药

夏天，果实在枝头闪耀
泛着黯淡色泽的家伙
禁不住大地的诱惑
耷拉着脑袋
似乎要寻一个理想的角落

某些向往安乐者便挣脱树枝
变成一个实心句号完结生命，直到干枯
果实的精英们，历经考验
金秋的希望，在枝头不断成长
果在果之间也在某些琢磨不透的道理

雪花囚禁了我

回家，地铁里挪动
出站，窗外飘雪
窗内的地上，雪水的痕迹

寒冬在夜里更显寒意
我想三千里之外，应有星星作伴
斯夜，雪花囚禁了我
我承载了几滴雪水
风的刀，切割温暖的故乡
我怀念一杯酒的温情

雪花飘飘，纯净
头戴着雪花寻找自己
脑海里生出孩提时打雪仗的情形
那时，雪水和汗水和谐相处

生活，不少雨露浸润
往往缺少雪花，精华的结晶
若这闪闪发光的点，那飞舞的花
此刻，我只是一个夜行的人
迷茫中寻找回家的路

爱斐儿，本名王慧琴，1966 年 5 月 20 日出生，祖籍河南许昌。2009 年来北京，就职于北京一家综合医院。2004 年出版诗集《燃烧的冰》，2011 年出版散文诗集《非处方用药》《废墟上的抒情》《倒影》。主编《散文诗选粹》。感言：因为一颗心始终安在，未曾"漂"过，所以，北京只是我的又一个安居之地。

太阳花（4 首）

爱斐儿

写给自己

我特为认领孤独而来
时常面对星空
飘雪一样浩瀚的缄默
当然，我需深入最黑暗的部分
找到光。并从光芒本身
看清漂浮在灰尘中的亡灵
与血腥　在时空
缓慢消散
你以不生不死的永恒
款待我以瞬间的停留
不再逼我致命地奔跑
占领，不再给我
梦魇与惰性
当然，也不再
有寒冷的尸骨与雪
孤独，让我以直线的距离
与众星比肩
让我与来时
和去时的世界
互相应答和认领

阅读

我在阅读
这过量充沛的阳光
海水、山脉，这莫名的花香
甚好

一点点的惆怅

在一串红豆面前
品味人菲草木
像农人一样阅读
门前的密林，修竹，溪水
草丛中出没的蛇
蜜蜂转动的复眼

我阅读
只拣画笔垂涎
却无法临摹的泥土
那一部分在腐烂中酿制的甜蜜

没错
花正开于花前
云正等在雨后
一只蝴蝶
正飞在寻花途中
看来
它也不能躲开
时光的残忍

太阳花

我总是先于清晨
看你升起
喜欢称你为太阳
更喜欢你的名字
被荣耀照亮
我在注视你的时候
常常忘记 坏天气
有时候会连阴很久

我也是个爱自由的人
灵魂会像牧人一样
坐于青草深处
静静地辨识风向
一边描绘你的形状
一边看护自己搜集的阳光

无人知道

寒流何时再次来袭
也无法预知
黑夜何时闯入悲伤
这并不重要
在山谷的一侧
在茂盛草木的一角
我满足于自己
听到了一声远方的牧笛
灵魂因为迟早都会到来的温暖
而陷入安静的守望

每个人都知道
我借用了你太多的光芒和温暖
很多时候
我说自己
喜欢窖藏
远在道路尽头的风景
其实，我只是深负使命
坐在漫山遍野的寂静里
只为复制你的形象与光辉

玉簪花

我会等来谁的今生
也许我不该问
索性就这样清空尘世
垂下眼帘 高举香气
等未了之情 与我擦肩

我并不担心 玉质的前情
被一枚凤凰朱雀铜镜
幽深收藏 一块石头的心
已被年久日深的等待
融化成云，安心地
蜷缩在一阵风声之上

拨开时光与灰烬
你是否会认出
那个曾经与你耳鬓厮磨的冰雪前世
在你轻声唤出我名字的时候
就会清泪长流的人

才旺瑙乳，藏族，男，1965年2月生，甘肃省天祝藏族自治县人。藏人文化网创始人之一、总编。曾在《兰州晨报》副刊部供职13年。鲁迅文学院"第四届全国中青年作家高级研讨班"学员。2009年入北京电影学院导演系进修1年，此后北漂，在京创办了"才旺瑙乳影视传媒工作室"。有诗歌、随笔、小说、影视等作品。与旺秀才丹主编有《藏族当代诗人诗选》，诗作曾入选《前定的念珠》《当代先锋诗30年：谱系与典藏》（1979—2009）等。感言：愿天时、地利、人和！

思·念（组诗）

才旺瑙乳

史诗

在高原比久远年代更高更远的地方
一个红铜的孩子
坐在风暴熄灭雨水洗涤过的
一块石头上
千古的石头
烧透了太阳
他的膀子凋谢在身旁

死亡的碎片，像一场大雪
开始弥漫
不息

坐在石头上
四周是空空的远方
雪落着。他目光清澈，嘴唇苍白
沉静如水的肉体比水沉静，像一具
在万劫之火中熊熊而燃的竖琴
散射着红光

思·念

爱人，你从清凉的荷花上下来
在我的听觉里舞蹈
纤足翩翩，细腰之上
怒放两朵睡莲

燃烧的火焰，捧住你的腮
金色的头发披散
我千年的梦，就是这一刻
要尝你真如的姿态

你敲打着钺刀和颅器
吟诵喜乐，舞蹈乾坤
你虚幻，你自在，你勾摄
空性的池塘浪花四起
花香弥漫了我的双眼
落叶震撼了我的耳朵
我的每一个毛孔都为你气贯长虹

你一定淋到了我喃喃的赞美
我如痴如醉，喜不自禁
今夜你要带着所有法性的嫁妆入梦
我，已为你绽放成一朵坛城

雨水

马尔康一带，昨夜走失雨水
时间的鬃毛倒竖
马铃遥过多麦
一位神秘的打坐者
他今天骑行出门
昨天就能回来
一夜
雨水
闪电的树上，挂着响雷的念珠
烈火在奔跑
怀抱卷册
气沉丹田

打坐者裹紧我的梦
手执铃杵，须眉飘飘
倒骑着时间四处周游
山河在奔跑，雨水
穿过他的肉体
洗劫了他的前世

将一包袱疾病带走

我洞悉卷册，放松意念
屏住呼吸，在山头上了望
呀，安多，雨水遗落的衣裳

武汉：唐朝一梦至郎君

我梦见武汉大街上丝绸湿润的唐朝
一枝琵琶穿越仙境
来到大唐怀中
大地泛青
爱情低语
时间像一队高头大马
穿过城市，漫步郊野
这枝琵琶在马头上饮梦

我在三界中累世飘浮
长梦不醒
琵琶身上繁星点点
照耀我抱梦修行的前身
劳作者，要收获尘世的佳酿
袈裟入梦，油菜花清香四溢
醉倒了小村郎君的一场火供
梵音缭绕
慰籍贫生

时间的马群散布于唐朝大野
没有一声丝帛
掀开我稀薄的梦境
琵琶高悬头顶
明月照耀，江河安静
五欲的善念包围我
我抱缺补气，化育身心
争取以梦度梦
从梦中醒来

朱翔宇，男，1988 年 4 月出生，甘肃庄浪人。毕业于华北科技学院新闻系。2009 年到京。从事图书编辑工作。2010 年开始写作。2013 年发起成立未来诗社（现未来诗群），创办同仁刊物《未来》。感言：希望在路上！

中年夫妻

朱翔宇

中年夫妻

公交车在雾霾中行进
车厢里拥挤不堪
她从手袋里掏出药瓶
打算吃药
他立刻打开背包
抓起大水杯
拧开杯盖
在里面倒上水
她拿了几粒药往嘴里送
他马上接过药瓶
替她腾出手来
她喝水服药后
伸过杯盖
他又赶快为她倒上水
她第二次喝完水
稍作整理
便靠着椅背打盹儿
等他收拾妥当
给她拉扯一把围巾
就也睡了
而他的左手
重新握起她的右手
一路上再也没有松开
这对中年夫妻
和其他夫妻一样普通
但前前后后
没说一句话
默契得如同两个小孩

他们就坐在我面前
我就站在他们身边
对他们的一连串动作
以及细节
我观察得很清楚
已经有好多年
没见到这样的情景了
向来单身的我
心突然咯噔了几下
像是"幸福来敲门"……

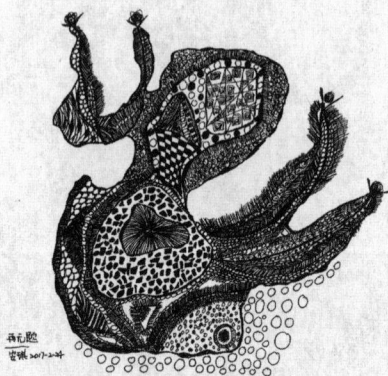

王秀云，1960 年代生人，中国作家协会会员，著有长篇小说《出局》《飞奔的口红》等，2008 年来京，在《北京文学》担任初审编辑至今。感言：北京，你没有理由离开，也没有理由留下。

你一定要到文成去（外 2 首）

王秀云

早晨

我醒得很早，每天如此
仿佛睡眠和青春一起，留在了昨天
读诗，构思早餐花样
这是年轻时做不到的
我享受这一切，已经胸无大志

我曾关心的天外
飞船正寻找生命迹象
少时也想身怀绝技
救护活得不易的人
而现实是，我的儿子曾遭遇校园暴力
我站在学校门口，束手无策
真的，对人类骨子里的恶
我已经束手无策

让我种的花开
让我熬的粥香
让我的亲人都安妥
而我自己，读诗，熬粥，构思要完成的作品
这是一个曾经心怀梦想的人
早晨的全部生活

从北京到文成和从文成到北京不是一样的距离

从北京到文成，1699.8 公里，乘飞机要两个小时四十分钟
自驾游要一天一夜，至于从前步行，我已经无法丈量

我去文成是为了写诗，见识那些已经成名的诗人

我看见他们喝酒，在红枫古道上擦汗
和我们这些俗人一样，吃完了野猪肉会打嗝
我不知道他们写诗的时候，会是什么状态

那两天一直下雨，我没有看见不下雨的文成
我见过的文成人都写小说诗歌散文
只见过一位漂亮的小导游，以为我们是大作家
把我们的签字当做珍宝
她其实不知道，在北京，我们什么也不是
她只会唱《外婆的澎湖湾》，而且一再强调，其余的歌
我们唱到高潮的时候，她能想起来
她不知道高潮还有别的意思
北京去的这些人，不管未婚结婚和离婚，都懂

在文成我看见了很多别的地方没有的东西
树、鸟、溪流深处的石头，真比别的地方干净
像不知道什么是高潮的女孩，牙齿和眼神都是白的
你不敢说出不洁的词汇，像不敢把剩菜，端进
处女的殿堂

我来北京之前在河北，那时候我觉得北京很远，远到天边
那时候没人在我面前说高潮两个字，那时候我写诗
向往比文成还远的地方
北京诗人们到河北，我在最高级的宾馆宴请他们
我觉得他们都住在皇宫里
诗歌是王冠上的北斗，在他们头顶熠熠生辉
我放弃了一切，来到了北京
住在很小的房子里，发现土地上生长的植物，和河北
一模一样
我仍然留在了北京，不来北京，我到不了文成和其他的地方
尽管从河北出发到文成还要近 1500 公里

12 月 2 日我乘飞机从文成回到了北京，时间还是一样，两小时四十分钟
这几天我一直在想文成，想雾里的大山和林中的动物
想座谈会上那些和我当年一样坐在角落里的几位作者
想那瓶鲜艳的草莓酒和我不敢吃的蜂蛹
那些我没有见过的文成人，据说大多是畲族人
他们山脚下孤零零的房子
飞云江依然碧绿的流水

想我们称为红薯他们称为番薯的那种甜

我那天下午六点到了北京，距离依然是 1699.8 公里
事情已经过去几天了，可我依然觉得
从北京到文成和从文成到北京
不是一样的距离
像我当年觉得从河北到北京和从北京到河北一样

你一定要到文成去

你一定要到文成，要到慕白写诗的地方
红豆杉和香果树驻守的四季
常年的雨水，绿叶忘记凋零
我们的远方，云豹的此处

你一定要到文成去
你要跟着词语在铜铃山行走
写下溪涧的节拍和云彩的温度
你要数数水底的石头，朽去的岁月
一年又一年，荡漾在眼前
每一年，都能找到久远的往事

你要到文成去，离开坚硬的城市
接受翡翠湖柔软的目光，你要喝一口真正的水
让月亮和星空进入肺腑
你要离开坚硬的城市，到文成去
在红枫古道上，找找
先人留下的诗句，那些破空而来的飞鸟
从没有离去

你要到文成去，去看看慕白
一个诗人，他写诗，种茶
也做很多其他的事情
在那个温润的地方
这一切，都有意义。

林茶居，1969年6月生于福建东山岛，2007年夏天由福州来京，供职于华东师范大学出版社北京分社，《教师月刊》主编。著有诗集《大海的两个侧面》、随笔集《大地总有孩子跑过》等。感言：诗中没有北漂，唯有天下。

而我在北京（外4首）

林茶居

而我在北京

总会有你的消息，结婚或者乔迁，南方清波微漾
那么多水仙花，一朵朵出手不凡
在故乡的泥土上
你已被暗中抬走
就像我被抬进了你的祖国
而我在北京。除了下班路上的欢笑
其他都交给了夜色
不管多年轻，都要毫不犹豫地
度过这一年中的最后一天

车停长春

哪些词作用了你的夜色。哪些
夜色肯定了你此前的生活。到底只是
小雨，斜斜地下，窗玻璃上一阵一阵的细语
仿佛另一个世间的爱情、挣扎
当车停长春，这二十分钟同样把你的生命
计算在内。站台上没有告别的人
灯光阴晦，我也是黑暗的一部分
而黑暗不会愈合，黑暗无遮无蔽……

书房

必须走南闯北，必须回答山谷的
提问。无非如此：你是我即将遇见的人
也可以假设你看到了我的衰败
这样正好。落叶的深处有我的书房
你想待就待吧，我的爱好与恶习都在其中

这长长的书名你当作我天亮时分的
呓语：没有一个地方是不好的，只要你在

惩罚

惩罚我吧，像惩罚一条河：把水赶到海
把海赶进诗。无论如何，山都在看着
一个孩子，怎样成为人间的差生
里尔克说，"宗教是某种无限简单和
单纯的东西……"一张清澈的脸
让我的早餐多情而缓慢。我赶着诗
诗却不断回头：或许要一场惊心动魄的相遇

如果我爱两朵花，其中必有百合

如果有江湖的仇，我们便不能相认
如果我爱两朵花，其中必有百合
在夜色里展开的落月，安静如初夏
如风雨中邂逅的一阵害羞
有时候两岸破晓却隐去了下游。有时候
旧时代贵妇人的长裙寻不着合适的身子
所以你别着急，你要避免被岁月
写得满脸皱纹，无发无齿

张洪雁，女，1971 年 2 月生，祖籍河南沁阳，于 2007 年辞职来京，现居北京，自由写作。曾做过工人、记者、编辑、机关公务员等职。热爱文字，小说诗歌散文均有涉猎，有百余万字各类体裁文学作品散见国内报刊杂志及网络媒体，部分文章收入各类选本合集。河南省作协会员。感言：心能安处即是家。

天气预报的寒流没有来

张洪雁

天气预报的寒流没有来

天空还是这样阔大无边的蓝
阳光暖融融地照进心里
行人的脸上荡漾着人世间的五彩斑斓
在那个恐怖的季节赶到之前
还有一些喜悦、祥和、感动、温暖在满街流淌
甚至要把寒冷禁闭到一个叫做冬天的空间
那个天之外，还有天。云之上，还有光和暖
如果，我被天气预报的寒流恐吓
乖乖地进入冬眠
我今天就不会享有这一段的光阴
不会看到橙红的暖，金黄的银杏，
云的不按部就班。来这尘世走一遭
总要对抗几次天气预报的绑架
不然怎样窥见真相，明白冷暖
没有在沸水里褪去九层皮的决心
不经过九九八十一次冷雨的历练
怎好意思，在告别前潇洒地说一句
嗨，这个人间我来过

吴震寰，1968 年 12 月生于广东，2006 年来京。历任北京《当代主义》《前哨艺术》《盗画空间》杂志主编，北京上上国际美术馆执行馆长，北京当代艺术馆执行馆长，宋庄书法院副院长，TREE 国际当代艺术中心美术馆长，北京寰国当代美术馆长，上海品伊国际艺术馆执行馆长等。现居宋庄。感言：北京是理想实现沉淀之地，却发现无所谓理想，北漂的时光之河，显现的是自己的本来。

宋庄诗草

吴震寰

宋庄诗草

1）月色
迷茫的暴风雨低回不已
一丁点儿灵感
咳嗽
咳嗽
咳嗽
一个声音说：
"子唯呕心乃已耳！"
我点头微笑
明白暴风雨的可能性

2）什么树
我不是快乐的决定者
许多年前我偶尔能想起自己的形貌
偶尔听到自己的声音
看到自己行走的身躯
如果可以
我选择离开
如果可以
我选择留下
如果我对自己微笑

3）抓到麻雀
我制造了一只麻雀
一只低于天空的麻雀
下午

从画室到画面的距离
我制造了一只麻雀
一只低于天空的麻雀
一路飞奔而来
看到麻雀划着美丽弧线了
麻雀在天空之上低回不已
翅膀冰冷，坚硬
天空是散开的
我无法在宋庄的日子制造一只麻雀
一只低于天空的麻雀

4）鱼
往回走
安顿好月亮和太阳
安顿好漏血的心
寓言实现了
如果我离开时没有开着水龙头
如果我没有离开七天
鱼一次次让我从梦中醒来
鱼视而不见

5）亲
从同一扇门中穿过
与玫瑰在一起吧
与丁香在一起吧
移了一丛竹子种院子里了
那声音说：
　"子唯呕心乃已耳！"

苏丰雷，1984 年生，原名苏琦，籍贯安徽青阳。2006 年来京。2014 年与友人共同发起"北京青年诗会"。2015 年于上苑艺术馆驻馆创作。主要作品有小长诗《木码头》。现供职于中国诗歌网。

银色管道秘密的力量（5 首）

苏丰雷

擦拭

经过了一夜才发现旧宅侧屋的小木门稍稍打开。这户人家早已丢失尽了家当，连这样的招引，偷儿都不再光顾。

然而，我总是屡次回来逡巡，抚摸家什熟悉的头颅和皮肤。光阴一片片脱落，愈发远离，仍然执著地不断返回，擦亮她们。

银色管道秘密的力量

银色管道秘密的力量让我回到了熟悉的部落。我从那早已倾圮的温室，从窗户泠泠望着母亲湿漉的忙碌。在清早，她就融入绿色的火焰山，就孤独地收集白丝的前身。母亲有多少双手啊！她用其中一双为我做我渴望已久的布鞋……

（当我返回，在我孤清和不安稳的床榻边，在我于排斥的城市租赁的蜗居侦察，无有奇迹发生——奇迹也就这样被遗忘。）

我从温室徘徊进院落，从院落我看见我父亲从远方回来了，自行车骑着他。它接近正方形的轮多么故事。他迎向庭院，迎向我，却总没有走过来。他说，自行车已长进他的身体。他从怎样的魔夜走来？神爱的黎明他能感知，但强度还不能融化他肩上的铁……

深夜的回信

你写过许多第一封信。一个深夜，一封回信靠岸了，穿过困顿中的等候、遗忘，姗姗而来。

她不是那些形式的信函，而是内含一枚可填埋深洞的汇款单。他知道你的隐疾呢，从邈遥前来安抚你。

他，是一位诗人，是诗人信靠的诗人。他，也曾蹲坐在马路牙子上，与你一起陪伴你跌落的家人。

当你陡然明白了他，你黯然已久的灯芯就亮了，一颗新太阳，就在那里旋转着，源源不断。

钻入隧洞，黑暗让你一惊

钻入隧洞，黑暗让你一惊！忍不住瞥视，但短暂，迅疾的绳子上猛烈的白光迎面覆盖，目不暇接。

那黑罐头越来越小、模糊，来不及品味，就被蒸发。

而在夜，黑夜的隧洞漫长而又不够，像一条可以吃又夜夜长出的岛链，她迅速而又轻柔地扭动，她灵巧滑动的逻辑，总能扭出纷呈的意象、故事，把过去、现在、未来打结在一个个场景，比白日滚动的风景，更为令人迷惑，并愿意为之停留，重现的往日，让你幸福又悲伤。

这精灵的安慰，让你开始相信。

债

债务人不得不转型，从白头开始，重拾手艺，摁灭已明显非分的想往。没有其他的路了。

母子俩也必须转移，避开踏平门槛的追讨。在大表哥家弃置不住多年的房子里住下。她饲养蚕宝，同时饲养悲伤。而他辍学，内心的空洞从此无法缀补。他走在黑夜里，用笼子捕捉黄鳝、泥鳅，在窄细的田埂上循环地走。

这是我身体里的弹片。它会冷不丁就用半夜的痛唤醒我、提醒我欠他们的债。一天，我都在注视它。

下午，我接到一个电话。一个朋友向某机构借贷，无力偿还，躲起来了。债权人，把一线希望拨向了我，让我转告他。

这两件事发生于同一天，追得着实太紧。债，总逼迫着还。

李兆庆，1977年1月出生于河南。2006年来京，现为北京红海听涛文化传媒公司法人。笔名剑锋，作家、出版人。有《鸟儿飞过的村庄》《路遥传》《成吉思汗》等集子面世。感言：在这座包容性很强的城市中，北漂诗人大有作为。

潭柘寺（4首）

李兆庆

桃花飘逝

村庄和平原一节一节地矮下去
时间和光阴一节一节地矮下去
桃花飘逝留下的空白 一半是真实
虚伪的部分需要用丰实的梦来填充
黑暗已溃不成军 连连向大海深处败退
车过村庄时 我没有停留
据溜河风带来可靠的消息
一场突如其来的大雪过后
大河上的蒲公英将顺水飘零

地主家的盲女

柿子树擎起的灯笼 一盏一盏地熄了
提灯人的驼背藏匿在秋的深处
留下孤立无援的黑夜 独对
白桦林 溜河风和木屋轻微的叹息

树木光秃秃的显得分外利落干脆
一半让西伯利亚的寒流恐吓 另一半
让阳光温暖 让风吹开交叉的枝桠
有鸟巢般的流水不断涌出

雪霜过后 一条鱼浮出水面
我看见了渐次扩散的皱纹
将杯影年华层层包裹覆盖 地主家的盲女啊
你沾满桃花香的衣裳是否依然年轻

潭柘寺

怀一颗布衣之心 接近潭柘寺
十月的阳光砸得山路凹凸不平
一心没有向佛 诱惑于它的阅历和沧桑
少了一些功名利禄和喜结良缘的羁绊

随手买了一把香烛 不为祈祷 也不为福佑
径直放在焚香炉里 任它和众香烛一起焚烧
随山风传来噼啪的剥离声 欢快的火苗
映照着心虚和下落不明的生活

山脚下几座塔形不成塔林，孤零零地站立
那是曾经鲜活的人 名字被风化成一座座塔
生命的根不知道会不会延续 用坐禅的臀部
为世俗换回一块沉默的面包

诵经声覆盖木鱼 余韵袅袅的钟声
控制我的心与口 梦被思想上紧发条
早期的规矩已子虚乌有 没有碰到
一身袈裟的老纳 浮成潭柘寺里一个枕头

一架马车

在一马平川的原野上
道路像黄绿相映的百米叶脉
突然驶来一驾马车
使绵延到黄河边的大片土地
开始一种有节律的波动
这是豌豆掀动豌豆的波动
这是高粱掀动高粱的波动
这是树木掀动树木的波动
鳞鳞的波动背后
都会闪出一些棱角分明的农人
他们雕刻的龟背似的脸上
怀着对五谷的景仰
在不远处的雨后
还可以在马车碾过的车辙里
找到一面面看破天空的镜子

沈亦然，诗人、小说作者、画家，1979年生，安徽马鞍山人，做过医生，之后分别在《南方都市报》和《新京报》工作过，现居北京，专职写作、画画。2003年开始小说、诗歌创作。2006年6月29日选择北漂。2013年起定居北京宋庄，写作诗歌、小说同时从事水墨、油画创作。2015年出版长篇小说《在人生梦里失眠》。2016年10月29日成功举办个人大型诗画展"幻象·人生梦"。感言：颠沛流离的存在是我生命呈现的韵律。

活得简直就像一件艺术品（4首）

沈亦然

书橱：腹中自有江山

你认为你能吞下江山
实际你
不过是个孕妇
江山扛在肩上
沉重如山
孕液收在腹中
孕育江河
我身扛江山跨越江河
与你一起
从乡村来到京都
从北三环迁至东六环
又从黑格尔到尼采、从叔本华到萨特
越过了李白、波德莱尔和兰波
遇上王小波、余华、海明威和卡佛
写完一首诗又遭遇另一首诗
与诗歌结盟满腹经文却如同白痴
想当初初见你时
你是个妙龄少女
双目懵懂、痴狂
转眼间
你已大腹便便身怀六甲徒增负重

赢一棵种子

玉米种子还没播下

那片地也叫玉米地
雪融后
空荡荡的玉米地
至今荒凉无荫
荒凉无荫的玉米地
像一个贫瘠的秃子
更像一个
一无所有的苦行僧
玉米地
从远方赶来 一路
收留月光
月光孤苦无依
月光之中
每一处都被映照得苍白兮兮

悲惨兮兮的玉米地也收留村庄
鞋子和酒馆收留了我
我
除了收留月光，也收留了一颗骰子
我
赖在村庄不走
我
把月光扎在辫梢上
我
和每一个情愿变成酒鬼的酒鬼
打赌
我想赢一颗种子
种进门前那片荒凉无依的玉米地
今夜过后
玉米地不仅仅只被月光
收留

活得简直就像一件艺术品

父亲稳重、冷静、喜爱沉思
又一贯地
胆小如鼠
所以父亲这一生 除了与妈妈
合伙生了一个奇特且唯一的我

这一辈子他没有也不会
再干出一些什么大事情
每次妈妈在我面前数落父亲一无是处时
我告诉她：
"父亲活得就像一件艺术品！"
妈妈不懂什么是艺术品
我又告诉她："就是不来钱不知何时能指望上的！"
这么多年过去
妈妈从来不问我在北京都干些什么
因为她从一开始就知道
我
是父亲留在这个世界的
祸根

如果不轻易死去，我就能活千年

我跟母亲说
我要走了
离开这里
去一个很远很远的地方
母亲拉着我的手
惊恐地说
你忘记了你有低血压？
是的我没有忘记
曾有三次从大汗淋漓的休克中
死里逃生地活回来
如果你去了远方
犯病时没有人在你身边
这是母亲将我搂进怀里说的另一句话
但她还是阻止不了我
去往远方
远方的星辰不分昼夜地对我吹响口哨
并且闪亮地指引我前行的路线
"知道吗？你是一个祸害！"母亲
冲上大坝向着落日嘶喊
"是的！我承认我是一个祸害！"我高抬头颅
背过身重复着母亲的话
"只有祸害才能活千年！"我听见她
在我身后
呜咽咽地哭

王迪，实名王世合，生于 1963 年，河北省衡水市人，市作协会员。2006 年来京，在北京兴龙伟业有限公司工作至今。1980 年代开始发表诗作，搁笔近十五年，部分作品遗失。文学网站红袖添香《王迪的作品文集》，收录 1100 多首诗歌，并签约。感言：是因为北漂，激活我又重新写起诗来。北漂，谢谢北漂！

孤夜（3首）

王迪

孤夜

一个人躺在床上
辗转反侧
思想着家里的事事
月光从西南方向透射过窗子
忽明忽暗
知道云彩正匆匆地远去
室外的屋檐下
一对燕子窃窃私语
似乎商量回归的时日

故乡

他
还没有出生
我
就叫他爷爷了

墙

楼上
住着两家

拆了这道墙后
只剩下一男一女

黑丰，诗人，后现代作家。1968 年 2 月出生于湖北省公安县。著有诗集《空孕》《灰烬中的飞行》，实验中短篇小说集《第六种昏暗》，散文随笔集《听夜虫唱歌的庄稼》，思想随笔集《寻索一种新的地粮》《一切的底部》。2005 年 7 月来北京。感言：为了寻索一种新的地理和"新地粮"、为了一种临界点的突破与飞跃，我决意来到命定的北方……

在北方过冬（组诗）

黑丰

刮风的北方

1.
一开始就是高潮
一开始就刮到极地
刮到了地心

那时我还没有学会在北方换毛

可是风一开始
就穿透我词语的薄墙
穿透我衣衫单薄的南方
穿透在我诗丛里冬眠的茅匠
……

2.
……风在笔尖上停住
世界的傍晚临盆
此刻，我看见了婴儿般的父亲

在北方过年

那年我没有回湖北
没回那个小镇
那个一辆破吉普的一团灰即可淹没的边陲小镇
没回那个蔑视你随处埋葬你的无名的故乡
没回那个只能用腮呼吸的牢笼的地方
……

那年我在北方拿零薪，忍受贫穷
（穷人没有故乡）
那年我听见了老父嘶哑的声音空旷
它无家可归地在田野里飘荡

我曾望过天空，望过 N 架次南航的黑蟋
我望过轻轨，望过飞驰的京广线
我手上
连一匹树叶也没有

那一年我在京畿某部委主管的一家
综合文化杂志当编辑
多少个傍晚
编辑部的过道一片荒漠我在黑时间中
孤孤地往回走
（往北京某穴居的"墓地"方向走）

年底的风
加重了我的内风湿，加重了
我空白纸页的哮喘和失业的凄凉
那穿过西西伯利亚平原的风，穿过北京，穿过那间
租赁的小房特别冷；那穿过了萨彦岭、穿过阿尔泰、穿过阴山
又穿过燕山的风就感觉特别冷

我真不知道北方这么冷

那是 2005，鸡年
某一刻，租房颤栗门牖发抖
一张张白手在窗纸上冰凉地移动
一张张缓慢的手，比纸还薄
我恐惧我颓废我没有火炉
没有暖气
——没有钱
我只有暂住证
我只有送我归西的风
（它将随时擒我置空中撕我于碎片）
只有一片液态的土
只有永无归期地流动流动流动……

我是个愿意归家的人，但那一年我没有归

南方的电话一个接一个地打来
就仿佛汛来洪峰要通过长江家乡快要溃口
老婆说你快回来
我说你不要打了我不回家
老婆说北京的侄女备小车捎你回家
我说我不回家
老婆说你光人回家
我不回家
老婆说你老父拄着拐杖在街口望了多遍
我不回家
老婆说你儿女流着眼泪哭了多次爸爸我也想你
你就回来吧我们只要你的人回来
我说算了吧我不回家
老婆说你的心真硬大年三十都不回你死去吧
我说那行，你就当我死了
——请你把我的遗像贴到望南的北墙

……一把刀
发亮

然而，我从容。我踩着刀锋走进肉体的神庙
亲人们啊，那里才是一切的年底
——期待吧，我瘦下的最后的"食粮"
上帝的"盐"已在我们的灵府经久的闪亮
在深渊的黑蓝中我默祷
让隐在的事物之光照耀你们吧
不要抱怨！
能过关的人一定是有福的，大家都有福
一切都风平浪静

充气的飞机一直向南

二零零五
我腌在这一年的缸底
腌在南方北方双层被的雪里

江南口岸

老父的目光
——烤我

我知道
一个人，经烈火一熔再熔也不熔的骨
才叫骨；经过沸水一煮再煮
也不变色的血肉
才叫肉
但，父亲呀
——你淬我变色
我的骨中之质一碰你就熔

……空衣袋
空人

原谅我吧，父亲
原谅我，孩子
还有糟糠的老婆……

其实，我的充气的火车票
充气的飞机
一直是向南的
……一直向南

拉上被子，不要开

又醒了

醒来很残酷
又不得不醒到残酷中来

太阳很残酷
又不得不残酷地走在白色的太阳下

有人说路是人走出来的
但走出去就没路可走了
——不让走

拉上被子吧
不要打开那扇窗
不要打开那扇门
永远不要

李飞骏，出生于 1967 年 5 月，祖籍山东济宁。2005 年来京，现就职于中国企业报集团。感言：北漂十年，理想日渐消瘦，肉身大腹便便。好在有诗歌相伴，苦中作乐。北漂的际遇，恰是诗歌的际遇，也是时代的际遇。我手写我口，做时代的证人。

回乡记 （外 3 首）

李飞骏

回乡记

回到一个叫金乡的县城
我成了有根的人
作为四世同堂的一分子
辈分又升了一级

一进家
我就变成好孩子
听话
妈妈让吃饭就吃饭
让戒酒就戒酒
让睡觉就睡觉
陪她看春晚
不妄议中央电视台
听老人言，早起
去爸爸的老同事家拜年
还一份人情

同学聚会
我就变成三好学生
同学让坐哪就坐哪
让喝茶就喝茶
让喝酒就喝酒
谈起生二胎的事
都喝多了
回到家告诉妈妈
我没喝醉

一转身就吐了

醉了不敢想女生
三十年没见的小妹儿
都已更年期
做了别人的老婆
在广场上跳最炫民族风

哥哥开车带我游览
县城新貌
我晕了
当朝县令
与房地产商联手
改变了牛顿定律
让大蒜之乡
直追大城市铁岭

一个经常熬夜的诗人
蜷曲在家乡的子宫里
像拒绝出生的婴儿
聆听妈妈的呼吸
枕着唐宋的乡愁
偶尔想起几个熟悉的地址

北京现场：皇霾

皇城根的霾
也大大

正能量的天安门
负能量的大裤衩
都隐身了
皇霾深深深几许
紫禁城的底色
是灰的

朝阳区群众与广场舞大妈是一伙人
他们说自己也是受害者
拯救雾霾的
唯有民间段子手
探马来报

西北风已到张家口
子夜，中国梦情绪很稳定
低压 120 高压 150

北京现场：雾霾天的打开方式

打开一本干净的诗集
纵容黑字落在白纸上
忍不住说
我要天下无霾

一缕光，便平平仄仄从前世赶来
带着鲁国的乡音
穿越皇城的雾霾淋下来
不大不小，刚好能覆盖我立足之地

我知道在雾霾天读诗
是不配的
风还是从雷诺阿的油画中
借来黄金的长发
将暗影定格在简化字的爱
添上一个心
我像刚破壳的小鸟
在田字格中学步
被芒刺得体无完肤

大雪节气竟然无雪
不妨为雾霾天开一扇窗
诗人在银碗里盛满了雪
给上天一个台阶
我借天下的美诗
一寸寸擦去 PM2.5
让阳光噙着泪
让蓝天含着暖
好诗是童话世界唯一的糖果
让孩子舍不得吃
又欲罢不能

诗与远方

家乡，其实
不
远
只有两小时的高铁
一个追梦少年
冲破黎明的地平线
就出发了
惊慌中没带一件行李
鲁西南平原的纽扣
就淡成
一首无题的朦胧诗
从此，金乡成了我的
远方

金乡金生水
水生诗
我以文峰塔为笔
喝饱了魁星湖的墨水
辣如独头蒜，八面出锋
一个北漂的还乡路
是那么漫长
大闹天宫的猴子
没找到降服自己的唐僧
历经了八十一难
尚未取得真经
被五河九湖十八弯滋润的家乡开始绿了
我的头发却花了
那个满脸青春痘的少年
老成邻家大叔

我携一打骨感的诗稿而来
捧着九百九十九朵玫瑰
和半城柳丝的愧意
为江北水乡锦上添花
远方不远
一个丰满的和尚在魁星楼
假寐

他会诵金刚经
还会唱四平调
这个叫金乡的小城
或许是
诗人最后的道场
文字的棱角，终有一天
会打磨得像简短的
心经

花语，原名徐华，1972年2月生于内蒙四子王旗，祖籍湖北仙桃。2005年12月12日开始北漂。参加过第27届青春诗会、第二届青海湖国际诗歌节，现任中国诗歌网特约访谈主持。感言：北漂，是对人性的考验和摧残，是我宿命中的长征！

我曾经抱怨敌人太多（外4首）

花语

我曾经抱怨敌人太多

我曾经抱怨敌人太多
他们让我憎恨。愤懑。内心里砝码失重
野蒿，高过秋墙

现在，我抱怨敌人太少
我无思无想，像一部闲置的
旧机器。关节锈了。大脑锈了
过去，我雄纠纠，气昂昂

地铁。打量

一米内。我们盯着对方
她，浮肿。倾斜。金丝镜。留海过眉
她只看到了我的楼空手钩米色衫，精致怀旧
她看不到我眼里的激情。是颠三倒四的
桃花，粉紫。嫩绿。金黄
谁的忧伤。隐在去秋的眉梢。清晨六点的东三环
苍白无序。我是迟钝的。没被分解的刀
玩杀人游戏，我惊魂未定
铁轨左侧的高架桥。凌空截肢
歧路无羊
风扇照例在地铁天花板上方，呼拉拉呼煽

她看不到我眼里的风。来自远方
但是我看到她的惊吓，来自我的
赤裸。火辣。不回避
事实上，我瞳孔散光。迎着她
像迎着镜子里另一个赶早的自已

为减少误差，寻找合适的树杈
清晨六点的东三环。我一个人走路
像一只茫目的鸟
这世上，还有多少打着旋涡的鸟巢
被命运之手，随意安插

读诗

不激动，不复贴
看到烂诗。摇摇头
看到烂诗，不是我的错
不必着急，不必叹气，写烂诗
不是我的错，不好就不好
烂诗与春天的虎牙没有任何关系

事实上，看到好诗
我通常回复的是：操！写得真好

一切都远非想象中那么美好

花落苇丛。唇瓣苍白
雁过留声。昆虫留下败迹
这一切
都远非想象中那么美好
如同过气的情人。从后往前翻
一切都像虚构，爱情的过山车
咩咩尖叫

我在院子里看风景

我在院子里看风景。靠近人生的冬天
丁香、海棠、桃树、杏树、石榴、樱花树
必须接受人一样残忍的结局
活着或死去、长眠或涅磐
我忍辱负重，渴望轮回
院子里跳房子的孩子，有我七岁时的背影
她双颊粉红，短靴时尚
有着中产阶级的自信与雀斑
她踢啊踢啊，我曾是她脚下那只散珠的算盘

在背剪双手的街口，寻求避难

捆着铁丝的条凳吱吱呀呀
我坐哈白气，离群索居
这些日子，我吃素食，剪凸指甲，说粗话，不和坏人勾搭
多红的糖葫芦，我绝不吃最后一颗山楂

院东，挖墙角的女人手里的铁锹，锃亮
她挖走了我的蚯蚓。并对我微笑
我假设她钓到的泥鳅，吐着蛇的信子
我懒得嫉妒。因为我确信，她惯于背叛的沮丧终有一天
会和我一样
老天一定会告诉那些偷锹的人，挖错了地雷
炸断了假肢，上帝是不会给以同情的

现在，她把挖出的土埋回去，对我再次微笑
我耸了耸肩，吐一口烟圈
抚摸高中和同桌打架留在左手背上的牙印
痛，隐隐的

潘漠子，1972 年 11 月生于安徽怀宁。2004 年来京。雕塑家，设计师。中国 70 后诗歌运动发起人之一。著有《宋庄，宋庄》《需要》《诗人的深圳生活》《汶川恋歌》《人物志》《长城》等十数部长诗。现居北京宋庄。感言：无处不故乡。

808 路巴士（外 2 首）

潘漠子

808 路巴士

可以确定，这不是一辆开往花园的公共巴士
六点钟的霞光中，它也不曾开往诗歌

它只是一辆开往旧址的巴士，808 路或 1 路
感谢宽广，他也许还拥有 806 种路线去逃避

他也许躲在租来的公寓中，认真看这些巴士
如同他在巴士上窥视一个女孩的手机里急促闪过的讯息

因为麻花辫，或者乳白色，或者知性气味，他盯上了她
试图通过手机讯息探测她，撑开她，以此撑开未知

在沉默和排斥的车厢里，他升起和她交织的希望
而 808 路巴士不停地轰鸣，像巨大的嘲弄将他推卸：

"东门西站到了，下一站北门南街，去中心车站请转 1 路"
感谢宽广，他还有无限多的方位可以任意游移

在某些时段中，他与她一同在巴士上长大
在某种真实里，这只是一辆开往食物的 808 路巴士

像一条普通的丰收号人工沟渠，夺取并引导着河水
此时的他与她，两颗水滴合成一股

必然的一个口径，流向随处可见的仓廪站
那雾气茫茫的出入口

深夜的灯光

房间里的灯光，在深夜
熄灭了三次，又亮起了三次
房间里的他，他的所有，所有的他
一定坠落了三次，又升起了三次

极端的色彩敲响他
波洛克来了，孔雀来了，蒙克带来他的灰
一只变色龙，透过某个教堂的彩色玻璃
想着他，梦着他，应用他

数不清的声响埋在钢琴里
数不清的时间，埋在钟表里
他在房间里成形，在房间外分解
夜的房门，大小刚好串通他的一生

这是考察回声的时刻
房间里的灯光，在此地
熄灭了三次，又亮起了三次
彼岸房间里的事物，一定坠落了三次
又升起了三次

坠落和升起的不是命运，不是他
是组成他的透明字词：
例如一、二、三，和一二三的倒影
例如零，吸收着一二三
像一颗卵子在排放，在内室
深红的时刻

有关乌鸦的论文

停在树上的乌鸦，与停在心里的乌鸦
是两只相反的乌鸦

我听见乌鸦的哇，哇哇！它总是带着惊叹生活
一只充满兴趣的乌鸦，像一个孩童忽闪的黑眼珠

我看见的是一千只乌鸦，向一个乌鸦的落点飞去

我看见的是一个人，走进一千个人的花花世界

遍地的疑问，花朵一样打开
例如菊花有温度吗？它和玫瑰与莲花有什么关系？

水墨的菊花和黑色的太湖石，为什么可以摆在殿堂？
菊花开时，为什么乌鸦成群飞来？菊花是乌鸦的思想吗？

在图画里，乌鸦的落脚点为什么一定是枯枝？
难道它只对枯枝充满敬意？难道枯枝是乌鸦的权杖？

为什么留给乌鸦的，不是阳光？不是广场，不是彩虹？
一只乌鸦，为什么不能信仰一只白鸽？

乌鸦只能引申白鸽，在梦里，它引申纸鹞
它是所有鸟的反面，是包含希冀的一切飞鸟的总和

它是所有色彩的核，就像盐，是大海的核，
鱼卵，是河流的核，骨头是时间的核，它是词的底色

一只叹服于死亡的乌鸦，是陪伴死亡最近的体温
是悲悯的底线，是架设在去留之间的最后一座传达敬意的桥

星汉，原名张守贵。出生于1964年2月，辽宁省作家协会会员，做过编辑、记者。2004年北漂来京，现供职某家商会，《琥珀诗报》杂志副主编。曾出版诗集两部。2016年获得第九届辽宁文学奖。现居燕郊。感言：人生就是一次旅行。

松动的门牙（5首）

星汉

逆风飞行的

逆风飞行的是一只什么鸟呢
我一直盯着它
直至眼睛发酸
直至留在它翅膀上的风声
也留在我的心上

它为什么要逆着风
不断地飞，越飞越远
直至无法看见
没人知道一只鸟的前方
是一片更深邃的天空
还是一张更大的网

我无法把它喊回来
就像我无法把一片落叶
喊回树上
就像我无法把自己的影子
喊回自己的身体

旧书里的事物

我喜欢旧书里的事物
比如那枚铜镜
还有像铜镜一样圆的月亮
多少年了
一点也没有生锈
每次读到它
我的心

就会亮很长时间

当然，书中不仅仅只是这些
比如站在阁楼下的书生
一直在犹豫
是举手轻叩门环
还是转身
回到不远的岔路上越走越远
每次阅读到这里
我都把书合上
这样的故事
应该留在遥远的年代

每次把书合上
我都会到阳台上站一会儿
看看远处的高楼
看看公路上亮着车灯奔跑的车辆
证实一下自己
是从书中全部走了出来
还是走出了一部分

描述一只麻雀

它一直没有动
像一个蓬松的线团
如果真能找到线头
不停地拉
就会渐渐变小
越来越小
最后连影子
也不会剩下

我不应该这样描述一只麻雀
应该把它描述得温暖些
健康些
快乐些

应该给它谷粒
让它嗉子鼓起

应该给它树干
让它上下跳跃
应该给它故乡
让它朝思暮想

当我描述到这里，发现
送给麻雀的
也是我自己想要的

松动的门牙

什么时候开始松动的
我无法确定
感觉它松动时
它就松动了

这些天，我吃饭时
变得小心翼翼
尽量不去触碰
希望它的根
重新扎入更深的地方
并像一颗好牙那样
可以咬住任何东西

我知道，这是不可能的
有些东西
一旦被岁月拒绝
只能独自离开

但，我不想把它拔掉
至少现在我不想把它拔掉
闲下来的时候
我就用舌尖
感受它的松动
起初，像感受一扇门板的松动
后来，像感受一个世界的松动

葵花地

火车上坡的时候
慢了下来
在慢中看见一个少年
躺在种满葵花的坡地上

很多年以前
我也像他一样
躺在葵花地里
想着什么时候
能被火车带走

那时，不知道自己
躺在光里
躺在美里
更不知道火车上
有很多人
羡慕着自己
能躺在葵花地里

赵天鹏，网名螃蟹 0411，1978 年 4 月出生于辽宁大连，2003 年 12 月只身来到北京。做过车间工人、服务员、营销经理、策划人等工作，现职业为艺人经纪。感言：在一座希望、失望、欲望并存的城市漂泊，是一种选择。

想念雪（外 1 首）

赵天鹏

想念雪

想念雪，就像想念老家
想念围墙外一棵遥远的树和围墙内的人
雪是抵抗严寒的布景
能让我们短暂的遗忘
也提醒漂泊者，迈不迈开归乡的脚步
想念雪，想念
即将经雪的少年，背后一串儿可见的脚印
想念雪，不为了应景
大多应了心情

想念雪，想念一切值得想念的人
也能想象年老的身躯
高处和低处，扑向岁月的怀念
皆因为雪，显得无比高贵

雪啊，我不止一次的愤怒
冬天的风，是北方以北壮烈的道具
它陷多少英雄于绝境
又粗暴地阻挡人们的视线
而你，静夜里落下时
徒然地生出温暖的庄重
宛如我身边的爱人

蒲草

欲望不会灭的
有时深蓝，有时浅蓝
那个拐角看到晨暮

给你一束光亮，在大海前拥抱
你内心的火热燃起
填充心底的缺角
蒲草舒展
打开性灵的写生
我能感觉到你
还有经过的疼痛

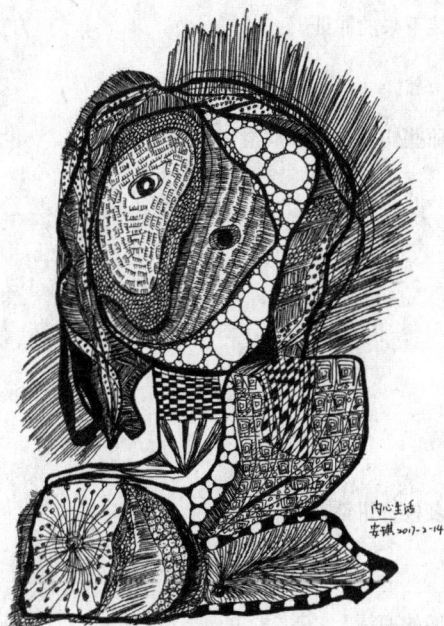

内心生活
安琪2017-2-14

向与，本名向军，曾用笔名人与，1973年10月出生于河南信阳大别山区，2003年10月来到北京，自由职业。著有《双岸黄源》（新世界出版社，2010 年）等。民刊《审视》主编。感言：我对朋友说，北京是一个非人性化生活的地方，离开后又有某种东西吸引着你。

一代人（5首）

向与

沟壑

总有一些人在偷盗我们的人生
在我们的伤口上提炼他们的工业用盐
总有一些人在售卖我们的价值
而我们——几近奄奄一息
每一道伤痕里都有沉淀下来的罪证

罪。总有一些人好大喜功
制造新的伤口；并在那些伤口上提炼润滑剂
添加到新造的跑车上
减少磨损
车轮飞转
开往工地

如今
每一道伤口都是物证
每一件物证
都遇到过了雷人的人
他们知识渊博；出自名校；讲话斯文；善于
公文；喜用广告词
他们将每一件物证
都很职业地贴上了他们的商标

闪电的鞋子

闪电，穿上云朵的鞋子
从天上
走下来
一场盛大的雨水

一觉醒来
雨水汇聚成一条河流
在原野上，继续走远方的路

我们的苦啊

美好的事物太柔弱
我们太柔弱
我的苦啊，是青草的苦
是荒野的苦；是乡村的苦
一条条超级巨蟒般的马路
它们就要吞食，已在吞食我们的身躯，我们的童年

我们的苦啊
天空已经失去鲜氧
大地已经失去树根、草根；遗失上善的清澈
而我们在丧失朴拙、天真中一天天老去
步入暮年
活到那时
我们在空巢中
颤抖的双手里——既无佛经，也无圣经

河流

在消失的地方
建立起真实，让父辈们的情感
在我们托起的河床之上流淌成一条伟大的河流

一代人

雾霾筑起时代的岸。岸。
镀膜着黄金、白银的触觉
里面再铺设光缆的超快感
每一个书面表达，都有如少女乳房肌肤无可挑剔
极处暗流涌动，定格成性感的发动机，让得志者
扬名天下
经济的狂欢节、商业的脸
印成一张张名片上的献词

成长啊，发完民工最后一个硬币完成学业的学子
成长，将官一代、商一代金钱撒向天空完成学业的学子
这，又是谁的局？
成长，只是学问，从学问到学问；从职称，再到评职称
我们的一生，都因于价格定义的围城，只学会了出卖！

只会干一件事情——用知识锋利牙齿
毫无节制，工作；退休之后，仍工作
我们披着羊皮
出卖了羊群。最后，又学唱羊的鸣叫，获取安慰
脸皮厚、心够黑……就是我们的我
用广告词恋爱……就是我们，我们

只好
去学会消化不良，用添加剂、防腐剂细心陪伴胃口
借转基因魔镜——制造时尚热词，供应消费
毫无节制，为吃下更多东西、南北，为之欢呼
雀跃。我们从不用担心吸收过多营养
我们消化不良——
对时代的贡献
在那份公文里
这业已成为推动创造力、提升 GDP 前进的潮流

浪费
是这一代人，表现我们能力的最佳途径
悲惨：从来都不在聚光灯下
凄凉：从来都不在夜总会、不在宴会厅
不在报纸、不在荧屏之上
发言！
因为——在那里——
只见价格，不见价值
只见食物，不见生命
只见干涸的血，不见轻盈上升的心灵
只见成熟的性、性格，不见童年天真

雾霾。沙尘。筑起时代的岸。雾霾
欲望混杂魔幻，催生忘情水，涌吧、奔吧、来吧
托起万计商船，地产王冠，奔流！前进！
前进！前进！进！

雾霾。覆盖了盘古创世时留下的那片天空
我们，即已成为离天空愈来愈远的一代人

黑鸟之翼，本名李敬波，吉林省辽源人，出生于1972年10月17日，2003年来北京至今，期间做过几年生意，现打工于北京首都国际机场一家航空地面服务公司。感言：算是资深北漂民工，一个以堆砌文字为嗜好的姿势分子，秉持以诗为信仰，是对灵魂的修行。当年的北漂青年，早已和青春说再见，理想的距离，还是那么遥远。如今已人到中年，活不出精彩，生活依旧平平淡淡，当听一首老歌，仿佛又回到从前。那时，北京的空气很新鲜；那时，北漂理想的天空还很湛蓝。

冬天的童话 （外2首）

黑鸟之翼

冬天的童话

月亮，是孩子遗失的白气球
蹲在屋顶的猫，像个在观星相占卜的女巫

墙壁上，时钟嘀嗒嘀嗒
圣诞树闪烁着无数的亮眼睛

长筒袜已放在枕头边
搂着小熊的孩子，在睡梦中笑出了声

圣诞老人的雪橇
装满礼物和糖果，正在赶来的路上

圣尼古拉，这好心的老头
我想为他做个向导，告诉他哪家有好孩子

我还要送给他一个防雾霾的口罩

把最后一朵玫瑰留给爱情

"城管来了，城管来了"
在过街天桥把口，卖头花饰品的梁大姐
在用东北女人特有大嗓门告知天桥上其他的商贩；
一边急急忙忙的收拾，兜起地摊布上东西。

春燕一脸的惊慌，急忙收拾起

刚刚在地上摆放好的鲜花，
慌乱里，从怀中掉落了几支花也顾不得去捡，
娇小的身子紧随着几个老练的商贩，很快隐蔽消失。

几个城管见小贩逃的干净，
上天桥巡视一会儿走了。看执法车走远，
小商贩们又陆续返回天桥上，摆出各自的商品
春燕最后一个回到天桥上，
心里的害怕，仍紧张得紧紧绷着一根弦。

这是她利用工厂下班后时间
跟隔壁梁大姐学着摆摊卖东西的第 3 天，
还不习惯和执法城管玩这样老鼠避猫的游戏；
但她需要赚更多的钱，
给躺在医院病床上的男友凑维持化疗的费用。

她鼓起勇气，向走过的青年男女兜售：
"今天是七夕，来买束花吧"
"浪漫情人节，有花有真情"
怯懦的声音，小得几乎没有几个人能听到。

一对情侣停下脚步，买了一朵红玫瑰
生意开了张，她心中有了份成功的小喜悦，
慢慢放开了拘谨，声音也大了些。
在她殷勤的叫卖声中
一束，或一支，不时有人停下来买走她的花。

只剩下一支玫瑰时，她停止了叫卖
看着手中这支被人挑剩下的玫瑰。犹豫了片刻
小心翼翼的修整着有些打蔫的花朵
重新包好。灯火阑珊的夜色里，
她拖着疲倦的双腿从过街天桥走下。

她要赶往医院，和躺在病床上的男友度过
这个她们相恋第 5 个年头的七夕
这个情人节，男友不能和往年一样送她浪漫礼物
她把最后一朵玫瑰；留给自己，留给爱情。

我的城市病了

紧跟着冬天而来
把城市覆盖的，不是待嫁新娘的婚纱
一块脏兮兮的裹尸布
它和死亡一样，让人恐慌

小汽车，吐着尾气
在城市的血管里拥堵，缓慢慢爬行
灰喜鹊，已选择逃离
空地上，再见不到它们觅食的踪影

一个城市病了
卸不下负累，人类没有鸟类迁徙的自由
留下来的，戴上口罩
走在街上，像是在去参加一场故人的葬礼
每一个鲜活的肺，都是
活体空气过滤器，维持这病体机能正常运转

我的城市病了，无药可医
专家们会诊，各种方案不见疗效
他们和我一样，等风来
风是把手术刀，会刮除城市溃烂的皮肤

天空是沉默的，雾霾
以天空之名，向人类发出警告
我的肺也是沉默的，以损坏健康
承受一座城市工业发展建设付出的代价

未来，博物馆，玻璃柜里
放着一块砖，见证了这个城市发展的历史
雾霾颗粒物积成的一块砖
是警醒后人的，一座耸立的 纪 念 碑

范伟，山东乐陵市人，北京皮村工友之家文学小组成员。木工，2003 年来京。感言：北京，我爱你，你爱我吗？

诗

范伟

诗

如果有来生，
我愿做一道闪电，
可以刨开乌云的胸膛。

如果有来生，
我愿做一只雄鹰，
有属于自己的天空。

如果有来生，
我愿做一滴水，
相信总有一天，能见到大海。

我站在高楼顶端，
闭上眼，
张开双手，
纵身一跃，
飞翔着用生命来拥抱大地。

注：本诗写作灵感来自阅读许立志的作品。

娜仁朵兰，1981年12月26日出生于内蒙古呼和浩特市，2003年到京。硕士研究生学历。曾任中国传媒大学讲师，现为娜仁朵兰文化传媒工作室艺术总监。感言：北京的夜色里有我一颗闪闪的星星！

沐仁（2首）

娜仁朵兰

沐仁

泪水北流
你橘色心
颤抖

铁轨撒来了肢体
从缝隙里挣扎
哭泣

时光说
我的过去就是十字架
撕开无题

黑色懵懂月光
熨烫风角飞扬

沐仁
洗礼草原
融入绿色曙光

我依然虔诚守候

一盏不灭的昏暗灯光
依旧在寂寞小巷子里拼命地闪烁
我依然迈着沉重脚步
赴汤蹈火一般
走进这黑漆漆的小巷

似乎是无法停止

更似乎是坚定到无法自拔
似乎是忘了这个
曾经在拆迁之前小巷子里发生的可怕的一切

一盏昏暗灯光
我却飞蛾扑火般涌向了它
好像它微弱灯光能够指引我前进的方向
好像它能宁可破碎自己　也能让我感到光明和温暖
也好像它能让世界的每一个角落
都有我的歌声和笑声

不管未来是一个什么样的世界
我的世界里
依然坚守着这一盏破旧的灯光

虔诚的守候是我不灭的灵魂

徐良园，湖北大悟县人，2003年上半年来京，搞建筑装修。北京皮村工友之家文学小组成员。感言：北京打工，痛并快乐着。

他乡的野草

徐良园

他乡的野草

一块住了三年的瓦工老曹
回家过完年就没来了
刚打电话和我聊天说
老地方总忘不掉
他问我是不是还住在城边
那件潮湿的小屋子
是不是常去那片长满野草的荒郊
问起腰痛得直不起来的老王头
是不是还在把那方子中药苦熬
还问我今年挣了多少钱
我说才到中秋节
问收成还早
今年的活越来越少
今年夏天干旱盼活就像盼雨水一样
季节过了都没盼到
立秋过了两天
愁闷得我刚转到那片荒郊
忽然来了一场秋雨
把我全身淋透了
啊——这雨淋得真舒服
淋得真好
他乡的野草
差点没旱死
终于得救了

周占林，河南登封人，生于1964年7月，2003年来京。中国作家协会会员。中诗网主编，中国诗歌万里行组委会副秘书长，《中诗作家文库》主编，《诗歌地理》主编。著有长篇小说《一夜芙蓉》，诗集《夫妻树》《你坐在我的对面》《周占林诗选》等，散文集《弄潮》《重返与超越》等。现居北京。感言：精神上的追求，灵魂上的放逐，在雾霾中尽量让诗歌发出光芒。

关键词（3首）

周占林

关键词

爱情在这场战争中
只是一个关键词
所有的一切
都需要我们期盼已久的
心情
放飞这种缘分

能够遥望的只是
你我两个标点
像两只小小的蝌蚪
巧遇在
时间的河流

情书在这场戏中
是很好的道具
让所有的可能变为现实
日子的疼痛
便渐渐被你我抚慰

安静

许多时候
我们只是安静地对望
多余的只有
每一个可以构成
小说的汉字

没有理由去谈论
黑暗中的那盏灯火
在心扉的每次关闭前夕
强制刷新

喧嚣的城市
是我们生命中的驿站
一尘不染的你
赠与我丝绸般的温暖

我无意想到水
但今宵肯定与此有关
充满想象与渴望的
是被幸福填充的气球
飘飞在你我同在的每一时刻

爱人，我们厮跟着上山

当你举起婚姻的礼花
盛开在那栋土窑的上空
山村没有感到意外

空洞的风找不到檀香的琴
月光的花
遍布在每一个幸福的夜晚

于是
露水点亮青草鲜活的沉醉
蛐蛐在山坡雕凿一首古老的歌谣
我是一枚涩涩的山果
你厮跟在我的身后
任岁月打磨你我的每一次摇动

厮跟着
我们从长满月色的田野出发
把娇嫩的山路走瘦

而城市

就这样被你遗忘
院里的烧汤花
开出满山沟的羡慕

你我牵手的过程
被城门的隐痛灼伤
有快乐跳跃在柿树的枝头

爱人
当你离开那些诱人的繁华
我的全部
便飘过你的纤纤手指
于故乡门楼里青石板上游荡

走过飘逸磬声的寺院
我们就这样厮跟着
上山
有晚霞的灿烂
昭示纯洁的季节挺立于你我的心头
佛
在山的上方微笑

王春玉，生于1967年，河北张家口市人，2003年来京，做过快递、门卫等，北京皮村工友之家文学小组成员。感言：北京人原来看不起外地人，这几年好多了。

李自成

王春玉

李自成
——观闯王李自成铜像有感

当一条放羊后的鞭子
把财主的仇恨
抽在你身上
你就不是奴隶跪地了
可到处是黑色乌鸦
逼迫你竖起"闯"字大旗
你要挥花马剑斩尽所有的黑乌鸦
硝烟里
你持剑站立，火喷胸膛
一腔热血
将崇祯送到景山那棵老槐树上
旗倒兵散
而这时候
被胜利冲昏头脑者的奉承
在你身边点燃了
吴三桂献关
满清的虎狼之师
使你周围响起当年项羽惨败的四面楚歌
你仰天发出天不佑我的长叹
那颗发烫的心
痛苦的滚落雕鞍
慢慢地走进
走进九宫山那座墓碑

三十九年的血
一滴滴地奔涌而出
流过清朝和近代史的堤坝
流过三百多年的阻隔
流进曾经是一名军人的我
思痛的心里

冯昭，字一阳，河北宁晋人。16 岁开始发表作品。2003 年到北京，历任编辑、记者、评论员，中央电视台二十集大型纪录片《中国商人》撰稿人。

北漂五年祭（外 3 首）

冯昭

北漂五年祭

写下：北漂五年祭
夜风就刮起来
从北向南，把京城吹得亮如白昼
吹得这些分行文字
纷纷生锈

五年前，我还不知道
柳传志是谁
不知道，比红墙更难出入的
是看不见的城
而企图浑水摸鱼的兄弟
首先要找口饭吃

五年前，从定福庄到四季青
几十里路的夜雪
追不上我的脚步
五年前，透过南平庄的小窗子
她说，以为会看见星星

五年来，北漂们的欲望
助长了房价和通货膨胀
他们把青春、喘息
掩埋在林立的写字楼里
又把自己挤出京城

北漂五年，我迟疑的手射下九个太阳
而诗歌依然在血脉里延承

2012，我想和这个世界谈谈

小时侯，老师教导我们
世界上有四分之三的劳动人民
生活在水深火热之中
等待我们拯救

还有那必然消亡的、万恶的旧制度
朱门酒肉臭，路有冻死骨

长大后，我怀抱
拯救全人类的梦想，生活、择业
追寻普世价值
他们说："小 Q 真能干"

不是说好了么？为什么
需要被拯救的 总是我

于是，鲁迅先生说
一个都不宽恕，一个都不放过
只是抛锚的时候
不要忘了握紧方向盘

好了，我想和这个世界谈谈
只要不是太离谱
不和谁作对，谅解所有人

你看，多么蓝的天啊
飞机飞的又高又慢
今夜，我把礼赞
献给丢起瓶子砸飞机的人

八大处的雪

十一月十七，弥陀圣诞，天降瑞雪
——题记

二李说：
是片叶，愿意在这里落下

是块雪，愿意在这里化了
而山坡上侧生的小树长不成材

陈稳说：
存放在这里的木料
每一根都价值百万
却把倒垃圾当成日常的功课

来自甘肃的李光耀
扛着铁锹行走在山路上
那份悠闲，仿佛三叔
卖完苹果回到自家门前

我们都是根性残缺的孩子
羁系于山门那棵千年老树

夜宿大悲岩

抱一捆干柴，把炕火引燃
在这个无雪的冬至
心是四叶草，把命脉收敛

若火苗徐徐升腾
你将从噼啪作响的撕裂中
察觉更生的快感

来，我们沏一壶茶汤
看，露水凝结在窗棱
听，明月敲击着山峰

当钟声回荡空谷
当众神已然安眠
仿佛游子归乡，群山怀抱中

熏热的土炕是心之家园

安琪，本名黄江嫔，1969年2月出生，福建漳州人。2002年12月到京。写诗，写文，画画。中国作家协会会员。新世纪十佳青年女诗人。2000年和同仁发起成立"第三说诗歌流派"，合作主编有《中间代诗全集》。出版有诗集《奔跑的栅栏》《你无法模仿我的生活》《极地之境》及随笔集《女性主义者笔记》等。现居北京，供职于媒体。感言：一个没有离开故乡的人不能称之为有故乡。

父母国（6首）

安琪

往事，或中性问题

再有一些青春，它就将从往事中弹跳而起
它安静，沉默，已经一天了
它被堵在通向回家的路上已经一天了
阅读也改变不了早上的空气哭泣着就到晚上
流通不畅，流通不畅
再有一些未来的焦虑就能置它于死地
我之所以用它是想表明
我如此中性，已完全回到物的身份。

父母国

看一个人回故乡，喜气洋洋，他说他的故乡在鲁国
看一个人回故乡，志得意满，他说他的故乡在秦国

看这群人，携带二月京都的春意，奔走在回故乡的路上
他们说他们的故乡在蜀国、魏国和吴国

无限广阔的山河，朝代演变，多少兴亡多少国，你问我
我的国？我说，我的故乡不在春秋也不在大唐，它只有

一个称谓叫父母国。我的父亲当过兵，做过工，也经过商
我的父亲为我写过作文，出过诗集，为我敲过劲伤过心

他说，你闯吧，父亲我曾经也梦想过闯荡江湖最终却厮守
一地。我的母亲年轻貌美生不逢时，以最优异的成绩遇到

"伟大"的革文化命的年代，不得不匆匆结婚，匆匆
生下我。她说，一生就是这样，无所谓梦想光荣

无所谓欢乐悲喜，现世安稳就是幸福。我的父母
如今在他们的国度里挂念我，像一切战乱中失散的亲人

我朝着南方的方向，一笔一划写下：父母国。

极地之境

现在我在故乡已呆一月
朋友们陆续而来
陆续而去。他们安逸
自足，从未有过
我当年的悲哀。那时我年轻
青春激荡，梦想在别处
生活也在别处
现在我还乡，怀揣
人所共知的财富
和辛酸。我对朋友们说
你看你看，一个
出走异乡的人到达过
极地，摸到过太阳也被
它的光芒刺痛

菜户营桥西

自此我们说，可以拐弯了，可以走辅路走路漫漫的路
其路也修远其求索也艰辛其情也苦其爱也累其人其物
不值一文其生已过半其革命已成功或尚未成功其遭遇
也丰硕也奇异也幸福也荒诞那么我们说，你还要什么
你，在路上的你，追赶时间的你，欠死亡抽你揍你的
你，女性主义的你，你还想要什么？

菜户营已到，这左一道右一道的桥嫁接在空中使平地
陡然拔高几米，你转悠其间自此我们说，可以安歇了
那些临近崩溃的楼层在夜晚换了面目，孤云缠绕某夜
我们看见月亮像白血病患者惨淡的脸凄清而哀怨某夜
凉风曝光了草丛中草拟的意识流我们在长椅上的幻想
那些过往的困惑因絮叨而成型而复活落迹于刹那光影

我们，在路上的我们，被时间追赶的我们，热爱活着
的我们，并不存在的我们，我们还能要什么？

夜晚的方向

我从夜晚清凉的风中提取我需要的元素
我的心在夜晚的寂静中朝着危机闪闪的方向
攀沿，它无限扩大的想象滴着血
先我一步把此时点燃

我从梦中一跃而起
随身携带着父亲复活的呼喊
那边太寂寞了，父亲
但我能把你带往哪里

每个夜晚对我都像牢房
梦见父亲的人在梦中被父亲吓住
睡眠是一扇关不紧的门
我曾尝试着从这里出去。

鸦群飞过九龙江

当我置身鸦群阵中
飞过，飞过九龙江。故乡，你一定认不出
黑面孔的我
凄厉叫声的我
我用这样的伪装亲临你分娩中的水
收拾孩尸的水
故乡的生死就这样在我身上演练一遍
带着复活过来的酸楚伫立圆山石上
我随江而逝的青春
爱情，与前生——
那个临风而唱的少女已自成一种哀伤
她不是我
（并且拒绝成为我）

当我混迹鸦群飞过九龙江
我被故乡陌生的空气坏抱
我已认不出这埋葬过我青春
爱情
的地方。

牧野，本名张思荣，男，20世纪60年代生于安徽涡阳，1992—1999年数次进修北京，2002年至今在京。诗人，策展人，艺术批评家，艺术专栏主笔，现居北京。曾任La Celeste艺术馆馆长、上上国际美术馆执行馆长，《环球慈善艺术》专栏主笔、《诗歌月刊》编辑，现任国粹美术馆馆长、陶行知艺术研究院执行院长。近20年来，策划执行诗歌、艺术活动百余场，横跨诗歌、艺术两界。学术主张关键词：无聊派、后艺术时代、人文水墨、中国意象表现主义。感言：寻找失去的现在。

名（5首）

牧野

名

她叫她和他的名字
她的手脚冰凉
她的每一器官
都在她和他的手上
她老了
越来越像我的母亲
在病床上打着点滴
叫着我熟悉不熟悉的人名
她一次次从空中召唤
她一生遇见的每一个人
她像个三岁婴孩
将那些人的名
当成了积木
从病房搭向天堂

母亲母亲

病床上的母亲
只记得骂自己的儿女
我不在家
她就骂兄弟姐妹
一边骂一边说
等我回来就可以救她了
她抓住我的手
问我是不是

不要她了
我说你要再骂人
就不要你了
母亲说
你要不要我
我就骂你
整整一天
她只念叨这句话
等她睡了
我悄悄抽出手
她突然喊着我的乳名
破口大骂——

只有风可以解除红色警报

大风路过北京时
顺手解除了红色警报

很多人躲在密不透风的盒子里
只对风报有幻觉与期许

也有少许热爱蓝色的人
同站在今天的蓝天下

用呼吸掀起另一场大风
随时随地，像那些死掉的烈士

关于冬天的回忆

他想着昨天的往事，缓缓抬起手
下意识摸索壁灯的开关
顶灯亮了，雪花洒落一地
这时他看见 24 个小时
排成一整齐队列，从脚下开始
喊着口令，最前面的 1 点钟，横起身子
已钻进门中央的窥视孔洞
他突然意识到，他要死了
索性找来一把椅子，站上去
用影子在白墙上涂鸦

（看上去又是一把一模一样的椅子）
他伸出右手的中指
低下腰蘸了蘸椅子上
裤管流下的一滩血渍
在距离椅子一公分的位置
他写下关于椅子的繁体血书
他从中指刺穿的天花板洞眼
终于爬了出来，沿着监控摄像头的
指引方向，一路扬长而去

身份

火车只是一个比喻——
时间在另外的空间旅行

站台上的人
匆匆忙忙掏出了车票
而终点，并不在
时间的刻度上

我们送走了太多的自己
像我们旅行中遇见的那人

那些我们感兴趣的事物
比如城市、教堂、家庭、女人
刻着铭牌的建筑、街道
与名人故居混搭的社区陵园
他们中的他们：活着！
没有谁能够：死亡！

但是他们在另一时空中
与我们说话、交谈
那时空由语言文字编织而成

我们寄存骨灰盒的图书馆博物馆
玄奥、神秘，分割为不同部门
我们的肉体，和时间一样冰冷，没有温度
被砌成墙体，召唤祈福的子孙

是这样的，现在是高铁时代
我们说：世界即我们
我们默契地合作，抢票，安检
通过验证码，接入互联网系统

而世界，在我们的肉体之中
我们并没有身份
我们也并不知道——我们
终于可以将时间——拒之于门外

苏笑嫣，蒙古族名字慕玺雅，1992年11月23日生于辽宁朝阳，2002年来北京成为一名借读生。这段求学的经历后来写成了长篇小说《外省娃娃》。中国作家协会会员。出版有个人文集《蓝色的，是海》，诗集《脊背上的花》，长篇小说《外省娃娃》《终与自己相遇》，长篇童话《紫贝天葵》。现居北京，从事装帧设计工作。感言：10岁来到北京，至今十余年，没有比这更熟悉的城市。并不觉得在漂，只是我想，大城市对于每个人的孤独感都是一样的。但同时，它的包容给了每个人更多的自由，和做自己的可能。

光明由你自己构成（组诗）

苏笑嫣

对生活的投诚

失去的记忆清除了大多的岁月
而时间依然走得飞快　与记忆一同流亡
我困于城市森林　同无数高楼里的门一起旋转
有人正代替我远走他方

我们已经长大　顺应了时钟　和平庸的安全
但还没有获得未来
四周围起的高墙时不时砌入身体
醉酒是时间颤抖在水平线之外

黎明　一个荒凉的单行拐角
——醒来时我们已经站在现实的这一边
你无法成为一个游离而危险的人　于是重复
你消耗着时间而时间也消耗着你

继续前行的路上　黑夜里坍塌的高墙
又噼噼啪啪地重建一次
于此同时一只乌鸦不愿沉默　尖叫高飞
将时间、空间和你一同遗弃

艰难的季节

一月，艰难的季节　大地静静站立
沉默的建筑物一并转过身去
语言与世界一同在保鲜膜下褪色　像老妇

持续而枯燥地　打磨阴影中缓慢的比喻

冬天用那比棉絮还要轻的　迷漫的静止的白
堵住世界的耳朵　等不到一场雪飘舞
事物便逐一归顺于寂静　庞大的安详的睡眠
沉默的疲惫　光线与影子的眼皮微微张阖

这里没有人说话除了时间的细语　瓷白光洁
如同你清透的指节　有着姣美的寂寞
露珠　岁月那迷茫的眼泪颗颗膨胀
空寂的马路在楼群中长时间走着　无限的孤独

我想叫醒被白色覆盖的　昏睡的冻结的希望
在世界的梦中　我努力向外跳跃
然而影子扒住它的阳台不放
宁静环绕我　像青春的灰烬与执着的毁灭
而月亮在户外　像我不可触及的希望
站在最后一根枝杈上

层叠的振翅声响如机器嗡鸣　在午夜
锋利的黑鸟迅速繁生扩散　从我的体内涌出
黑色波浪吞噬天空与街道　那白色的空濛
空气颤抖　并因改变了密度而改变了质地

这呼唤　拦截　爆裂　吞噬　清醒与真实
改变寂静秩序笼罩的死亡的结构　只属于子夜
但在每一个暗夜玫瑰开放的瞬间
这不断挣扎的黑夜　都将被祝福与确认

苏笑嫣

名字　一种代表和指向　进而成为规定
但它不是我　它也许是我体内的
另一种虚空

过去的岁月在记忆中生长
并缓缓改变或隐去样貌
当我怀疑
也许我是一个接受了许多记忆的

别的人

如果扔掉坐标 在时间的最初
成为一个新生儿
另一个人会再次成为这个名字

我对我的陌生就像
看着一个熟悉的简单汉字
但突然觉得它不像

静过风铃

靠一只硕大水罐的清净过日子
在每扇风穿过的门前 被春天的呼吸 染绿
我的锁骨叮铃清脆 静过风铃
四只浆果生于发丝 青绿 有新生的酸涩

将去年、前年 或是更久以前的衣服
涤荡以蓝色和清透
上面那些 被戾气摩擦的日子 就让河流带走
充满水声的双瞳 隔开时光 和其中的记忆
但路 一直在路上走着

要相信 荒瘠的缺口之后 会有草甸涌出
如同翻过折多山后 新都桥美景的等待
土石的粗粝之后 青梗与野花不远
润泽与宁静不远 日出而作 日落而息不远
因此 跋涉不远

和孩子们一起醉心于晨光 用知觉感受世界
像用手 握住一块 被太阳烤暖的石头
如果肥皂泡在阳光下七彩斑斓
就微笑 欣赏它的熠熠生辉
如果夜之黑一滴滴渗出
就安静 挖掘火种 从自己的体内

火把指引你走向光明
那光明由你自己构成

两只竹筐

两只陈旧的竹筐 像两个老人
并肩坐在门口的木凳上 一声不响
打量着属于自己的苞米地、黄土和
一闪而过的鸟叫
打量着它们偏爱的 午后微风的缓慢
和褐色的岁月弥散在空气中那缄默

两只陈旧的竹筐 一年年
装载过很多东西 黄元帅、小酸梨
还有四粒红
现在它们 空空荡荡 竹条枝楞
身上剩下的只是 缠绕的麻绳
浑身无力的麻绳 一脸疲惫的麻绳

过去的日子里 它们如此深爱秋天
现下秋天在时光的阴影里 日子就老了
温暖和荒凉 都是一瞬间的事
那些年年岁岁的记忆定格
画面都还挂在树上 像从前它们总是
要收获一样 它们收获了一辈子的收成
如今

一阵风啊 一阵风就把它们摇落了
一树的果实
两只竹筐不知道 它们如何能够装载
它们第一次 面对收获如此平静
而不知所措

李伏明，1968 年 6 月 18 日出生，湖北荆州人。大学本科学历，生物工程师，2002 年来北京。爱好写作，是同学和朋友圈中公认的"诗人"，有自己的读者群。感言：在北京留下了我金子般的年华和陈年美酒一般的回忆。

时光之旅：致往昔

李伏明

时光之旅：致往昔

你坐下来，
还是那么地优雅，
你牢牢记住是在当下，
你朝前看过去，
眼前的，
以前的，
谁说光速是恒定的？
你往前看，
尽管眼眸不再那么清澈，
头发些许斑白。
谁说时间是匀速的？
它在某个节点，
被拉长，
被放大！
你真的来到了昨天，
却在今天出发！
那是谁的身影，
舞弄着你的时光，
又是谁的歌声，
趟过了一片花的芳香。
是谁在那里驻足凝望，
又是谁在陌生的街道，
把你的名字叫响……
未作停留，
你沿着时间的坐标轴，
看到了那么重要的时候，
其实也不是重要的时侯。
时间拉长，

是在听和写的课堂上，
那拉着手的青春，
分明是拉着时间之手，
只道别走；
流光匆匆，
你忙着避开校门口——
那兴奋的涌动……
你带着若有所失的孤独，
切换到公园的路途，
却见一方甩头就走，
一方独自泪流，
你其实不要看却还是微笑着摇头……
你知道，
即便放大
也不可能充分地表达，
谁说看到啦就是看到啦？
可是，
感受中的感动——
要看看，
也要懂得放下……

大枪，本名杨翔，1976年12月出生。诗人，诗评人，籍贯江西九江修水，2002年定居北京，某企业行政总监。曾就读于南昌大学及鲁迅文学院，美术学士。现为《国际汉语诗歌》杂志执行主编，国际汉语诗歌协会副秘书长。感言：北漂是五十度灰。

蒋胜之死

大枪

蒋胜之死

告诉你，蒋胜，上帝从来没有赋予你过人之处
出生，成长，娶妻生子，一切都那么不动声色
就像提前拟好的剧目，完整得让人心痛，直到今天
你死得有些提前，女人脸上的霜猝不及防地晕开
一群水墨画在剧目里成群结队地行走，大幕升起
百鸟调试好背景音乐，死道不孤，经幡猎猎
你删掉舌头上入世多年的台词，开始涉足新途

一切源于宿命，哀乐声在老屋颓旧的床上分娩
这最后一声啼哭，沿着爬满墙根的童年溜了出去
并在每一个脚印内续上尿液，以此来标注过往
最后又回到床上来，这就是人生，一个圆
符合当下通俗写作规律，滥情，拖沓，饶舌
千剧一剧，你也得循章办事，活着的人里
谁都无法提供规避死亡的经验，人人都是胆怯的新生

你曾经放荡地把邓丽君摁在八十年代的墙上
仿佛魔怔于舌头的功能，你把每一句歌词抻长
下一个音符总是在上一个音符余音消失之后响起
你梦中抢过绣球，赤手猎虎，马踏京城
你把梦做得风生水起，可惜尘世网幛深厚
母逝妻离，弱子缠疴，黑暗在污渍的窗棂上散养狼蛛
打劫穿窗而过的月亮与五谷之香，这都是人世的劫数
众梦从月光树上齐齐跌落，世界止于你的鼻息
神说，天空有多么灰，你的日子就有多么灰

其实，一个时期你曾经君临天下，你的青春
让所有的庄稼开始怀孕，它们产下稗子

160

在南方，苹果树开满纸花，花瓣入土即遁
布谷鸟收起翅膀，在春天就已经鸣金收兵
日子由此老去，你开始忘情于盲人卦师的江湖
你把爻象反复拆解，像拆解儿时的翻绳游戏
整个过程尤为诡异，绳结们环环相扣
直取手指的咽喉，除了承受，你无法从中全身而退
游戏令人失望，黄土堵塞了所有咽喉的出口

蒋胜，你对旧秩序是抱有十分的留恋和敬意的
俚语，长发，失眠的夜灯，扬手飞出的水漂
都会唤醒你合上的双眼和身枷棺椁的灵魂
你把自己种植在8月的土壤里，那些破土而出的
山歌，小河，砍去头颅的稻茬，寡妇的花园
都是你的国语，项饰，战利品和规划幸福的版图
你渴望像一个土司一样封建且流氓地占领它们
每天在旺盛的土地上统领朝昏，放牧影子

对影子而言，热爱她是万物的恩幸，你也不例外
你从来没有今天这么恐惧，你想永久捉住她的脚踝
让她在你的桃花潭游泳，你狂执地想把她捉住
你从小喜欢下潭捉鱼，一个影子就是一条鱼
鱼的鳞片上贴有桃花，暧昧如旧时候的戏折子
生旦净丑，西皮二黄，每一场都是爱恨情仇
你从中能触摸到鱼鳞和桃花的质感，滑如青瓷
但就是无法捉住其一，潭里的黑暗涉世很深
鱼在黑暗里没有光，鱼鳞和桃花也没有光
它们的质感被黑暗吃掉了，这不是你的过错
在尘世，万物都是被黑暗分解和消化掉的

顿悟这一点真是不易，它减轻了你的不平和自卑
虽说布衣不同帝王，南方之橘不同北方之枳
但人终究是要作古的，你把作古写在石碑之上
从此挂出代表人世的印绶，不坐尘船，不问津渡
你开始领略到一个新视界的迷人与富足
比如一只蜻蜓落在水边的芦苇上，变成两只
它们勾尾相视，月亮带着诗集寻找朦胧与爱情
在众灯熄灭之后，从一个窗棂飞向另一个窗棂
这些都是小隐者的生活，夜莺歌唱，万物喘息
地上地下，万象所及，到处都是旁观者的风景

你从此专注于荒林山野，把空间和欲望留给人世
人世虽然文风鼎盛，却没有一行文字留给你
甚至小镇的爆竹，也只是为你作礼节性的颂辞
这就是人世对你的定性，人情轻薄，重不过纸
好在亲友们总是终审的负责者，他们按照风俗发送你
并且体面地装裱你的灵魂，让你在镜框里作最后的陈述
还会定期洒扫你的新居，朋友会偶尔造访你的老屋
而你坐在镜框里幸福，笑不出框，这种情形会持续很久
直到你跻身世祖之列，这足以告慰你忧郁而年轻的死亡

蒋胜，据说那里是上帝执政的国度，你应该适应新的属性
你素未经历过的正在发生，素未看到过的都是新鲜的
你应该学会藏起惊讶的眼神，那里没有疼痛和杀戮
没有雾霾和欺骗，百兽们头戴佛光，众花盛开于野
熏风得意，万物朝阳，冬天里的每一块草地都是春天的
在那里，连乌鸦的喉咙都不设禁区，到处是感官的盛宴
你还将自动位列星星的朝班，这个潜伏多年的夙愿
终于在彩云之上开花结果，从此，在若干个黑暗之夜
你虔诚而友好地看着我们，看着人世，无端发笑

周步，甘肃山丹人。1968 年生。2002 年来到北京。作品以散文、诗歌为主。作品入编《中国散文佳作精选集》《2012 中学生最喜爱作品》等文本。写作题材以西部地域历史散文居多。多部作品被拍摄成电视散文、被广播电台朗诵。从事过多个行业。主编《中国名牌产品与知名企业》等图书项目。现居北京，自由撰稿。感言：北漂，让多少生命在拼搏中活着，又让多少理想在无奈中死去。

早安，朋友

周步

早安，朋友

早安，朋友
写下这几个字的时候
我的心中早已是春潮涌动着激情
我想对第一个倾听者说
早安，朋友！这是个有质感的词汇
比爱更加深入人心

早安，朋友
阳光照耀着大地，雨露滋润着山川
这是美好的人间
你在远方招手致意
无需猜测，做深呼吸，我便可遥相感知
微笑是世界上最好的礼物

早安，朋友
窗棂对着窗棂，门对着门
城市和乡村，如一对相互爱慕的情人
就像你驻在我的心里，我驻在你的梦里
相互握住的，是一场皆大欢喜
握不住的，是许久的牵挂和记忆

早安，朋友
你高兴的时候，请把那个酒窝也发给我
你挥汗如雨，紧张劳累，伤心哭泣
朋友，请接受我小小的
捧在手心里的关切和慰藉

早安，朋友
相识和不相识的人们，我都要祝福
一声简简单单的问候
口口相传，汇聚在一起
就是一条爱的巨流，爱的潮汐

叶匡政，诗人，学者，文化批评家。1969 年 4 月出生，安徽合肥人，2001 年来京，现为香港《凤凰周刊》政论主笔，2016 年 12 月日本早稻田大学访问学者。著有诗集《城市书》、文化批评集《格外谈》《可以论》等，编有《孙中山在说》《大往事》等书，主编过"独立文学典藏""独立学术典藏"等多套丛书。曾为《南方周末》、《新京报》、香港东网等 30 多家海内外媒体写作专栏。2010 年、2012 年入选"华人百大公共知识分子"。感言：北漂像贱民的胎记，藏得再深，都暴露出一个时代的耻辱。

灰烬之歌（6 首）

叶匡政

城市构成

在这里，天空对人群俯就
灵魂只剩下一口热气
我多么弱小，卑微，沉闷
擦着多余的手

在那大厦黑暗的深处
电视咬啮人的头颅
情侣们相拥时的孤独密封在各自心中

黄昏小贩

为了两只活着的手，
我也历经屈辱
也有不愿说出的话：
它就藏在那堆恍惚的面孔下

那被货担压弯背影中
他们被攘过街角，攘到
马路对面……他们匆匆跑着
不停地转过惊骇的双眼

位置

十月，一从餐桌边站起
就感到茫然若失

已是秋天，每一扇窗户都阴下了脸

我经历过最初教育：咀嚼时
不发出噪音
那些有耐心的人会得到祝福
人长着圆圆的嘴
按捺不住要吃尽碗中的一切

我屈从于我的脚，我跪着的膝盖
我屈从于手上戴着的结婚金戒
我屈从于那只忙碌的老鼠
每天深夜，它在黑暗的厨房
向我传来生存严酷的回响
我屈从于我的记忆，和我
已吃掉的一切

半碗米饭给我，半碗给你
十月，一从餐桌边站起
就感到茫然若失

伤口

你不能示弱
只有站到街头
对寒冷的晨风歌唱
虽然没有嘴巴

虽然没有嘴巴
你知道恨是如何来的
仇恨没有父亲
却有这片古老的土地

你不能示弱
只有站到街头
从囚犯那儿学习痛哭和大笑
读出埋葬自己的诗句

虽然没有嘴巴
却有一道深深的伤口

只要你写下文字
这伤口就一直裂着

灰烬之歌

变成灰烬的痛楚
灼烧我的五脏六腑，就像体内有一场火灾
那儿有更炽烈的火焰

与灰烬抗争，我正变成灰烬
灰烬，或许
粉饰了一个地狱的骗局

他们才不在意
灰烬中埋葬了什么。有人为你入狱
有人为你点燃自己

我再也不怕燃烧自己
我们的命运是一样的，即使被烧成灰烬
也没有一粒浮尘是属于我们的

我曾执拗地用笔拨弄着中国
这团灰烬，我的燃烧
至少能让你在其中，找到一点火星

当我变成灰烬，我只希望
你告诉他们
这堆灰烬也曾是生命

光线

微暗的床边
闪亮的针尖。外婆
飞针走线时安详、严肃的脸

针尖使人朴素，只缝补今日
它指向这里
指向人活着的地方

当外婆离去时
嘴里含满了茶叶
针尖使我可以忍受自己的幸福

为了亮一些，她移到窗前
一针一针地缝下去
永不复返

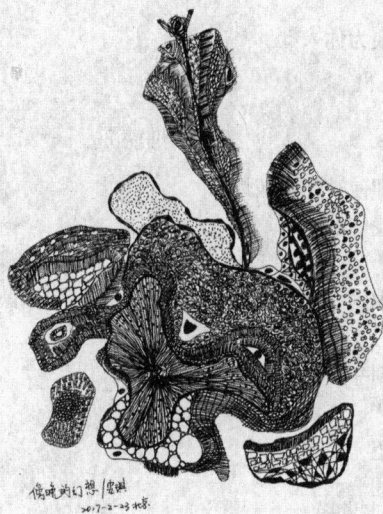

蔡诚,又名江河、蔡我的等。1976 年生于江西,2001 年北漂至今。非著名北漂者。非著名诗人。曾为志愿者、推销者、记者、编者。矢志不渝的读者、梦想者。中国诗歌学会会员。中国当代文学研究会会员。著有作品集《北漂故事集》《流浪者诗选》《无题集》等。感言:北漂,在我是一种生活阅历的追寻,更是一种自我价值的寻找,现在我虽然穷,虽然老,但一切为时并不算太晚,只是接下来我要学会慢跑。

幸福了吗（7首）

蔡诚

幸福了吗

花光了所有积蓄,一个男人
有了自己的家,在燕郊
他不再睡地下室,衣服终于
能在太阳底下晒干。但拥抱这一切
他得黎明前醒来,在跨省上班的路上
挤时间学习 打盹 吃早餐,或者
拾捡一路北漂的时光的碎屑。灵魂
当她在容纳梦想的房子里飞翔,他觉得
走向它,人生再疲惫,成功这个词
已写在他的眼睑上,真实的像头上的白发

快递员速写

生活只有一面,奔波,快餐
地下室 和蛰入心中的孤独
在北京,7 年了,他跨不过这篱墙
但仍没有离开,黑暗里的一口井
一盏灯似的光亮中,他像风中的芦苇
金灿灿的暮色里,倒下又扬起

不能确信的爱

一个山东服务员,一名湖南厨师
那天收工后,他们追着惨淡的夕阳
北海公园依偎。夏天温柔的风里
年轻的长发他抚在掌中,常常这样

甜蜜的空虚中，一些事他日夜满腹忧愁

我需要一个家，北漂的宿舍
不可能用来度过漫长的人生，她又说
她的被亲吻过一百次的嘴唇，不开心前
听到了他的甜言蜜语，一切都会有的
房子车子，开店的梦想，他说
五年之后会——实现，由你支配

他还给她唱歌，走调的歌里
夜幕把黄昏带走。她要他数星星
短短的瞬间，她声音变弱，在他的怀里
宁静如流水。游人从他们身旁走过
香甜可口的爱情，他却感到迷茫
漂流在外，她的爱，天空已阴影一片

无题

混乱的工地，几个孩子望着脚手架
暑假，他们的父亲站在高处
沉默无语的黄昏。孩子们觉得
比老家起伏的山峦，这更像一个好世界

十四行

我爱回忆小镇的好姑娘，北漂这些年
北京的这些女人啊，站在世界的舞台上
你们从不歌颂质朴的生计，眼里
也没有星星。令你们心醉的
是含着花蕊的生活，伸出财富的手
我的满身尘埃，寒冬里的梦
一番探视后，一切被你们否定
面也不见，只有阳光还落在我的脸上

忘掉高不可攀的爱情，我已经醒来
打开另一扇门，孤独中，我奋力写作
飞鸟，蓝天底下，张着自己的翅膀
大地开满了花朵，一定有一朵
哪一天，当他重回故里，一个好姑娘
晨曦的鄱阳湖边，向他 30 岁的青春微笑

失约的女人

黄昏，我站在国贸街头
看不到夕阳。四处
高楼模糊不见，只有
喧嚣不朽，泛白的雾霾
如赋有神性。荒野中
我的女人不来，准备的花儿
禁锢的心，风中微微颤栗

送爱艺术的女友北上

以追梦的名义，琐细的生活里
你逃离了在江西小镇的忧伤

循梦而去，在喧嚣的车站
我送你，你剪影似的长发啊
寒冬到炎夏，又该成我的梦了

轻风中相拥，我的怀中
我们的时光流淌，我看到夜幕
你这皎洁的明月，自由的心
天各一方，甚至销声匿迹

张后,1968年7月4日生于杭州。原籍辽宁。2001年来北京。现任某刊主编。诗人、小说家、随笔家和摄影家。《访谈家》杂志创始人。著有历史小说春秋三大霸主系列:《雄飙霸主齐桓公》《威凌霸主晋文公》《荆楚霸主楚庄王》。长篇小说《再红颜一点》《像鸟一样飞》。诗集《牙齿内的夜色》《张后网络诗选》《草尖上的蝴蝶》《独自呢喃》等。访谈录《诗人往事》。随笔集《诗人之梦》。自编自导自演中国首部以诗人海子为主人公的诗电影《海子传说》。感言:北漂生活是生命的新起点!

春梦(外4首)

张后

春梦

1)
我是一个喜欢坐末班车到处旅行的人
当江南的杏花开上枝头,我像一条鱼一样已经身置北方

在京都,首先我得承认自己是一个陌生人
这座城市大而无边。站在天安门广场上难以辨识我要行走的方向

2)
从一个地方到另一个地方,这样的季节总是阴晴不定带点过去的小伤痕
来消磨我感情上的肌肤,妄图让我抹上一些颓废的气息

幸好在一座寺院的红墙上
我看见了春天来临的消息

3)
一只蜿蜒爬行的蚂蚁,头顶沾染着黄色的花粉像阳光一样耀眼
我能听见春风在风里走动的声音

我知道所有的花儿都是这样被吹开的
我知道所有的爱情也都是这样从这样的春天里开始萌动的

4)
当我看见花儿在眼前开花,我心里充满感恩的情怀
我相信爱能驱赶黑暗,相信烛火能驱赶孤独

光线滤过树上的花枝
你的脖颈里长出几缕绸缎的青丝，这能够证明你就是我要找的那个人

5）
晚上我轻轻推开你的房门，我要送你一颗我年少时爱吃的那种糖果
你伸开你的手掌，你的手掌像叶子一样舒展

梦中我梦见我们在一艘船上
当水漫过躯体的时候，窗外有天籁响起

为这块大好河山活着

丢掉一点旧时光，安静地
在树下打坐，我差不多已经忘了
我写诗的样子

我只是喜欢湖水，对着它
我不抽烟，也不喝酒
一天也许就这样过去了

我像一个孤寡老人，在这
过去属于皇帝的园子里
一切感觉都挺好的

克里米亚公不公投和我没有多大关系
不仅仅是离的远。只有马航
还能牵住我一小半的心

因为那架飞机上至少还有我 154 位同胞
我现在只存这一些念想了
在这个春天里，樱花也开始碎落

我偶尔会用一些面包屑
去喂那些水中的鱼儿
鱼儿吃完之后，就没心没肺地散开了

我偶尔的也抬抬头，去望
那些树上的小鸟
它们吱吱喳喳地也不知说些个啥

我连一句也听不懂，但我至少
知道它们挺快乐
一会儿向东飞，一会儿向西飞……

乏了我就闭上眼睛眯片刻
太阳照着，这日子很美，无人打扰
一个人独自为这块大好河山活着……

外乡人

外乡人染着尘土的馨香
很容易在人群之中辨别出来

外乡人一般粗胳膊粗腿粗脖子
眼光如炬一语不发

外乡人离去之后，空空的
房屋，落满了灰尘

风的前面是风
风的后面也是风

风从风中吹出风
外乡人走在回乡的路上

北京是一座荒城

你不在的北京，是一座荒城
海风吹过来。大地有了盐味

我好像听到了，晚上的虫鸣声
一切的黑，都黑得发亮

其实，这世界，诱人的东西太多了
比如鲜花比如美酒比如女人和海洋

可是，朋友死了该埋在哪里呢
我的手臂缠绕着蝴蝶的翅膀

连方向都失去了方向
我只好吹着口哨在天上飞

傍晚

两个人，一前一后
沿湖而行
我们喜欢有水的地方
或者竹林

有时风吹过来
一切都很惬意
叶子落下来
一切都很美

累了
就歇一会儿
渴了
就喝点水儿

我觉得
一生就这么
晃悠悠过去
也挺好的

娜仁琪琪格，蒙古族，汉名席奎芳，1971 年 4 月生于内蒙古赤峰，在辽宁朝阳长大，2001 年春来北京。中国作家协会会员。大型女性诗歌丛书《诗歌风赏》主编，大型青年诗歌丛书《诗歌风尚》主编。著有诗集《在时光的鳞片上》《嵌入时光的褶皱》。诗集《在时光的鳞片上》入选 21 世纪文学之星丛书。感言：从离开家乡的那天起，我便如唐僧师徒一样走上了一条取经的路。正是这茫然、挣扎、对抗、和解的生命之旅，让我找到并确认了自我。感恩生命里所有的遇见，一切都是最好的安排。

我有我的九万里山河（5 首）

娜仁琪琪格

我有我的九万里山河

请原谅 我依然写诗
依然在这个尘世上忙碌与热爱

就像雪花的飘落 来自生命的天空
热爱 这样的舞蹈与洁白
就像春天的花朵 来自自然的风和雨
喜欢 这样的明媚与灿烂
就像山川 就像河流
就像天上的太阳 水里的月亮
也像夏夜的萤火虫 九月的山菊花
……

该来时自然来 该走时自然走
你有你的八千里平川 我有我的九万里山河
呵呵 就是这样

雪

雪向着她生命的内部
飘下来 漫过每一道起伏的山梁
腹地 河流 筋骨 轻软地呼吸

弥合 天与地之间
是一场雪花的距离 大雪将整个北京城
描摹进一幅画中 它是静态的

从钟鼓楼开始 树木 巷道 四合院
到广厦万千 和那个小女子飘动的长发
她身后的脚印 迎面行驶过来的 635 路汽车

傍晚 她的行走
使她看到了蝴蝶 一只 两只 千万只
它们集结的队伍 如此浩大 又是如此轻盈
雪亮 在霓虹灯的照彻中
闪着晶莹的翅翼 携带着天边飞来的
短信 落入雪中 再也分辨不出
是哪一枚

那一夜的奶茶 美酒 蒙古人的好歌喉
把她带到了辽阔的草原 带到了那个
远离的故乡 忧伤 让她在马头琴的曲调中
起伏 同族妹妹的体贴入微
这些母语的暖流 将一个放逐天崖的女子
迎回家 然后又一次看她走向远方

大风至

我听见季节的萧瑟 大风刮下落叶
那些飘飞的事物 急剧旋转 终要回到根部

我知道我所惊艳的 欣赏的 赞美的
一树又一树的金黄
它们正凋落着 漂亮的羽毛
它们是那么 亮丽 绚烂 扶住一缕又一缕的
秋阳

暖风也好 冷雨也罢 还有抖然降临的
寒凉 泼下的水 已使那些挺立的树
荣辱不惊 只是安静地去接受这些馈赠
努力地把自己站好

要来的都来吧 你们拿走的 总不如这世界给予的多
那些单纯的 洁净的 轻盈的
每一株树木 都曾经拥有 那些明鲜的花朵
绽放过 飞翔过

而剩下的　剩下的就是
我们微笑着　回赐这个世界的风骨
静静地看着　美好的事物再次
悄悄地发芽　开花　结果

自白书

挪动珍贵的光阴，用于散淡、慵懒
用于放下，用于回到柔软
在凌厉、暗影、闪失无处不在的世上行走
不知道什么时候就掉入了陷阱。那些风光旖旎中的
刀光与箭矢，乌鸦赞美中的毒

哦，上帝，请原谅
我人到中年却如此怯弱，人到中年
还有些自恋与偏执。那些圆通世故
是必要的，而我不仅无法做到，还有着年少的
鄙夷。我依然无法剔除骨子里的清高
尽管它们在逐日的消损。那些自我的对抗
弥漫在身体到灵魂的硝烟，那些挣扎
很多时候想放弃。而上帝
每在紧要的关口，总会施我以稻草
微弱的光芒，让我看到了希望
我终是你不愿舍弃的孩子。在苍生中，我还是幸运的

很多时候我是倦怠的，与日俱增的惘然
灰。冷眼旁观爱恨纠葛，陡然间
我的嘴角向上翘了翘。可我知道，那是每个人必要
经历的。那过程便是缤纷的绽放
我已无力绽放，倦怠绽放

此时，我愿继续去挪动几盆花草
把水仙当女儿养，当自己养，给它温度适宜的水
阳光，给她端详、凝视，情感的交流
无需担心它借用我的柔软来伤害我
这多么好，它回报我成长、绿得壮实
还结出了花蕾，没多久我的蜗居就会
飞满洁净的小鸟　张着鹅黄的小嘴
歌唱。歌唱吧、飞翔吧！我亲爱的宝贝们

佛前

我泪流满面　不是因为我悲伤
不是岁月沉积下的酸涩与疾苦
也不是生命的潮汐涌动

泪流满面　是因为我吞下了苍凉
隐忍了独怆　沾染了尘埃
依然爱着当下
爱着涌动的万物　季节的因循

是的，我依然相信美好
相信慈悲

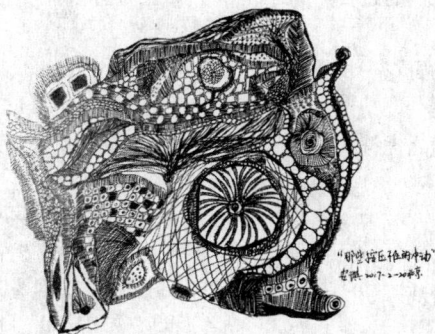

谢长安（1982—），字星眠，号云中居士，原名谢世纪，毕业于北京广播学院，故乡重庆，《新诗代诗》刊执行主编，2001年来京。出版有诗集《少年乔的理想》《狼的爪痕》《逐鹿者》《睡月》等，评述其作品的著作有《青铜调密码——十博士评鉴》等。除诗歌外，还著有长篇小说、电影剧本多部。部分作品被翻译成英语、韩语、希伯来语、阿拉伯语等。现居北京。感言：北方空气冷冽，那里的星空更壮美。

自然之子（4首）

谢长安

另一种虎符

季秋，在林间拾掇落叶
你让一只归去的天牛重新接近苹果枝
或让一羽圆寂的蝉靠近一茎绿竹

它们的爪子自然张开
那些茸状的刺、倒钩都自动开启
嗖一声
像是铁钉决然飞向它们的磁石

抱紧最后一束白色的野花
如同咬合严密的齿轮
抑或大将与君王合璧之虎符
亿万年山林奔涌
虫臂枝蔓彼此相亲

你无法再次使它们分离
倾力掰扯
便发出白骨断裂的声音
我们称之为依恋

自然之子

追拍一只海蓝色甲虫
它微一缩身
从高山金菊跌落草丛
我循声追查它的去向

两片秋叶恰在此时飘落
坠地之声和甲虫一样
在不同方位
引发大地的回响
混淆与掩护
涛声此起彼伏

此刻人类孤立
而整个宇宙协同
然后是无边的寂静
唯有群山环抱
仿佛守护摇篮的母亲

斑衣醋蝉

钟声刚过
那只斑衣醋蝉爬出银杏堆
拖曳诡异的步姿
一半尚存
一半死去

前爪还在顽固地探向星辰
月光追赶上来
后半身已如风化的雕塑
触须在唐朝
后脚却落在隋末

第一批寿终在白露来临
蝉声稀微
它从一朵倒扣的落花夺命而出
窃取正午的阳光
第二批灭绝发生在霜降
它藏身树洞
看见蚱蜢、蟋蟀在大树下抽搐

而此刻它被夜行人无意踩踏
发出油锅煎炸和铁锈飘落之声
枯焦的翅膀散作褐色飞灰
而两眼依然明亮

仿佛历经暴政、兵燹与饥荒
还得那样咬牙耗着
和我们的大多数一样
不生不死

门神

市民普遍反映
婴儿们在日落后哭闹
被肉眼看不见的物像
耳朵听不见的音响
彻夜惊扰

在最偏僻的陋巷
他发现木门上发白的年画已经失效
难以震慑妖孽鬼怪
那些古代凛然威仪的神像失传已久
工厂里新绘的脸孔市侩、造作而媚态

于是他提议，回归现实主义
在你们的防盗门上重贴两张照片
左边碧波荡漾、威严肃杀的螳螂
右边赤红如焰、腾云驾雾的蜻蜓
它们能消灭一切
恼人的蝉鸣与蚊蚋

潘无依,1980年出生,浙江湖州人。2001年来到北京,作家,诗人。毕业于湖州师院艺术系,北京电影学院导演系,马德里康普顿斯大学。出版有小说集《群居的甲虫》《去年出走的猫》和诗集《无一诗集》。感言:北漂是孤独与疯狂为伴!

石头里的女人(外3首)

潘无依

石头里的女人

石头里的三个女人躺在溪水中
蚊子的鼾声清澈见底
红黄蓝相同的衣服
在被冲刷过亿万年岩石的眼睛里
燃为灰烬
缝隙处长出乳房
妄想山涧的腥味
生命在腹部跳动着哀怨
爱上的山路没有出口
你背着我的过程还走在山路中
没有出口

乱石漂流在古老的源头
路过的林子
没有鞋子的呼吸
走在你未带我走过的想象
路还是那么黑
两只脚在说话
三个女人又睡入岩石
没有路也没有黑夜

梦中的墙

神经在墙里抽芽
枯桥截走去路
倾斜的手掌
在乱石中捡起丢失的年龄
鸟屎粘满的双眼

我看到洁白的日子在飘荡
你在相片里行走
从来不会有原谅的时间
大树在等待
转身才知月亮还没有圆
大雪纷飞的电梯里
我走错了季节

独立

独立
从学会独立睡觉开始
夜的影子裹住了脚
用针线缝合三条柔软的梦
把它塞进蚕屎枕头
一个人睡上三天
睁着眼
被子掉落在第四天
把自尊倒挂在树上
我要统治全部器官
还有床

日子很假

你看着我的时候
日子很假
瞳孔里没有焦距
头发毫无方向
雪在冰上被火烧毁
撕开疲惫的梦
请给我扎上三根辫子
木头的诱惑很隐秘
妄想摔倒在门口
画扔掉了画框
烂了的苹果鲜红
泥人在酒柜里沉思
历史盘上双腿
野兽剩下一张皮
咬乱你的痴心

四肢无力
抽出爱的刀把
空气在空气中挥舞
思想在哪里
散落在床上

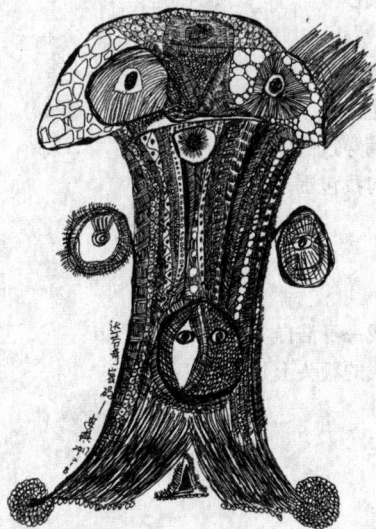

李成恩，出生于1983年1月，祖籍安徽滁州定远，出生宿州灵璧，2000年来京，现供职影视文化传媒公司。感言：一个人总呆在一个地方有什么意思呢，远方意味着有无限的可能，北京是一个大熔炉，把一块破铜烂铁扔进来都会哧哧冒烟，把你锻造成一把好刀。我们的漂移是一种常态的漂移，在这种漂移的过程中才产生了新的文学与诗歌，前几年我写了很多异乡与异域的作品，都是漂移的结果。在异乡才能写好我们的故乡，所以北漂有百利无一害。

黑暗点灯（5首）

李成恩

过西域

我对沙说话，沙答应我
江南夜色下的嘴唇吐出细沙
我的牙是一弯新月
照耀我的城堡，那是遗弃的
或者我小小年纪本就陌生的
城堡，通过沙漏一点一滴穿过的
日月，我怎么能绕得开向我包围
过来的西域呢？

西域多雪，多沙，多风
我对雪说话，雪答应还我一身洁白
我对沙说话，沙答应在我的额头上
筑起一座城堡
我对风说话，风答应吹走
我脚下的遗骨

我在黎明醒来，雪、沙、风
这三件闪光的器物在我的手上汇聚
像我抚摸过的东西
在夜里飞起来，在黎明
却静如一缕晨光，在我手心
婴儿一样光滑

我洗雪，洗雪山的骨骼
我吃沙，吃得满嘴的欢叫
我捧着西域的风，整个西域

都伸手可见，好像要抓破了
唐僧俊美的面容

致草原先生

先生，你的脸是太阳切割的
你的脸收集阳光，阳光的意义
正在改变，变得充满了人性

先生，你的脸上并没有过多的笑容
笑容过多的人，让我恐惧
我曾经相信了带笑容的人
但现在，我相信携带鞭子
抽打阳光的人，先生，你在黑暗里
抽打一个躲在媚笑里的人

先生，高原稀薄的空气正合你意
你倔强的嘴角涌出了笨重的爱
你的爱是一整块牧场的爱
在没有成为牧场之前
所有的青草都是没有意义的
在没有见到你之前
所有的诗篇都与你无关

先生，怀抱雪山入睡的那个人是我
我只爱雪山，只爱冰冷的山峰上
那一缕淡蓝色的阳光
在没见到你之前
我认为阳光是金色的
现在，先生，沉默的先生
我才明白阳光是淡蓝色的

先生，你叫什么名字不重要
重要的是你是草原先生
你是一群牦牛的仁爱的先生
你是我翻过一座雪山又翻过一座雪山
遇到的一片牧场一样辽阔的草原先生

草原铺薄雪

草原铺薄雪，并不妨碍牛羊撒欢
我来迟了，我还摸不到草原的门
一阵脚步踩着脚步的声音
我还以为是我的脚步声，是马
不是牛羊

牛羊爱吃草，马爱奔跑
我爱呆呆地眺望，在草原
这都是允许的

天空倒映草原
草原倒映内心
你是一个内心平静的人
还是一个内心慌乱的人？
在草原，原形毕露

我翻了翻草原史
发现我前世慌乱
今世过于平静，嗨我是
一个来自外地的少女么？

我的平静与薄雪恰好遇到一起
我的眺望与奔腾的骏马背道而驰
请不要笑话我不懂草原史
我不懂的还有孤独的牧马人
他脸上有白云翻滚

雪山星夜

狼趴在雪上，它想念人类

星空在我头上
难道人类的星空
无人目睹？
无人相守它的孤独？

我是人类中的一员

我骑马跑过雪山星空

星空多孤独
雪山多温暖
狼心就有多温暖
它侧卧雪地
它想念人类

狼在我眼里只是孤独的孩子
狼代表整个狼群，而我不代表任何人

因为我们都长大成人
成了另一个人，星光照耀雪山
但星光白白照耀人类，空空荡荡的人类
白茫茫的脸

雪山崩溃是哪一天？
星光崩溃是在今天

我骑马跑过雪山
头顶星光像一个盗取星光的人

黑暗点灯

世上有多少黑暗
我就要点多少灯

高原有多少寺院
我就要磕多少头

人呀
总要学会
向高原跪下
总要学会
把油水浸泡过的心
拿出来
点灯

杨拓，原名杨占营，亦用名杨公拓。1971年9月生于黑龙江省讷河。2000年春天来京"北漂"。曾在人民文学出版社工作十余年。现从事中国传统书画的研究与创作。感言：无可奈何青春去，此身仍在找北中。

小寒日，京城街头所见（外2首）

杨拓

小寒日，京城街头所见

零下二十度的寒冷
并未能阻止 风雪
抽打一丝不挂的
未成年男子 他
谈不上魁梧的上半身
演练着澡雪精神
仿佛铁人
身长于他两倍的钢筋
绕树三匝，绕脖三圈
何知渴衣（何枝可依）的乞讨
走过来的行人
眼睛未及弯曲
又走过去了
我也一样
在这寒冷的冬季
甚至来不及一声叹息

偶遇

在北京的地铁里他认出了我
背着编织袋的手
来不及抽出
（或许根本没有握手的习惯）
他的胡子长了
他脸上的皱纹多了
他天生的黄头发
锔成了黑色
他在京郊一家外资工厂打工

不要黄头发的人
他生来就是人群中最突出的一个
小学时我们总是黄毛黄毛地叫他

地铁站里穿梭着很多黑发镉成的
蓝头发红头发绿头发的人
而天生黄头发的他
只能望着那些人
背着牛皮包
穿着牛皮鞋
在大理石路面上昂头走过

行走在讷河的大街上

1）
我熟悉的街道正在变形
出租车的脚伸进沼泽地带
讷漠尔河的哈达
就要缠绕在小城的颈上
曾经那么远，那么远
路灯拉长小区的身影
墙角穿出野草的记忆
电线杆上断线的纸鸢
一百　二商　三合车店
四马车　五分钱的冰棍
一毛八分的大麻花
雪堆　糖纸　粮票
电影院里的大海报
毛泽东书写的新华书店
服务楼旅社……
朝南开的门朝北开的门
朝东开的门朝西开的门
有人进去也有人出来

2）
仅仅三十年
我认识的人越来越少
我感到找不着北
那些新容颜，是数码相机里

不断被删除的底片
一些老面孔
已有三分之一
埋在黑土之下
三分之一
患上了糖尿病、脑血栓
三分之一埋头于应酬
和酒肉之间

我熟悉的街道正在变形
我感到找不着北
摩肩接踵的新楼盘
讷谟尔河的哈达
就要缠在小城的腰上
曾经那么近，那么近
东门里　西门外
南花园　铁道北
飘飘荡荡的影子
不断地上车和下车

张祈，当代诗人，散文作家。真名张宏，1971年生于河北沧州。当过教师，后从事新闻记者和编辑工作。1993年开始写作并发表作品。主要作品有《飞翔的树》（1994）、《张祈诗文集》（2003）、与诗人北岛合编《给孩子的诗》等。2000年来北京。感言：北京是个很适宜有钱人居住的城市。

夜色中的停机坪（外4首）

张祈

夜色中的停机坪

这些巨大的白色鸟
睡着了，羽翼上挂满了
灯光的晕倦和寒夜的冰霜
明天它们是否还会振翅起飞
——那颗不时被充满被移空的心
又将要向着哪里翱翔？

在乡下

那些活着的，依然在屋檐下苦苦挣扎；
那些生病、疯狂的进了各种医院，
或者继续在街道上行走、叫嚷；
还有那些死去的，通常是在暗夜，
既突然又正常，他们仿佛是在用尽气力
给所有活着的人发出最后一条短信
——"尽管微不足道，但我们
的确曾经在这冰冷的人世间逗留"……

独白

我走过珠穆朗玛
我放牧贺兰山下
我抚摸野草的丝绸
我咀嚼凋零的花儿

我听到一支歌谣
来自大地深处

——宛若灿烂的星河
它从岩石的胸膛涌出

那是真实的历史
那是燃烧的记忆
那也是永世的爱恋
是无尽的苦难与叹息

我写下这首诗
我剪断这根琴弦
我要去赶赴千年的约会
转过身我就消失不见

小别离

醒来时我总是在不同的机舱或车厢里，
旁边是陌生的旅客、匆忙的乘务人员或是沉默的司机；
然后我总是在不同的酒店不同的房间不同的床上睡去，
脑袋挤满城市、街道、会议或者其他更加破碎的记忆。
我不知道我为什么身在此地，为谁而活，要去哪里，
仿佛一个被重复执行的程序，我被那神秘的力量牵引，
生活宛若迷宫，即使寻找也没有特别真实的意义。

在这样循环往复的梦里我一次次梦见你，还有你的梦。
我们总是在梦境的深处或拐角匆匆分手或相遇。
虽然模糊，但我确信记得你的样子：手指，长发，嘴唇，
或笑靥如花，或泪飞如雨。在每一个梦里你都说着
仿佛异样实际相同的话语，眼神里也是同样的欢欣或悲戚。
我记得你曾给我某个暗示：找到某个神秘的物品我就能找到你。
然而梦只是梦，无论你的我的，那被藏匿的始终是一个谜语。

温暖如节日的问候

温暖如节日的问候
在融雪的初春夜晚传来

妩媚的焰火，杂乱的鞭炮
灯光明亮的餐馆

这一切都使异乡的游子
感觉到一种淡淡的忧伤

其中混合着难以言及的
希望与幸福。

自然再兴 / 母课 2016-3-11

刘傲夫，本名刘水发，1979 年 2 月出生于江西瑞金，2000 年来到北京。曾获"御鼎诗歌奖"2010 年度新人奖，第八届首都高校原创诗歌大赛二等奖，第五届极光诗歌奖十佳诗人。现为北京某杂志编辑。感言：越想在这座城市扎根，就越感觉在漂。

迁移（3首）

刘傲夫

扳正

中风后，身体半边瘫痪
整个世界
也都跟着倾斜了

父亲每天打针
吃药，在母亲的帮扶下
拄拐，斜斜地走

齐心协力
目标只有一个
就是要把已倾斜的世界
扳转过来

大风来临

空中定有一只结实的大手
在忙乱地撕扯一块块新布

飞沙和走石
在屋顶和地面忙着迁移

小区西边平坦干净的角落
一夜之间堆满了正在蒸发水分的柿叶
这附近真有植物和森林?

大风来临
指甲变得坚硬和脆弱
活着的人们皮屑又掉落了一部分

迁移

这一天我终于弄清
什么叫真正的流失
明白了体内发出的窸窣声响
——某种东西的迁移
也明白了，什么
让我具有抵抗的力量

我一次次打开窗户，让风不用变细变小
就可以撞上室内的墙壁
我一次次抱起路过的孩子，告诉他们
河水即将穿上坚硬的外衣

这个夜晚，我听到了空中沙沙的声音
我就告诫自己：不用再听
那是万物正在迁移

林平，男，1967年9月出生，河南省光山县人。2000年11月开始北漂，在多家报刊做过编辑记者。出版散文集《菱角米，葵子仁》，诗集《月亮河》《我这样爱你》《幸福路上》。著有长篇小说《逃离北京》《伤城》《立地成塔》《红房子》。

梦想拒绝的细节

林平

梦想拒绝的细节

一

我刚刚出过车祸
一辆出租车狠狠地撞了我的自行车
我单薄的身体犹如一片落叶，翻了几翻
訇然砸在坚硬的路面上
蓝天和树木急遽旋转
世界昏了过去

我一张口，他们就知道我是外地人
躺在病房里，甚如最无助的囚犯
生日那天无人祝福
我粒米未进，如陷冰窟
幸亏报废的不是我
而是跟了我快一年的破自行车

逃离死亡边缘，心里异常沉甸
似乎有些事一直没有完成
搜肠刮肚却不得知

生活中的细节琐碎卑微
深夜列队走过脑海
在王府井，在天安门广场
我曾像一个受尽磨难的孩子
不敢多说一个字
我闭紧嘴巴
目光怯懦地飘过别人的笑语
生怕一不小心蹦出一句方言土语

招来白眼，给首都抹黑

二

一脚踏进办公室
犹如枯木逢春
迫不及待地上网，打开信箱
日日夜夜，他们等了我一千多个小时
邮件让我梦魂牵系
我让他们魂萦梦绕

阿富汗战争如火如荼
印巴紧张，战争一触即发
日元贬值欧元疲软比索滑铁卢
一旦被海潮裹挟
再强悍的猎手都无异于海上的老人

这个世界很不太平
我庆幸远离瘟疫、杀戮、炮火、硝烟
远离地震、干旱、洪水、飓风
我的周围歌舞升平
尽管在灯红酒绿之中
隐藏着糜烂、毒品、丑恶、艾滋病
我只是个旁观者
徘徊在贫穷边缘

给政府官员权威研究机构打电话
说那些永远道不完的约稿的话
一个借调到某机关的女子
愤怒地斥责我什么都不懂
只因我委婉地指出
她的文章没按我的要求写
我知道她是死要面子的人
我只是她赚取稿费与名气的一个台阶

三

阳光白晃晃地铺了一地
眩晕了我的双眼和脚步

路那边，平房危屋拆迁了
一大片空旷旷的，据说将用于商业开发
一棵棵树木孤零零地散落着
树枝光秃，托不住绿叶的梦
一个老妇人在瓦砾中翻拣起伏
掘土机慢吞吞地举起利爪
狠狠地抓下去
大地颤了一下，痉挛无语
一阵风扬起漫天灰尘

看不清咫尺内的文化部大院
和门前武警肃立的面容
看不清更远处宏伟的外交部半圆形大楼
它们是那么静
似乎只有影子徜来徉去

残暴地撕扯我的衣裳
风嗜血如命，吸干了太阳的血
一个金发女骑车跑过宽阔的大街
她海一样的回眸让尘嚣退却
我定了定脚步
才走向冬天深处
阳光的碎片淹没了我背影的卑微

挤了两个小时车
才走进北四环外一片钢筋水泥森林
与一位名人高谈阔论，合影留念
他不知道，我一走出那道门
就几乎形同立交桥下
无家可归的乞丐

四

交通拥堵，满大街都是车
密密麻麻，蚂蚁一般
我羡慕蜗牛的速度——
它总是在前进的啊

编稿子，改错别字，甚至
一个标点都不放过
把采访录音整理成文
再挤出别人用于喝咖啡寻刺激的精力
饱蘸泪水和激情
精心烹调出一些
生活细节，人文情怀，真情故事
为了多换两个铜板养家糊口
北京的沙尘暴填不饱肚子

往千里之外的一个小山村打电话
想呼吸一口泥土与青苗的味道
母亲的声音充满暮秋之色
弟弟去修建广州国际机场了
弟媳进了东莞一家烟花厂
他们起早贪黑，为每小时能挣几块钱
母亲独自在家照看小孙子
外加一头牛和几只瘦鸡

此刻，母亲正偎在昏暗的床头
看一部情节老得掉渣的电视连续剧
我请她到城里住些日子
却听到令人颤栗的话话——
我在你那儿说的话
还没有在电话里说的多

母亲啊，你的目光还能穿透霜雾
抚摩你日思夜想的儿子么
不经意间就衰老了的母亲啊
我的心好紧好痛

五

曾夜夜伫立过街天桥上
看二环路上奔腾不息的车流
恍如雪山江水
从不因你再大愁苦再深哀痛而扼腕动容

车稀人罕，路灯昏昏欲睡

来自西伯利亚的寒流
冻僵了头顶守夜的疏星
似乎要抽去骨髓里最后一丝热量

一个流浪歌手身背吉他
一顶棒球帽凸显新潮
我曾看见他在地下通道里铿锵弹唱
歌声里充满阳光
面前的琴套上散落着星星纸币
他来自内蒙古大草原
才从附近的地下通道里出来
赶回国展附近的合租房
他明晚要去三里屯酒巴
卖歌声给有钱人
我仿佛看见一只鹰掠过风雨
宽大的翅膀驮着沉重与辽阔

六

东直门地下室
没有白天黑夜之分，只有混杂的
建筑工、服务员、速递员、破烂王
以及记者、律师、会计师、部门经理
他们都来自贫困地区
阳光不会光临这里
灯光微弱，照不亮沉甸甸的诗行和梦想

路那边的一个拆迁户满嘴脏话
他有一种北京人高高在上的感觉
似乎全世界就剩他了
他是一个公共汽车上的售票员
委屈于仄仄的地下

午夜，一只鸟飞落窗前
惨叫比针刺尖利，比乌鸦毛骨悚然
也许它的家毁在风雪中了
也许它的梦缺少依托

一只猫在我窗外惨烈呼嚎

它来自路那边空旷的瓦砾
它的主人流离失所
飞雪中，它成了今夜第二个难民

太累了，多想蒙头大睡一觉
潮水一浪一浪汹涌而来
将黑夜淹没
一片树叶沉浮于峰谷，无力自救
它梦想能变成狮子
哪怕只有一瞬
——是的，有梦真好

冬天到了

河山，原名王朝河。生于 1969 年 3 月，黑龙江省依兰县涌泉乡四新村村民，2000 年开始北漂生活，无固定职业。现居北京朝阳区双桥郭家场村。1999 年出版诗集《遥远不是距离》。
感言：北漂，就是在无根的人群中坚强地活着，把异乡看成自己的故乡。

流水的记忆（4 首）

河山

流水的记忆

开始 这些水只是在铁皮桶里随着父亲的扁担晃动
离开井沿几十米就有一些从两只桶里溅了出来
父亲挺着身子 他肩上的扁担
有点儿像我用树枝做成的弓剑

十五分钟后 这些水便开始在两只铁皮桶里
沿着粗大的缸口流了进去
那时间很像我打碎的一块玻璃
哗啦一声就结束了

我还看着它们被母亲用棕色的葫芦瓢舀了出来
一些流进面盆 一些流进锅里 一天清晨
母亲用小瓷碗把它们
流在园子的辣椒秧上

我见过的最大流水 就是门前的这条小河
二尺深的河面上 总有几只鸭子
随着它们缓慢地流着……

夜间的一场暴雨 招来一群光腚的孩子
他们快乐地拍打着河水
从未问过谁羞耻是啥东西
长大了 他们就把羞耻藏在心里

不知什么时候开始注意了另一种流水
父亲刨地时见过
母亲拔草时见过
从他们额头一直流过脸颊

透过粗布褂子 在他们的背上
结下许多盐粒

我见过的一次最小的流水是在一个冬天的早晨
父亲发现刚买的两只绵羊被狼咬死了
他蹲在屋角 有水样的东西
从他的眼角溢出
圆圆的 只有几滴

岛

我现在需要一只船
把我渡上那个小岛
不是因为这个季节适合我去旅行
也不是岛上密林间的鸟鸣

就是我最喜爱的那只雄鹰此刻蹲在岛上
我也不会去看它，尽管它让我拥有过
穿过乌云的梦想

大雪压断了塔松的枝条
海水依然没有封冻
我站在岸边听着波浪
望向远方

现在我迫切需要一只船
把我渡上那个小岛

我的爸爸在那里
大雪掩埋了他
他在想念我，我要为他刨开冰冻的大门
送去一壶温热的老酒

稗子和稻子

我无法逃避你，因你的眼目无处不在
就像我从未逃避过白天和黑夜
你知道现在已是下半夜二点三十分
我躺在床上听着妻子的鼾声

钟表的滴答声，和自己轻微的喘息声
我在床上翻了几个身你也是知道的
你更知道我深夜失眠不是因为她的鼾声
而是因为写下一株卑微的小草绞尽脑汁
仅仅是一株在大地上随处可见的小草
它的名字叫"稗子"，草本植物，叶子像稻
长在稻田里，上面挂着眼泪一样的小水珠
但从来没有人怜悯过他们，他们是害草
一场小雨就会让它们疯狂地长起来
它们一长稻子就长的慢了，但稻子
丝毫没有怪罪"稗子"的意思
你知道想到这儿，我就失眠了
我想用"稗子"写一首诗
整个晚上我都躺在床上反复地问自己
你是喜欢稻子还是喜欢"稗子"
我要说：我喜欢"稗子"就会得罪很多人
我要说：我喜欢稻子，那么就会有人问我
你为什么不把它们拔出来，只留下稻子呢
我记得你告诉过我：如果拔"稗子"
弄不好把稻子也带出来了
现在让它们一起长，收割的时候
再把它们分出来，稻子收进仓里
"稗子"留着烧火

那么多高大的树

我没见过高大的原始森林更没见过原始森林里的红松
我只在郊区的木材加工厂见过一棵棵盆口粗的原木
被工人用锋利的铁铲剥掉棕红色的外衣
又被嗡嗡响的锯齿拦腰切断
那些飞溅的细碎的锯沫
仿佛鲜红的血液
从他们生命的年轮里喷发而出

他们死了 高大的树身被切割得支离破碎
他们最终会变成什么 你可以随意想象
但你绝对不能想象他们瞬间就能在
光秃秃的山地上站起来
因为他们倒下了

他们生长的速度是缓慢的

从出生那天起他们就站在大山里，从未招惹过谁
他们只是努力地 慢慢地 自然地
把整个躯体伸向无限广阔的天空
他们没有得罪谁
可他们还是倒下了
倒在斧锯无情的寒光里
这些遮云蔽日的参天大树
和我这个长着白胡子的老头相比
他们还非常年轻，他们还没有到
该死的年龄

安琪 2015.12.20.

沈浩波，1976 年出生，江苏人。1995 年考入北京师范大学中文系。1999 年毕业后一直居留北京。从事出版工作。著有诗集《心藏大恶》《蝴蝶》《命令我沉默》《向命要诗》等。

感言：随着年岁渐大，故乡感日渐趋弱，因此漂泊感也日渐趋弱。何处不是家乡？何处不是漂泊？心灵是诗人的唯一家园。漂在北京？漂在中国？漂在世界？不，漂在心灵的旅程中。

玛丽的爱情（外 5 首）

沈浩波

玛丽的爱情

朋友公司的女总监，英文名字叫玛丽
有一张精致迷人的脸庞，淡淡的香水
散发得体的幽香。名校毕业，气质高雅
四英寸的高跟鞋，将她的职场人生
挺拔得卓尔不群。干活拼命，酒桌上
千杯不醉，或者醉了，到厕所抠出
面不改色，接着喝。直到对手
露出破绽。一笔笔生意，就此达成
我承认，我有些倾慕她
有一次酒后，借着醉意，我对她的老板
我的朋友说：你真有福气，这么好的员工
一个大美女，帮你赚钱
朋友哈哈大笑："岂止是我的员工
还背着她老公，当了我的秘密情人
任何时候，我想睡她，就可以睡
你想一想，一个大美女，驴一样给我干活
母狗一样让我睡，还不用多加工资
这事是不是牛逼大了？"
我听得目瞪口呆，问他怎么做到的
朋友莞尔："很简单，我一遍遍告诉她
我爱她，然后她信了！"

我们那儿的生死问题

我们那儿是一片很大的农村
农村里到处生长着庄稼、男人、女人
以及他们家里的畜生

我们那儿有很多女人是自杀而死的
有的喝农药，有的上吊
大部分选择了喝农药
我们那儿管这种死法不叫自杀
就叫"喝农药喝死的"
我有时很佩服这些喝农药的女人
她们是真正视死如归的人
从想死到死
甚至都没有考虑一下
就干脆死掉了
有时候我又很佩服那几个上吊而死的女人
她们是真正考虑清楚了生死问题的人
真的决定好了要去死
这才上吊死了
我们那儿管这种死法也不叫自杀
就叫"上吊吊死的"

花莲之夜

寂静的
海风吹拂的夜晚
宽阔
无人的马路
一只蜗牛
缓慢的爬行
一辆摩托车开来
在它的呼啸中
仍能听到
嘎嘣
一声

白雪棋盘

再一次
回到冰凉的北京
从飞机上往下看
北京
铺着一层薄薄的雪
像一块

白色的棋盘
谁来和我对弈？
——没有人
我和一轮
血红的夕阳
在棋盘上对望

理想国

那些名叫柏拉图的家伙
那些心眼坏掉的家伙
那些把自己当成国王和法官的家伙
那些梦想给人类
指明方向的家伙
那些肥胖而鲜艳的虫子
挥动隐蔽的毒毛
赶走狼和狮子
赶走绝望的少年
赶走淫荡的妇人
赶走疯子和乞丐
赶走小偷和强盗
赶走撒旦
赶走不听话的耶稣
赶走诗人
赶走我
别
无需你们驱赶
我只是过客
来瞧瞧你的家园是什么样子
我已经看明白了
理想国
不配住下我和疯子

在云南

在云南，每一棵树上都长满了乳房
每一粒水果中，都装着一口嗡嗡响的蜂箱
谁啜饮她们的汁液，阳光就洒在谁身上
如果没有这么幸福的时刻，怎么能懂得悲伤

少女在芒果树下哭泣，爱情是一头
屁股沉重的大象。昨天她还坐在
摩托车的后座上，男朋友染着红发
像一把扫射的冲锋枪，从山顶呼啸到河谷
孔雀是蓝色的魔鬼，比公鸡冷酷，富于心计
雄孔雀美得像女人，公鸡长得像村长
月光清亮，像夜的黑钢琴上，跳起一枚白键
有人从天空的椰壳中，向下倾倒椰汁
黎明，栽秧的妇人在弹奏梯田

周瑟瑟，1968 年生于湖南湘阴，1999 年来京，影视编导。著有诗集 10 部、长篇小说 6 部，主编《卡丘诗刊》，中国诗人田野调查小组组长，编选有《新世纪中国诗选》《中国诗歌排行榜年选》多种。感言：北漂已是我一场疑固的梦，就像一架悬在空中的飞机，我的生活是整个天空，而精神与肉体在北京这个座位上，还系着安全带，生活太安逸了，我希望还有机会继续漂。诗在漂移中有了变化万千的形状。

动物园（5首）

周瑟瑟

一个男人在马路边大声喊

一个男人
一个穿着旧衬衫
外表粗糙的男人
站在马路边
用他沙哑的嗓音
像一只风中的高音喇叭
对着手机大声喊：
"与你这种人说话
我烦死了
我不想再说了
我要走了……"
他的嗓子里塞满了磁铁
他浑身颤抖
像过电了的人
在风中他另一只手
扶着一辆自行车
他的声音让我怀疑
我就是那个
让他烦死了的人

动物园

天气冷了
不知动物园里的
动物们是否穿好了衣服
我偎依在书房

感觉到寒气
从书页缝隙往外冒
如果一夜白头
那肯定是冻白的
夜里我听见动物们
抱在一起
像人类的孤儿
嗷嗷叫唤
动物们一身的皮毛
足以过冬
但它们为什么恐惧
白天路过动物园
我看见它们在笼中
晒太阳
忧郁的眼神
死死盯着我
好像我是它们中间
昨晚逃跑的那一个

乳白色的空气

我有权利在乳白色的空气中游泳
我有权利一直游到对岸去
不要在岸边对着我呼喊——
你的爱这是你挣脱的爱
如果天黑之前你还不游回来
我们就要拿走你的内衣短裤
但是我听不见所有人的呼喊
乳白色的空气像新鲜的精液
生命划开了一道口子
血在喷涌
血在喷涌，穿着衣裤的人
欢迎各位看我爬上岸后
赤条条走在灰色大街上

白塔

从我的办公室
可以看见白塔

我午睡时
它在窗外
我骂人时
它还在那里
我们之间隔着
北海公园的湖面
与一道栅栏
与老国图的院子
我不觉得它陌生
它是我的身外之物
明亮、尖硬
像从我身体里
移过去的
我偶尔感觉到
它的白
让我一阵晕眩
我不敢长久注视它
它建于顺治八年
我怕自己喜欢上
一座万古常新的古塔
就像喜欢上慈禧

鞋子里冒烟

妈妈说
鞋子里冒烟
我即将起程
回湖南找到这双
神奇的鞋子
一场梦啊
在反复折磨妈妈
当我推开
雨水紧锁的铁门
迎接我的将是
庭院里
一棵墨绿的桂花树
门外大路上
走过我熟悉的人
但没有谁的

鞋子会冒烟
妈妈呀
我这几天
穿着你
幻觉的鞋子
像小时候一样
在你面前
来回踱步

安琪 2015.12.13.

许多，男，浙江海宁人，1999 年来北京做摇滚青年，2002 年"五一"，发起组织新工人艺术团，成为一位劳动文化的发声及组织者。感言：北漂，让更多人走到一起来！

生活就是一场战斗（外 1 首）

许多

生活就是一场战斗

不要感叹青春的流逝
不要在异乡孤独地哭泣
要记住离家时阿妈的拥抱
记住自己行囊中要走的路

生活就是一场战斗
你要意志坚定，不怕牺牲
异乡的月亮总睁着眼睛
野草般的我们生来就倔强

雄关漫道真如铁
而今迈步从头越
聚在一起是一团火
散开之后是满天的星星

生活是场永不停息的战斗
用尽一生燃烧照亮那征程
如果那山岗上开满了野花
那是我最灿烂的微笑

北京、北京

北京好大好大
北京好冷好冷好冷
北京也好热好热
北京没有我的家

我已多年没回家
家里的爹娘还好吗

我好想回去看看
看看我的爹娘和故乡

记得那年我来到北京
人生地不熟，磕磕碰碰
坎坎又坷坷
心中的辛酸不知向谁说

一年一年过去啦
我的工作换了一个又一个
钱倒是没有挣多少
委屈却受了一大把

我心中的姑娘
你到底要何时才会出现
我心中的梦想
已慢慢模糊了

北京啊北京
你是否还是我心中的北京
你难道只是我的驿站
离开你，我又要去何方

北京好大好大
北京好冷好冷好冷
北京也好热好热
北京没有我的家

北京好大好大
北京好冷好冷好冷
北京也好热好热
北京也有我的家

北京好大好大
北京好冷好冷好冷
北京也好热好热
北京就是我的家

于丹，男，辽宁铁岭人，生于 1982 年。在职研究生学历，毕业于中国人民大学艺术学院。北京市海淀区作家协会会员。著有诗集《如风的起点》《卑微者》。从事图书出版工作 10 余年，现供职于北京某出版社。1999 年来京，一直也没混上北京户口，在奔波中求生存。感言：梦在北京，家在北京，心却被小小的户口本隔在北京之外。

这里是北京（3 首）

于丹

京城小隶

这是个荒芜的早晨
昨夜的梦魇还在
沙窝桥的车流依然拥堵
京城分流了农民工
留下了供房贷的奴隶
天安门离我 30 公里
家离我 30 公里
爱人离我 30 公里
这是一个巨型的城堡
我们没有自己的位置
将肉体变卖
或许比不上
二舅家的一口田猪

北京清晨

冰冷无情的公交车
将一车车现代的奴隶
投放到京城的各个角落
他们依然靠
出卖体力和智力为生

如果你富有
刚好有贵族的血统
这里将为你
提供优质的货源
有强壮的劳力

有高情商的智者
有美艳的姑娘
有无性别的红艺人

当然只要你富有
随便抓起什么
它都是你私人的财富

来京城吧
创造你的财富
但
你要先变成奴

这里是北京

这里是北京
一个巨型的城堡
里面有王 有臣 有民 有隶
人们焦虑地活着

这里是北京
一个千古帝王的首都
一个每天上演传奇的舞台
大人物们飞来飞去
小人物们挤来挤去
人们狂热地活着

这里是北京
一个 24 小时都在运行的城市
无论何时
无论何地
你都会看到
人头 车流 灯光
你都会听到
不同口音的喧嚣
人们匆忙地活着

这里是北京
一个实现欲望的城市

各种地方的人们
各种肤色的人们
带着对生活的美好
和那颗不安的心
涌向这座城
人们梦想般活着

老肚，男，1974年1月出生于河南南阳。毕业于解放军艺术学院。1999年来京读书。当过伞兵，运动员，爵士鼓手，现自由职业。作品曾入选《新世纪诗典》。感言：每一个离开故乡的孩子，都是漂泊者。

哦，北京（5首）

老肚

哦，北京

在路上
一个同事对我说
瞧 这是北京最好的季节

哦 北京
秋天
中学语文书里印象挺深的一课

没几天
一种叫做霾的东西让我猝然倒下
全北京最牛逼医院的专家笑着对我说
是不是粥喝多了
你没觉得这几天的空气
有点稠

我忍着眼泪连连点头
这真是个牛逼的诗人
居然还穿着白大褂

哦 北京
我用了二十年才丢掉暂住证
你却用一页诊断书判了我死刑

我拉着医生的手说
求求你
我想再看一眼红叶

哦，后来呢

母亲八十岁生日那天
女儿在埋头叠她的纸飞机
母亲在电话那头焦急地问
我的孙女在干嘛呢
我忙把话筒递给女儿
女儿摇摇头
继续埋头叠她的纸飞机

我放下电话
认真地想了想说
爸爸从前也像你一样
不爱接电话
女儿头也不抬说
哦 后来呢
我说后来
姑姑没了
女儿说 哦
后来呢
我说后来
舅舅也没了
女儿说再后来呢
我说再后来
爷爷也没了
女儿说 哦
又埋头叠她的纸飞机了

故乡的夜空飞过一只鸟

夜晚的乡间小路上
走着我和我的伙伴
也许是刚下晚自习
也许是去看电影
儿时的活动不过就那么几样
一个陀螺几块儿石头
就能让我们玩上整个童年

我们正有说有笑的向前走着
天空中突然传来一声鸟叫
这是什么声音
我们都停下了脚步

旷野没有星光
我们至今
仍在等待
那第二声鸟叫

生命

深夜一点半
二哥打来电话
说　你要有个思想准备
我心一沉　知道
父亲已经走了

一个月后
我抬着担架上的妻子
奔向同一家医院
刚擦去头上的汗水
产房里传出女儿
响亮的哭声

太阳刚刚升起

1966

我们正为一部文革电视剧争论不休
快要睡着的姥姥突然睁开眼睛
说起五十年前的一天晚上
她回家时　经过武斗现场
被误当成　通风报信的
枪声爆竹一样　在耳边呼啸
她在前面跑　子弹在后面追
一路上　牙齿止不住的磕碰
跑到家时　发现一颗牙掉了
我们都扑哧一声　笑了
女儿说　姥姥
我都被你逗的牙都笑掉了
姥姥慢慢抓起白发
大家看到伤疤
都不笑了

姜博瀚，本名姜宝龙，1976年6月生于山东胶州湾。1999年来京。现为编剧、导演。中国作家协会会员。中国电影家协会会员。1996年毕业于武汉铁路桥梁学校桥梁设计专业；2004年毕业于北京电影学院文学系电影编导本科，获学士学位。导演、编剧电影《死囚婚礼》入围第17届东京国际电影节亚细亚主竞赛单元；导演电影《天灯》获台北短片国际电影节优秀证书奖。2016年出版中短篇小说集《顺着迷人的香气长大》。感言：北京时间，车轮滚滚。我们迈向京津冀大开发的时代之河。

户口（4首）

姜博瀚

蓟

土丘上长出一株植物蓟——
在装满铁栅栏的浪沟口，
采到一朵花蕊插在我的书房
像充满女人欢快的情绪
芳香四溢。
他们。文人墨客命名了蓟丘、蓟城
——秦朝的蓟县。

蓟门桥穿越飞雨茂密的
烟树浩淼。横跨燕国的蓟门大道
出租车司机一般会问"鱼刀草"的读法
听他们的口音来自延庆，顺义，平谷
他们很少到西土城来。但是
德国人说，他骑过动物园的野驴。
那时。他在北大留学
这里还是一片稻田。
蛙、野鸭、天鹅，候鸟出现很是壮观。
小月河、楼阁亭榭人工修葺。
哇，我们的生活很有意思。
黄亭子。还有平房，种着蔬菜、瓜果，水井清澈
他正说的时候，松鼠从我们头顶
跳跃。然后，窜到公园的躺椅上挠着爪子

蓟门。不复存在，一道土墙倒塌
走过千军万马踩过的土地

西府海棠、垂丝海棠、金星海棠
——印第安魔力簇拥着忽必烈荤象
流浪汉、群众演员、失业青年
合唱团，恋爱着的或分手的在西土城上演
——土城，成了人们野合的地带。

我和她
在西土城接吻
警察用手电驱赶我们。

户口

今天。看全家的户口簿
很像看全家福。祖母的那一页注册着死亡
很像她习惯性坐在炕头上，靠着枕头
眯盹儿。虽然父亲还把她留在内页里存放

却也看不见她曾经的面庞。
祖母活着的时候老是想着死亡，
把剩下的时间给后人——活
我试着她的脉搏对她说：

你很有生命力，你会长命百岁的。
祖母一听不悦耳，眼皮耷拉着
很像我说了瞎话。她瞅我一眼：
要那么长，成了老祸害

她不愿连累儿女带来罪恶。
我和祖母同一个属相，又同一天生日，农历
几十年来，祖孙一起吹灭烛火
我不曾觉得祖母已离开我

很像我常年在北京漂泊、流浪，而
她只是出了一趟远门。很像走亲戚一样
看望她的大姐、二姐和娘家兄弟，始终携带着
粮食，衣服和金钱。送去亲情和温暖，走动着

我们呢——始终会转身，回到那个称作故乡的
——家的地方。叶子离开树

你不能说它是死亡
很像一场梦游，没有束缚。

在冬季里悄悄到来
在春天里复苏，又在枝头上生长
很像阳光照射下的溪水源头
汩汩涌动。喷发、跃起、汇聚

我在这里把诗句写下来
很像写在贫瘠、干旱的土地上，
衰老的眼泪。她，长长的生命历程
很像对岸的一条大河。在版图上没有户口

新街口

新街口的风景，
像我扎煞的头发，一片狼藉。
去年的新街口一片繁花
远去的繁华里到处都是拆迁
在这拆迁里
看不见繁华的倒影

北京。拆迁过后
总会少点什么
瓦砾、玻璃，变成垃圾
围城围着围墙

新街口。新华书店
被天桥遮住了娇羞的脸
奚落的人群、售不出的书籍
天桥是否也要拆迁

从垃圾堆里收上来的旧书摊
昂贵的中国书店
充斥着繁华。马明的粮食
看不见牧童与牧女，忧愁夫人
款款在春天的阳光里摇动

一台台老相机长着霉摆设

拍照的人在年华里老去
狼毫和纸墨
发不出古香古色

新街口。我漫步在街头
吃了一串王胖子烧烤
像兄弟一般待我的新街口
曾经流着油

车窗里的一张照片
吴亦凡像一个混血种
有一个地方只有我们知道
不是首尔，却是在新街口

新华书店，电影院
春天的后海沿

我在回忆里寻找新街口
却回忆不起任何什么
过去的新街口
现在的新街口
都不及新街口
风里飘摇的一粒麦种
我填饱肚皮的粮食
……
我充满哀伤回忆着你——
直到两鬓斑白

燕郊小镇

在燕郊。阳光毂旦的日子
母鸡就走出栅栏，咕叽着抛食
然后下蛋。
要是在雪天一般抱窝抽抽儿脖子

狗奶子红红的，饱满
结了一树。像母猴肿胀的乳头
在好的季节里生长或者枯萎
气候顺应着自然规律就是多么的形象

花和树像窗户上挂着一层窗帘
斑驳四季都在变化着颜色
绿色和红色的香味
黄色和灰色的天空

阳光毒晒在床榻上
三七一个姿势朝向生长
山茶始终艰难地硬挺着
旁边，眼看桂花吐露芬芳

蚂蚁把土耕耘了一遍，掘出杂草
而口红吊兰憋黑了脸
肉。防着辐射——光照
十方自在不分昼夜诵经

我把浇花水晒烫
将迎接零下三度的冷空气
需要特此说明的是
冰箱里已储存好过冬的食物

狗。打着哈欠，睡在燕郊小镇
狗粮轱辘到桌子底下
红薯晒在窗台上
粉团在水里打转。

杨北城,本名杨北成。祖籍江西南康,户籍江西南昌。1964年1月出生于黑龙江,现居北京。1999年3月,从江西抚州来京。现经营江西一家医疗器械企业和北京一家医疗器械公司。感言:北漂,即使在地下室匍匐着前行,也要保持飞翔的姿势。

散落在北京的朋友（外3首）

杨北城

散落在北京的朋友

一个青光眼，住在灯市口
一个弱听者，住在锣鼓巷
一个失语者，住在电话胡同
一个左撇子，住在右安门
一个秃顶者，住在帽儿胡同
一个无产者，住在金宝街
一个暴发户，住在劈才胡同
一个吸毒者，住在烟袋斜街
一个持戒者，住在奶子房
一个独身者，住在骚子营
一个盗墓者，住在公主坟
一个基督徒，住在慈云寺
一个狂躁症，住在安定门
一个哭丧者，住在菜市口
一个胆小者，住在篦街
一个铁匠，住在琉璃厂
一个水手，住在北沙滩
一个牙医，住在骡马市
一个半仙，住在芍药居
一个色盲，住在彩虹桥
一个苦行僧，住在甜水园
一个失败者，住在德胜门
一个不幸的人，住在幸福大街
一个浮躁的人，住在静安庄
一个邪恶的人，住在正义街
一个寒冷的人，住在太阳宫
一个糊风筝的人，住在航天桥

一个没有信仰的人，住在上地
一个兵器爱好者，住在和平东里
一个有内心的人，住在枣营南里
一个花粉过敏者，住在花家地西里
一个外表坚硬的人，住在核桃园北里
一个目光短浅的人，一直住在望京
远远地望着，散落在北京的朋友
从南城到北城，神魂颠倒

没有狼嚎的世界，我们仍要小声说话

在北方冬天的深夜里
我曾看见过，一匹狼
半蹲在旷野上
它的眼睛里，只有星光
仿佛万物都为它空出了
唯有屏息的老林子
大雪一再封门，小兽无迹
我长时间地站在它的对立面
几乎耗尽了余生
但它的探照灯里，始终没有我
只有天边，和月亮的阴影
白毛风刮过屋脊
像狼在恶梦里潜行
寒气，逼人警醒
而我只关注狼的嚎叫
远胜于关注狼的本性
在绝望的等待中
我忍不住，想发出一声低吼
几乎模仿了狼的孤独
没有狼嚎的世界
我们仍要小声说话

小区楼下泊着的一辆车

最初发现它停在那里
窗户没有关上
一场大雪后
出走的猫住进了后座

又过几月，反光镜反了过来
保险杆垂在了地上
半年后再见到它时
大灯也被挖走了一个
留下了很深的洞
两个后轮也不知滚到了哪里
被两块空心砖举着
看上去还在爬坡
一年后小区换了物业
还是没人把它移走
它好像一直就在那里
后座上坐着一群猫

敲钟人

教堂周围的橡树还在生长
石砌的钟楼，铁灰色螺旋的尖塔
很远就能看见它的反光
巨大的钟罩，和钟摆
只有巨人才能晃动
我还没到来之前
就听见过它洪大的声音
革命，复辟，胜利者的狂欢
如今它被吊在半空
一副安享，老态的模样
只有暴风雨的夜晚，偶尔呼啸
听上去令人兴奋，紧张，慌乱
好像随时都会发生什么
鸽子们，像训练有素的伞兵
在地面上表演着世代相传的技艺
钟声一响，它们就咕咕叫
在人群中不停地转身，转动
却并不急于飞向空中
敲钟人始终没有出现
这让广场上的人们有些失望
他们一直在等待钟声再次响起
让自己成为那个，幸存的见证人

孙恒，河南开封人，发起组织"打工青年艺术团"，创办打工春晚，创作演出《天下打工是一家》等歌曲。1998年秋天来到北京，起初在歌厅、酒吧唱歌，后来在地铁里或街道边卖唱，再后来在打工子弟学校做音乐教师。2004年，打工青年艺术团出版首张专辑《天下打工是一家》，发行约10万张。

天下打工是一家（4首）

孙恒

我的吉他会唱歌

我的吉他会唱歌，它只把我的心里话儿说
他不唱富人有几个老婆，也不唱美女和帅哥
它只唱咱穷哥们儿的酸甜苦辣，它只唱咱自个儿的真实生活

我的吉他会唱歌，它只把我的心里话儿说
它不唱谁家又发财致富，也不唱谁摸着石头渡过了河
它只唱风雨里奔走的人们，它只唱流浪的人儿四处漂泊

我的吉他会唱歌，它只把我的心里话儿说
它不唱晚会上的靡靡之音，也不唱剧院里的高雅之歌
它只唱黑夜里的一声叹息，它只唱醉酒后的放浪之歌

我的吉他会唱歌，它只把我的心里话儿说
它不唱天使、公主和鲜花，也不唱八条腿的猪逍遥快活
它只唱大地、山川和人民，它只唱你心中愤怒的烈火

团结一心讨工钱

辛辛苦苦干一年，到头来不给结工钱，
面善心黑的周老板，躲将起来不相见；
寒冬腊月要过年，全家老小把我盼，
空手而归没法办，只有横下一心——跟他干！
兄弟们来把工地占，条件一个结工钱，
周二熊嘻皮又笑脸："好说！好说！
到了夜里十二点，准时结工钱！"
到了夜里十二点，骗人的招数露了馅，
先是来了三车"安全帽"，想挑起内讧在工友之间；

后又来了"110"，他们连哄带骗带诈唬，
说要把我们全部都收容。
这时我感到有点犹豫和矛盾，再被收容该咋办？！
幸亏有——身经百战的王老汉！
他挺身而出把这骗局全揭穿！
他带领大家高声喊：兄弟们！
团结一心跟他干！团结一心跟他干！
条件一个结工钱！条件一个结工钱！
团结一心跟他干！团结一心跟他干！
条件一个结工钱！条件一个结工钱！
霞光万丈照天边，周老板乖乖结工钱！

天下打工是一家

你来自四川，我来自河南，
你来自东北，他来自安徽；
无论我们来自何方，
都一样的要靠打工为生。
你来搞建筑，我来做家政，
你来做小买卖，他来做服务生；
无论我们从事着哪一行啊，
只为了求生存走到一起来！
打工的兄弟们手牵着手，
打工的旅途中不再有烦忧；
雨打风吹都不怕，
天下打工兄弟姐妹们是一家！

劳动者赞歌

离开了亲人和朋友，踏上了征战的路途，
为了生活而奔波，为了理想而奋斗。
我们不是一无所有，我们有智慧和双手，
我们用智慧和双手，建起大街桥梁和高楼。
风里来雨里走，一刻不停留，
汗也撒泪也流，昂起头向前走。
我们的幸福和权利，要靠我们自己去争取。
劳动创造了这个世界，劳动者最光荣！
从昨天到今天到永远——
劳动者最光荣！

张小云，1965 年生于厦门，祖籍福建东山岛，北京大学景观设计学硕士。1998 年 12 月到北京至今。现居北京。创设、倡行类型主义写作。作品收入《中国现代主义诗群大观 1986-1988》《世纪诗典》《中间代诗全集》等。主要结集的部分诗集包括《我去过冬天》《够不着》《够不着 II》《现代汉语读本》《北京类型》《买菜哪 MyChina》《神人与病人》《新闻连播》《数字化生存》等。

云眼看京华（5 首）

张小云

住处

来北京 2 年多
工作单位一直在金台西路
围绕单位，搬了几次家
但所住的地名很有趣
两年间四个地儿
依序如下
红庙
英家坟
慈云寺
八王坟

也就是说
我从上个世纪
到本世纪
我干在金台
住和睡在庙啊寺啊
比较多的，是
坟

昨天，我住在光辉里看美国新闻

昨天我外甥在家和我呆着
我和自己在电脑上下围棋
外甥兴高采烈地喊我去看
美国的飞机正在穿过世贸中心
我看到了

我骂他就只喜欢看这种无聊的大片
外甥大嚷舅舅你不看没时候了
楼在冒烟这是真的快来快来

果然是大手笔
飞机从右边进去从左边出来
一边一团烟冒出来
过一会儿
飞机又从右边进去从左边出来
一边一团烟又冒出来
浓烟滚滚
你不得不惊叹你看到了历史画面
解说员说
现在这座双子星楼已经夷为平地

从昨天到今天
我翻看各个电视台各个能看到新闻的网站
我似乎很不以为然似乎又很高兴
我和所有能联系上的亲友通知这个消息
远在昆明的员工哈哈大笑
他说他们住在五星级宾馆在 3 个小时前
就一直看着 CNN 的直播
对方放肆地喊
拉倒吧
美国的事我来讲给你听

说明一下：前面提到的
我和我外甥呆着的家
其实是租的，原来北京酒厂职工住宅楼
具体地址是：北京市
朝阳区光辉里

昆玉河

我带着来京城玩的老乡去颐和园
通常走的是昆玉河
有水嘛
路又好走
我带着他们也很有面

他们会夸：你对北京的路况这么熟

我还会介绍
这河是专门为老佛爷开的
她不喜欢呆在故宫里面上班
她就喜欢到山脚下的颐和园去办公
老乡们听得很高兴

我还会继续介绍
这老佛爷啊
到颐和园办公
她还不喜欢坐马去
她希望坐着船去那儿统治国家
就这样，大清朝专门为她开凿了这条
昆玉河

哇，你怎么懂得这么多啊

我等的就是这一句
听到后，我回应
哪里哪里

卧佛寺

香山脚下，北京植物园内的卧佛寺
黄屋顶外有大门楼，很显气派很有来历
唐朝就有，清时名为十方普觉寺
寺内供奉铜卧佛所以大家都也称卧佛寺
有意思的是，它归园林局管理
我觉得奇怪，里面有人很耐心地告诉我
这很正常，很出名的潭柘寺戒台寺红螺寺
还是区一级旅游局管的呢

旁边另一位也有问题
他问：没有出家众
你这边香火怎么能旺呢
那人没有回答
只说：这位朋友
我带你去参观卧佛吧

香椿与臭椿

北京植物园特别将两株椿树
种在一起
一株是香椿
一株是臭椿
旁边立着一块很大的科普牌子
教你怎么区别
说它们不同科不同属
还有
叶数不同
树干不同
果实不同
维管束不同
尤其是叶子味道不同

跟我一起读完科普牌子的小孩
很有意见
不同归不同，凭什么
一株叫臭的
另一株叫香的

车前子，原名顾盼，男，1963年生于苏州市小公园，1997年来到北京至今，自由撰稿人。

感言：北京干巴，有什么水？只有风！所以"北漂"对我而言是"北飘"。

有野兔的山水诗（5首）

车前子

河

第一，河是第一的。

大地上独居的河……

你们在岸上，看河，它画着减号，
咄咄逼人："一"

我说的是大河。

一个种族用减号联络。
甚至没有影子。
甚至荡漾身体。河的身体比风无形：
风，占有照片中的墨水之树。

河被流过，你们在岸上，
我河"一刻"居无定所，这淡水之家，
一个不造住宅的种族。
沙流入水中。

……河平静。
（虽然，滔滔不绝的乐趣）。
不推理群山——到尽头；
在平原，搬来的部分，
河放弃雄辩。

沙流入水中。河，不发出邀请，
只带走有所准备的客人——
沉没的。没有，我说的是大河，没有亲戚往来。

言桥

他们挖个坑，
围起来，
空洞：空洞洞，
默哀到黑——算对这个世界告别。

真没有什么；
无法，
而无法下葬得体！

——

用层高威胁一棵树，
还需要乳头抹上辣椒酱吗？
我断奶时候，
星空炙手可热黑咖啡；
……古城近代冲淡的异国风情。

——

脚踢到木偶，
交椅有一腿步行，
刻着棍子。

年轻，好学，
做爱方面，
难不倒他们。

——

门神举着剑，我断奶时候，
魔来喂水。

乳牙

高潮来了，
我变成兔子的脸，
呲出乳牙。

她们享受末日，
深闭双眼，
看不到天真。

有野兔的山水诗

它嗅到我之前世。

兴奋地——抬头，
作揖，
仿佛学会微笑、
害羞和礼貌用语。

张大了嘴，
然后。张大了嘴，
它嗅到我之前世。

它嗅到我之前世：
缥缈的青草气息。

想起北方夏天有点脏兮兮的海

想起北方夏天脏兮兮的海，
一枚铁钉：海面。

油泼的海面，
太阳：
煎鸡蛋。

望出去，像一条街全是烧烤摊，
驱赶蓝天这天上的沉淀物，
蓝的云母，
奶水决绝地，奶水向东流，
云母的、商贩的——
孤独。

那个农村人是我，
是女人，
是嘘。

太阳卖盒饭的，
海面煎鸡蛋。

沉淀物之蓝，
决绝之地：
光明一样的肥肉，这般透彻的肥肉葡萄园！

每块淡绿葡萄，
每块深紫葡萄，
每块土灰葡萄，
都由铁钉钉紧，
要不早就撒了一地。

张晴，笔名黑白梦幻。1975 年 12 月 25 日出生。甘肃人，1997 年到京，漂在北京 20 年。中国作家协会会员，中国散文学会会员。现为自由作家。发表出版作品近两百万字，代表作有描写一群北漂人奋斗的 52 万字长篇小说《漂在北京》，人物传记集《灵魂的天使》等。主编出版典藏书籍《永远的吴天明》。感言：每一个北漂人，都是一朵纯美的蒲公英。

活着还是已死

张晴

活着还是已死

搬家
书，两货车
信件、纸条、明信片一箱
发表文章样刊两箱
上百个写满字的本子和
数十个没写字的新本子
照片一千多张
各种拆封或没拆封的礼物
已经过期的保健品

同色系床单被罩、窗帘、桌布各四套
春天，浅粉色系登场，惹自己春情荡漾
夏天，纯白色系亮相，为眼眸携来清爽
秋天，紫色系铺开，心生一抹自醉的浪漫
冬天，酒红色袭来，自给自足一窝温暖

四季的衣服、丝袜、鞋子和包
一百多条丝巾围巾和披肩
唇彩、香水以及指甲油
所有对外在美的寄托
都在这里了

高脚杯，烛台和锅碗盘盅等器皿
四五个花瓶和十几盆绿植
几个造型不同的台灯和几串圣诞节才挂的彩灯
布娃娃和七八个毛绒玩具
一把剑，一副双匕首

电脑里，写完和没写完的文字

这一切
就是我的家
这一切
都是我身体之外的东西

整理这一切
好像在清理已经死去的我的遗物
这些遗物有何意义
哪一样能证明我曾经在这个世界上活过
我没有巨款，没有豪宅豪车
没有任何世俗意义上的奢侈品
假如有——
它们能证明我在这个世界上存活过吗

假如我真的死去
谁会哭
谁会第一时间来清理我平凡的遗物
这些遗物
哪些会被留下当作念想
哪些会火化与我的身体一起
燃为轻烟

搬家……真累
每一个北漂者
都累过无数次
在累中感受
活得沉重和死的轻盈
灵魂飘升
梦一样的蒲公英
飞扬，翱翔

楚红城，原名李玮，1975 年 10 月 15 日出生，甘肃省渭源县人，1997 年北漂到京。目前在房山区华丰鑫机械有限公司工作。北京市丰台区作协会员。著有《游走笔尖的宋韵》，合集《诗心》。感言：北漂是血汗浇筑的另外一种人生。

不一样的烟火（3首）

楚红城

在周口

在周口，翻过山坡的秋气固执起来
黄栌红着脸，微笑着
翻滚起一浪又一浪热情
楼群不知道是哪一天出现的
秋气的热把房价也感染了
模仿雁叫声
房市里的人和西风里的人
打着哆嗦

流淌过一坳又一坳的周口河
流淌进猿人遗址传说中的宁静
我始终找不出古老和荒凉这样的字眼
驻扎在心上的那片城廓啊
庄稼地越来越瘦
人和车越来越多

只有我和诗行，自然保持着流浪的心情
视野里，当梦和一棵树牵手
迈进不堪的回望
我们会不会懂得，得到什么和失去什么
不管你在故乡或者他乡
抚摸周口这片山形
每一栋站起来的高楼，在我心里
备受煎熬

不一样的烟火

拔出心里的尖刺

终于相信，爱情
是一枚锈蚀的时光
在沉稳的语气里翻找一张信纸
翻找
前往云居寺的方向

多少人在菩提树下枯坐
毗卢的故事流传了多久
石板深刻的经文
能不能找到我的半生
梦，挑破舌尖的隐痛
滴进苍苔
滴进木鱼声，佛法懵懂

人间不一样的烟火
踟蹰在万物中
愧疚是一粒播撒在人间的种子
今夜
当孤独把它点燃的时候
佛前，站着往事

伯牙绝弦

九月九，多一声叹息
不过是一把摔痛的瑶琴而已
汉阳江口，青石板上
谁能忘记一场绝响

称兄道弟，不外乎高山巍峨
江水迢递
我的古琴台，搁放在一行句子里

摔痛的两千年只是一件贵重的物品
绝弦
拟句
这个年头说起弹琴是特别奢侈的事情

岁月着凉了
我躺在远方的床上
不知你能不能从咳嗽声里听出琴声

回地，原名樊兴惠。1969年10月生于浙江绍兴市嵊县（后改名嵊州）苍岩镇长安村。天秤座。曾在公立医院做过数年内科医生，1996年辞职抵京。做过编辑、记者、教师等，经营过文化公司。现专事写作。感言：人只能在肉身的漂泊和移动中，才能不断抵达精神生活的创造。

诗歌与生活（5首）

回地

给我——
祭家乡诗友王驰

给我嵊州幽蓝的天，
帝国茶楼的天，
给我天才在官场阶梯中倒置的两极，
给我小人里窝藏的巨人，
给我来世的银行，
只存入石头和泪水里的白银，
给我行长无法收紧的银根，
给我互相修改生死的病程记录，
给我呼吸机，
给我呼吸机的灵魂！
给我幽蓝和幽魂，
给我巴列霍，
给我词的通红闪电，
给我通电的地狱和天堂，
给我轮流发生关系的资本和名歌，
给我虚伪的高天之云蕴藏的你的凝望之海，
给我遗骨中烧尽的修远之路，
给我烧成灰烬的修辞……
给我灰烬的诗集，
给我诗中复活的诗……

非正常死亡

"骷髅楼群"的鸽子们尚未起飞。①
天如此蔚蓝。这是一夜大雪
拭擦出的宁静。这是我母语的

246

蓝色隐痛，
这不是政治喷雾机的人造效果。

"骷髅楼群"的鸽子们尚未起飞。
这个乌青的十一月盛行一种死亡。
当你就要脱口而出，
天啊！多么羞耻的修辞！

在自然的蔚蓝前，
  "我的骨头在严冬的羞耻中
对我发怒！"

华北的一夜冰雪，煮沸杨树林宿夜的黑暗。
这一夜间落光全身绿叶的白杨树林！
这一年锻打的阳光基金的金币，
这一年的积蓄被大地一夜间挥霍！

"咔嚓！""咔嚓！"
北方的鹅卵石咬啮
冰雪覆盖的大地。
远东或西伯利亚流亡诗篇的
冰蓝色韵脚，
在曼杰施塔姆的孤独死亡中
升上海参崴的星座。

快！这北方黑暗的大地上升起的星座，
吞吃我母语中的蓝色隐痛。
快！死神的面具，
吞吃十一月盛行的"非正常死亡"！
因为"我体内的骨头
正对着我的罪行咆哮！"

注①："骷髅楼群"，是作者对所住小区取的名字，因楼层外观灰白而得名。

电梯之诗

刚刚离开电梯间的小男孩说：
往上开的火车到站了！
他有一副好动的手脚，一截黝黑的脖颈，

一辆滑板车让他拥有了这一天
完整的滑轮。我踏上 25 层楼板，
腰椎的隐痛忽然缓解，像一个失踪的幽灵。

没有 4 层 13 层，没有 14、24 层，
你从一架被施加巫术的电梯里出来，
感到自己生活在不真实的担架上。
被过滤了所有不祥的敏感词，
电梯里隐藏着许多数字活着的幽灵

——像我脊椎里隐匿的疼痛！
仿佛生活，要向它们的缺席表示歉意，
躬身于它们没有身份证的消隐，
躬身于算术 和常识。
一个幼儿的数数练习，
这时出现了奇怪的中断。

数字在我的腰椎里呼吸。它们活着！
咔咔作响，使电梯频频出现故障。
一个国度的逻辑，激励魔王的超逻辑。
像梯子上被失踪和蒸发的无名者。
电梯里的升降独幕剧，
随时可能中断和跌落。

此刻你撤掉凳子，直接坐在地板上，
打量一首诗的生成和呼吸，
像打量你咔咔作响的生活。
电梯的声音隐逸，
一整个都城的人，
在一根消音的梯子上攀登。

在失眠时刻，你会听到轰隆轰隆的声音正在你的手臂之外升起。
一根钢筋的骨殖！有沉默天使的翅翼在扑扇！
你梦中的天梯上，天使们在吹奏一根魔王的脊椎。
那是谁？他生命的数学——
他泪水的结晶，在夜空闪耀。

阅读，或十一月的雨
　　——为蒋立波而作

仿佛终于可以开始一轮新的阅读。
仿佛时间只是为阅读而聚集。
瓷杯。镜子。电炉。
停顿于客厅的硬座车厢。
那一年有人失踪后复归。
有人走在幸福路上写下诗歌。
有人用一整本书叙述浪子的故地。
有人在你的书房里渴念成为王者。
有人江边留影，眼眦泪光闪烁。

今晨，山寺高处飘下的落叶，
减慢秋天最后的呼吸。
有人独坐鸟鸣谷，变幻五蕴之空。
一只奇异鸟儿多音节的鸣叫，
由蓝色转向幽蓝。
这是谁的呼唤？

九三年夏，平房屋顶黑色的苍蝇麇集，
如轰炸机窥伺。
你阅读朱译本《神曲》，阅读巨型蝙蝠
加剧的饥饿。
我在舍斯托夫的旷野呼告中醒来。
那年本命年，厄运飞翔，
如秃鹫强健的羽翼。
北顶村，最后一片麦地边的朗诵，
朗如明月，至今埋没于
一幢著名的烂尾楼，
和一个国家的体育场。

多少年了，时间的镜子闪耀。
抒情诗为低处的叙事替换。
叙事中闪烁黑暗，疑虑，污点。
闪耀恶鬼和天使，
闪耀转轮王和饿鬼的眼睛。
多少年了，诗歌中的月亮和水井，
看穿阿基里斯之踵，

看穿你的怀乡病。

今天，诗歌写到降临，
十一月的大雨就降临。
这是天命之雨，
为一次新的阅读而备下；
这是宁静的仪式，
为孤独中的剑
相互热爱而准备；
也为速递中的陶潜和僧肇，
沉潜的屋宇而降临。

诗歌与生活

生活就是被生活
活生生地反驳。
有人一夜间白头，
望见雪山凛冽——那时间的王冠。
他有幸来到
黑白交界的沸点。

诗歌的马车被巨兽篡位。
偏离轨迹或圆弧。
切线飞速掠过角膜。
晶状体如新月枯干了自身。
生活的尊严将还原到
另一种未知的诗歌。

鲁橹，本名鲁青华，女，湖南人，20世纪70年代初出生。20世纪80年代末学习诗歌写作，1996年3月来京。停笔10年，2008年重拾笔头。2013年触网投诗。有诗偶尔入选年度诗选本。现受聘于中国青少年写作研究中心工作，某学生杂志主编。居北京。感言：北漂，落脚而已。

冷或微暖（组诗）

鲁橹

怀念异乡

我怀念异乡　我将去往异乡　我还未去

我想伸手抱抱那个蹒跚学步的孩童
他脸上稚气的笑　我已一个世纪不见

村庄在大森林里　在古井边
那个眼神有些忧郁的女孩　我想和你谈谈心

不要问我为何也流泪　你此时就是我的挚友
我们一起看那个孕妇走过　她的眼睛真迷人

我点燃了一支烟　在坟地　奶奶　您也来一支
您一生不走出这座大山　是什么让您骄傲的终老于此

我要熟睡在人流如织的集市　梦见天上的云朵
我要高歌在寂寥荒芜的深夜　朗诵但丁的神曲

陌生人　我热爱你
以水当酒　来　我敬你伴我这一程

我会去往更远　不想停下　亲爱的陌生人
那驾载我的马车　是异乡　是我怀念的不死地

过了这村

早已是黄昏
我放过饥饿的马——
那匹橙色的马

它已回了牢笼

草地上还剩下草
它们等待下一轮饥饿者
一个天边来的人
——她穿麻栗色长裙

那个穿麻栗色长裙的姑娘
她骑走了我饥饿的马
那匹橙色的马
过了这村

不指望黑夜把白天带来

清理完白天
我要快速地死去

可是我为什么迟迟不肯落下
角落的葵花一度芬芳
墙上是摇曳的暗影

我缩进黑夜的心脏
像投降的人
不发一言　也
不指望黑夜把白天带来

那些更好的

我是我故乡的一口风。我是我异乡的一口风。
我是一口风。

有时候我以为我住在地球上。有时候我以为我没有。
很多时候我不辨西东。

就像现在我在长沙的街头。我以为是在武汉　深圳　南宁
我看到挺拔的楼　奔走的人。我再回顾　再往前　再车转身。
就消失在喧嚣里。就不见了我。　不见了你。你们。

不是我要选择做一口风。那些更好的选择　那些更好的　。
不在故乡。也不在异乡。

我只想全力来爱你们

亲人一场，最后都会终止于变故。
而我，只想赶在落日前看见你们。

请相信我已在黄昏打好包裹。
那些累赘的，我都将放弃。

但我绝不空手，时光不会燃尽
我将在茂盛的雨水中盖起我的房舍。

从此后我只想全力来爱你们。
呆在你们身边。摸得见你们的手。

老巢，本名杨义巢。1962 年 10 月出生于安徽巢湖，1993 年 8 月来京。影视编导。出版有诗集《风行大地》《老巢短诗选》《巢时代》《春天的梦简称春梦》等。作品入选《中间代诗全集》《新世纪 5 年诗选》《北大年选·诗歌卷》等选本。获全国年度"优秀诗集奖"、年度"十佳诗人"和"诗歌贡献奖"等。感言：漂，是一种可歌可泣的生命状态。北漂，对诗人而言，是一种汇聚和交流，也是一种洗礼。

我们还在（6 首）

老巢

我像是遇见了另一个自己

深夜
灯光忽明忽暗的街上
一中年男子
从穿着上看，和我一样
活在底层。他埋头走路没看见我
他边走边说着什么
声音很小只有他自己听见
他说着，不时露出笑容

我知道他的话
不是说给爱情就是说给梦想

和家一样可靠的名字是我租用的

搬出灯市东口，西口以西
过马路就是我新租的房子布满
旧疮疤。一碰就破的皮肤
一阵风就把几百天吹起。离开树
败叶在空中，临时高于地面
看上去像在飞。我的眼睛

一瞬间看见了命运。上不着天
下不着地的时候我张开双臂假装
有翅膀。我从来不是我的
和家一样可靠的名字是我租用的
落雪之前，北京冬日的阳光里
巢，是个动词，形迹可疑

没有遥控器帮我们关掉这一场雨

北京又在下雨。黑了天
一副江南的嘴脸。没了白墙青瓦

雨，携带病情，活过来的细菌
从门窗，一些缝，甚至空调风里
打湿床，灯，和盗版盘

我们现在说床单上的斑点不是汗
泪和爱液。是雨在发芽

灯下，琐碎的死，类似粮食里
飞出的几秒钟。比灰尘还轻
电视上，我们看不到太阳的下落

没有遥控器帮我们关掉这一场雨

露出破绽的夜有许多盲点

露出破绽的夜有许多盲点。匿名的
针一样的光，刺痛大面积病在暗处的中秋
黑色表里如一。我们看不见什么
什么就从背后陡然发出声音。我们沉默

我们热爱的事物也沉默，这是脏东西
长出翅膀的客观原因。天还没亮
梦在半路要求我们放轻脚步，一只手相牵
形影不离。一只手捂住自己的嘴巴

回想那些没有到来的时光

转身，我看见你，一天一个样子
你，从来第一眼就遗忘了迎面的人

是无巧不成书。那些没有门槛的门
虚掩。每一片树叶都是最后一天

画蛇添足的夜，一盏灯扑灭另一盏

之际，耳朵像蝴蝶一样飞在身后

我背对的风水，适合住，和埋葬
到时候，你哭我，哭过一遍又一遍

我们还在

以前我们狼狈为奸
狼还在，狈没了

以前我们衣冠禽兽
衣冠还在，禽兽没了

以前我们酒肉朋友
酒肉还在，朋友没了

以前我们寻欢作乐
我们还在，欢乐没了

艾若，网名爱若干。1971 年 5 月生于安徽桐城。中国诗人俱乐部副秘书长。原凤凰网公益主编、公益中国网（CCTV 广而告之）主编、《环球游报》执行总编。上世纪 90 年代，曾学习、工作于中国艺术研究院。1993 年 9 月来京，一直从事传媒业。2001 年结婚、买房，2003 年有了女儿，但依然有"北漂"感。感言：北漂是一种状态，是一种抹不掉的记忆。北漂很恋旧，不让你忘记过去。诗人永远在漂，流浪保有诗意。

四月的怒江（外 1 首）

艾若

四月的怒江

四月的怒江
鲜花开
晨如秋霜午流火

这也是怒人的乃仍节
怒人赛弩
织怒毯
吃石板粑粑

而傈僳之春最动人
澡堂会
沙滩埋情人
阿哥阿妹对歌歌

四月的怒江
丙中洛
湾又湾
秋那桶
瀑连瀑

怒石阵
浩浩汤汤
石门关
万夫不挡
老虎跳
为爱疯狂

石月亮上
坐着正望眼欲穿的龙姑娘

四月的怒江
雨中清江转浑黄
茶马古道通雾里
遥望怒人家
页岩为瓦
山木围屋
傈僳人在山崖

四月的怒江
夜走察瓦龙
处处是惊魂
巍峨的嘎娃嘎普雪山啊
您是怒江之神
请护佑爱您的人

四月的怒江
松塔的月
龙普的星
林芝的云
怒江的夜空眨眼睛

四月的怒江
又见江河十年行
此番七至高黎贡

民国往事之桐城少奶奶：挑水

那个年代
乡里乡亲
都在河边挑水吃

一大早
挑水工就下了水桶
拎起一桶清冽
天就亮了

春水流呀
流入长江
也流进家家户户的水缸

水工挑着水
步子扎得稳
扁担前高后低
双臂伸展握住桶绳
水桶有节奏地悠着
一步一步
上到河埠上

扁担一颤一颤
水桶一前一后
新鲜的青春的水
在桶里活泼泼地漾着
像春伢子一样地皮
偶尔还会漾出来
打湿挑工眼前的路

少奶奶
曾经上的是教会学校
只会读书
不事稼穑
自然也不会挑水
但她自以为会挑水
她总是挑扁担前面的那桶水
而从不挑扁担后面的那桶水

她悄悄地
跟少爷说
扁担前面那桶水香
扁担后面那桶水臭

为什么呢
因为挑水工的屁股
总对着扁担后面的那桶水

丫鬟婆子听见了

直乐

少奶奶
挑水工路上会换肩的
前桶变后桶
后桶也会变前桶
哪桶水都会被屁熏到的

李茶，原名，李家红，1974 年 2 月生于山东省章丘。1992 年来京，先后从事过导游，翻译，教师等职业。2009 年开始写诗。作品入选《新世纪诗典》《2016 中国诗歌排行榜》《新世纪中国诗选》《当代诗经》等多种选本。感言：北漂生活是我留存在世上的传记——忠实与失败，无奈与挣扎以及掺杂其中的痛苦，唯有这些让我脱胎换骨，将卑弱的生命坚持到现在。

车站（5 首）

李茶

如果女人天生爱美

如果女人天生爱美
应该全身挂满珠宝
生殖器上也挂

如果女人天生爱美
应该天天洗澡
内脏也洗

如果女人天生爱美
幼时应该掌握一门手艺：
寿衣自己做

这，就要了命

我像挨宰的牛背上的刀痕一样爱你
亲爱的，我就是被你宰死的牛
死后，也是危险的

我的血 每段骨节 我的隐私
全部暴露给你
——你不要议论这件事
你只需要确认它们属于你！

我的生命如此短暂
在你挥起的刀口下
我满眼蓄泪

我说，我眼睛里有一条燃烧的瀑布
我说，在它迅速变冷之前，用手捂捂吧

抑郁症

抑郁症
就像母鸡的脚藏在公鸡的脚里
露出龟裂的斑纹

可是为什么呢
我的母鸡和公鸡日日被我看见

它们被我圈养在围栏
群散着咕咕觅食

大部分时间我离开又回来
我的母鸡和公鸡
有一只被宰，又有一只被宰
僵直的鸡爪上
我的抑郁症长出肉垫。

车站

世上的车站
都是相互依赖的邻居
如果其中一个死掉
其余，也会相继死掉
如果你否认或者怀疑
它们就会集体跳脚大喊：
为什么不能？我们愿意死！

两个橘子

减肥。早饭不吃，带上两个橘子
公交车上吃一个，剩下一个
到单位。上午忙，没顾上吃
午饭。没吃
晚上，背着剩下的一个橘子扑沓扑沓回家

我记得早上出门
我不仅往书包里塞了两个橘子
我还看了一眼邻居呢。

潇潇，本名肖幼军，诗人、画家。1964 年 10 月出生，故乡四川安岳。1991 年到北京。出版诗集有《树下的女人》与诗歌《踮起脚尖的时间》《比忧伤更忧伤》等。作品被翻译成德、英、日、法、韩、越南语、波斯语、阿拉伯语、孟加拉语、罗马尼亚语等并在国外的报刊杂志发表。长诗《另一个世界的悲歌》被评为 20 世纪 90 年代女性文学代表作之一。曾获多项诗歌大奖，2016 年获罗马尼亚阿尔盖齐国际文学奖，是第一个获得此奖的亚洲人，并被授予罗马尼亚荣誉市民。感言：北漂是勇气，是命运的转弯，是生活酸甜苦辣极致的品尝！

走火的星星（5 首）

潇潇

我的诗有毒

这些年，气候与人心
越来越紊乱
像一个妇女
正在更年的经期

如果你胆子大
就尝尝我的诗吧

别担心，我的诗
色香味美，不烈性
不会一杯要了你的命

在早晨，它像一杯
玻璃牛奶，又香又甜
仅仅加了一点点
感官的成分

中午，端上来一盘
用醋和盐水浸泡过的
我的餐前水果诗

农药残留
98% 被冲走
媒体说农药溶解
盐水和醋

不要害怕
放进嘴里咬一口
健康要多吃水果

我的诗是水果之王
它杂交了
翻译体的味道

傍晚，如果你胆子大
去和雾霾约会

你，把我的诗砍掉
一些标点符，虚词
和参差不齐的敏感
危险句子，横过来
就成了隐喻的口罩

用我的诗吸毒
用缺席的天空为雾霾送葬

西藏，唵嘛呢叭咪吽

我失身在喜马拉雅
那个叫西藏的地方
一滴血，喷薄的太阳
逆境极限的母亲
长满苔藓的苦难向你磕头

桑烟、经筒、幡旗
你坐落在寒冷的高地
轮回的密码
破译人类的浅薄
渡过生老病死四条河流

真言六字的普照
是全部的光，是神灵

是顶峰上的降落：
哦，西藏，唵嘛呢叭咪吽

请你欺骗我

假如我拔掉时光的白发
走失的水色重回脸上
你与他们会纷纷赶来
酷爱我——早年诗歌的迷香

为我某一个偶然
安逸、鲜嫩
火中取栗的佳句
和月光下的鲁莽、冒失
辗转反侧

你书信中碳素墨水的笔迹
可以绕地球三周
却不能穿过大院的高墙
和门卫的岗哨
迎娶我一颗干净的心

而今，你巧舌如簧
不费吹灰之力
就拿走了我深夜的雨水
去浇灌你地下的
一株株花心和盆景

我裹紧早晨第一缕
还有些惶恐的阳光

想一想，我独一无二的
前世今生
想一想，这急功近利的世界
到处都是有钱的穷人

唉！我再也没有更多可失去的
请你欺骗我吧

走火的星星

我从天上一个小地方来
不小心
栽倒在人的手里
弄脏了碎片的笑容
世界翻过来
卸下我身体的光

像一枚子弹走火
我穿过污染的视野
炸开人群坚果般的愤怒
成了异乡的星星

星星是笨猪
不会抢红包
分不清软件的男女关系
而人的复杂精明
又是星星的鸡毛蒜皮

星星的羞愧
星星的焦虑，星星的心
人是遥远的，不懂
如今的故乡就是远方

抱紧江南

江南的秋，好多小昆虫叫哥哥，爱熟透了……
伸着懒腰的花瓣被雨点、蝈蝈叫开，
迎面流淌的颜色，命令孤独与死亡的风景，

卷起一湖山水。

那些吹进骨缝的痒酥酥的粉，细碎的欲望，
迎着晨曦的光亮，还有些湿润。
那个烟花女子用突破局限的果实，
用死，喂养传统的后人。
她的汹涌？她与黑暗的拥抱？
只有熟透的爱能隐忍……

熟透的爱……
如沉香进入她命运的弱点
她生前死了两次，死后被掘墓，
又死了一次。
她的前世今生都嫁给了悲剧。

虞山锦峰下的旧坟，比想象更缭乱，荒凉。
打结的茅草低着头，像寻找葬进泥土的秘密
夜里，犀利的风再一次冒犯入土的灵魂
这枯草败叶中开出的野花，无遮无拦……

而那些肌肤、香料、灯草、骨头与旧瓷，
穿过生死的密纹
倚靠一张乌镇的雕花木桌来摆放记忆。
抖落疲惫、愤怒、焦虑、无奈、暴力、哀悼……
一切逼近负面的词……

用黄酒洗心革面，用梅子解开姜丝，
抱紧江南的秋色，抱紧刚刚落下枝头的告别，
抱紧身体里最危险的一滴晕眩
抱紧落日，那粉身碎骨的一声喊
抱紧重逢死亡的一首诗……

正如错开死亡的富春山居图，
逃出一团团殉葬的火焰，

用古典、歉意的美让后现代弯腰，
纸上残留的风景，如罪孽般温柔。

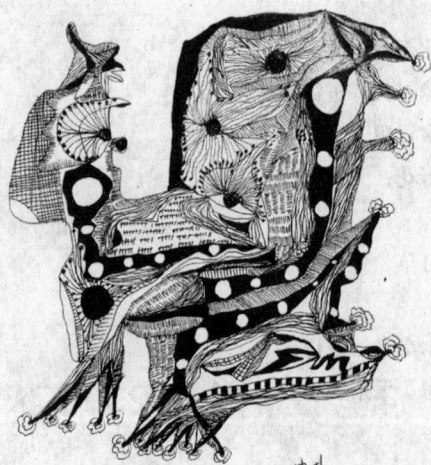

卫行，原名伊卫行，黑龙江哈尔滨人，1992年2月26日第一次睁眼看世界，大学毕业后来北京遛弯儿至今，目前靠写散文剧本为生，非主流编剧。感言：北漂是一次旅行。

时尚（外2首）

卫行

时尚

她说上海比北京时尚，
时尚从来不是，
女人戴了什么珠宝首饰，
穿了什么牌子的衣服，
用了欧洲哪国的香水，
男人开了什么车子，
而是像唐朝，
时尚的人都读过李白，
或者像曾经的英国，
贵族没读过《国富论》的会被嘲笑。

对错

我从不否认诗人的贫穷是对的，
错就错在，
中国的男人会打老婆，
会逼着女人流产，
会辱骂清洁工人，
会崇拜煤老板，
会对部长俯首帖耳，
还会鄙视苏格拉底，
伏尔泰和康德。

今夜我不能安静地睡去

今夜，我不能睡去，
雪莲还没优雅地绽放，
梅花也还没傲然芬芳，
我还没听到你说晚安。

露出海面的石头还在孤独地等待，
坠落的候鸟把心留给蓝天，
我不能忘记想你，
我还没听到你说晚安。

这里到处都是精神废墟，
破旧的车辆停在五星酒店门口被视为违章，
扔掉唯唯诺诺的假面，
我还没听到你说晚安。

风衣和靴子抱着吉他，
一路向北却不知怎么唱歌，
诉说和呐喊合成一个节奏，
我还没听到你说晚安。

零点一分的夜从容静谧，
回忆只能让思绪烦扰恐慌，
不能在雨中漫步放纵，
我还没听到你说晚安。

夜莺和诗歌闪耀在梦里，
小船游过温柔着水乡，
眼睛没抹去青春的伤痛，
在夜里，我还没听到你说晚安。

［辑二］

梁小斌，安徽合肥人，1954 年生，朦胧诗代表诗人。1991 年加入中国作家协会。诗作被选入高中、大学教材。著有诗集《少女军鼓队》等，思想随笔集《独自成俑》《地主研究》《梁小斌如是说》《地洞笔记》等。2004-2014 年在京。现居安徽合肥。

在一条伟大河流的旋涡里（5 首）

梁小斌

我热爱秋天的风光

我热爱秋天的风光
我热爱这比人类存在更古老的风光
秋天像一条深沉的河流在歌唱
当土地召唤我去收割的时候
一条被太阳翻晒过的河流在我身躯上流淌
我静静沐浴
让河流把我洗黑
当我成熟以后被抛在地上
我仰望秋天
像辉煌的屋顶在夕阳下泛着金光

秋天像一条深沉的河流在歌唱
河流两岸还荡漾着我优美的思想

秋天的存在
使我想起在耕耘之后一定会有收获
我有一颗种子已经被遗忘

我长时间欣赏这比人类存在更古老的风光
秋天像一条深沉的河流在歌唱

一种力量

打家具的人
隔着窗户扔给我一句话
快把斧头拿过来吧

刚才我还躺在沙发上长时间不动

272

我的身躯只是诗歌一样
木匠师傅给了我一个指令
令我改变姿态的那么一种力量
我应该握住铁
斧柄朝上
像递礼品一样把斧头递给他
那锋利的斧锋向我扫了一眼
木匠师傅慌忙用手挡住它细细的
光芒
我听到背后传来劈木头的声音
木头像诗歌
顷刻间被劈成
两行

沉重之物

雨靴踏到公共汽车的踏板上
我下车时，脚跟的震动引起鼻梁上的眼镜
像休眠的爬虫
活动了一下
时至奔波了一天的晚上
眼镜也有重量

反正天已经黑了
眼镜也不再需要戴在那儿
我把眼镜拎在手上摸索着走路

我陶醉在这无比生动的举止中
我所拎的也是沉重之物
记住这一天晚上

白天里究竟忙些什么我已经记不清了
只剩下我拎着眼镜走路的样子
我懂得我是什么样的人
我对我自己看得
很清楚

母语

我用我们民族的母语写诗
母语中出现土地 森林
和最简单的火
有些字令我感动
但我读不出声
我是一个见过两块大陆
和两种文字相互碰撞的诗人
为了找水
我曾经忘却了我留在沙滩上的
那些图案
母语河流中的扬子鳄
不会拖走它岸边的孩子
如今，我重新指向那些象形文字
我还在沙滩上画出水在潺潺流动
的模样
我不用到另一块大陆去寻找点滴
还有太阳
我是活在我们民族母语中的
一个象形文字
我活着
我写诗

在一条伟大河流的旋涡里

我在一条伟大河流的旋涡里喊过
救命
我已不在那声音的下面
开始我的声音只是喁喁私语
和我逐渐下沉的身体纠缠在一起
身体的旁边漂浮着木板
木板上放着默默无语的面包和盐
一声救命，是我向世界发出的心声
从太阳的舷窗里抖落出一根绳索
迫向声音，迫向这迫于灵魂的语汇
这能够在全世界流行的语言
当救生圈般的云朵向声音的发光之处
围拢过去
我已不在那声音的下面

柳宗宣，湖北潜江人，出生于1961年6月。27岁开始写诗。曾在湖北潜江教书多年。1999年移居北京，曾任《青年文学》杂志诗歌编辑多年。2009年离京，回到湖北武汉，在某高校人文学院工作至今。出版过《柳宗宣诗选》《河流简史》《漂泊的旅行箱》。感言：北京如同一块砥石，至今它被揣在我的身体里。

分界线（外3首）

柳宗宣

分界线

长途大巴车从雨水涟涟之中
忽然驶入，明晃晃的阳光里
那是1999年2月9日8点
你从南方潮湿的夜雨脱离出来
进入安阳地界。干爽的空气
阳光普照。天空一溜烟地蓝下去
华北平原——灰蒙苍茫而苍凉

即兴曲

出租车上，路边国槐
洒落它细碎的花蕊
淡青色的槐花
轻敷了一地
嗡嗡鸣响的市声中
它们悄无声息地播撒
有时，落在你的颈脖
或小学生的背包上
你正从编辑部出门
踩到它们细小的身子
地面的颜色和灰暗心境
被改变。时序进入初夏
这残存的美可以留恋
惟一的六月北方的槐花

玻璃中的睡眠

地铁列车驶往地面。原野的灯光
四散的楼群，电线杆和墨绿夜色
在玻璃窗移动。我看见了
自己的头像，上方的下弦月
一个女人的面相出现在玻璃中
靠在我的右肩上，然后挪开
再次接触，几秒钟后缓慢移开
如此重复三次，然后依靠在那里
她没有看见自己，玻璃中的睡眠

那一日

行驶的大巴，玻璃雨水迷蒙
隔开了外部世界。隐隐想到
你在危险之中。可能的灾难
就停歇在一个路口，或躲藏
在抵达绍兴小城的某个时刻
沿着周树人百草园走了两圈
坐在八仙桌吃了几粒茴香豆
一度忘掉那如影随形的隐忧
在兰亭——曲水流觞的地方
回望王羲之鹅池和茂林修竹
此地甚好。你是第一次也是
最后经过这里。特异的夜晚
灯火恍惚而迷离，过斑马线
小心翼翼的，友人酒后护送
你回到旅馆。你在逾越一个
江湖巫师谶语（不守在家里
那日有血光之灾）呆在家中
就能规避它，因了他的臆测
放弃行走。而你的家在哪里
南方的单元楼或北方的宅院
你来到了路上，就无法停歇
深夜，躺卧在旅馆荧光灯下
那可能的灾难没有找上门来
或许在行走中与之交错而过
亦步亦趋——如同一截阴影

祁国，1968 年 10 月 1 日出生于江苏盐城，男，诗人，书画家，剧作家。荒诞诗派创始人之一，"蛮书"书法流派创始人。世界诗人大会（中国）苏州诗院主持。"美丽岛"中国桂冠诗歌奖组委会主席。"西峡诗会"创办人之一。著有诗集《天空是个秃子》。主编或合作主编《同志诗报》《新流向当代经典诗库》《苏州诗院学刊》等。作品入选《中间代诗全集》《荒诞派诗选》等多种权威选本。2002—2004 年，2010—2011 年，两度在京。现居苏州昆山。

感言：悔当初尽顾写诗喝酒，没买房子。

过一种理性的生活（6首）

祁国

怀柔

怀柔是个县名
隶属于北京

怀柔有个影视基地
拍过很多宫廷戏

这一天我到了怀柔
思绪万千却找不到头

找到头了又找不到尾
只好将就着写了个开头

过一种理性的生活

左手基本上没什么用
整天吊在膀子上
还耗体力
决定去医院
割掉

在取款机前取自己的钱

他东张西望
他鬼鬼祟祟

他输入密码
他重新输入密码

他东张西望
他鬼鬼祟祟

他输入密码
他重新输入密码

老了

真的老了
看碟也能看得泪流满面了

好就好在
真的老了

一觉醒来
看的内容怎么想也想不起来了

祭父

我拿起电话
没拨任何号码
轻轻地喊了一声爸爸

记有意义的一天

夹着公文包不时看表
看起来和上上下下的人们一样忙
过了一站又一站
从早上坐到了半夜

直到地铁停开了
我才被迫到站

回到地面上
看到了一根光秃秃的电线杆
对了
再爬到这上面去玩玩

王顺健，生于1965年10月23日，江苏连云港市人。2004年至2007年在北京，北京大学三年访问学者，宋庄短居者。曾任某杂志主编助理。2006年在北京购房，至今在供。现常住深圳、旧金山。感言：北漂，往北漂，错过了北京，漂到了北美，漂在漂中，漂成一种存在，漂成一个境界。

跑道上的亲人们（4首）

王顺健

我热

爸爸怎么会是一条大鱼呢
他张开了四方大嘴
在发一个音
那个叫热的音
几乎听不清
饥渴的内唇，向外紧张地翻开
我扑到床上，抱住爸爸
我说，爸爸，是我
热——
我翻过这条鱼的后背
看到了他又瘦又黑的脊梁骨
爸爸，是我
我摸到了他来不及瘦去的肚腩
我热——
乖点啊，我来给你散热！
我得承认，爸爸的乖张是我宠的
是我最倾心宠爱的
我是他唯一可以施宠的主嘛

我乐此不疲
没了他的这些年
我活着，却一直看不开
早上，我从一村梦醒
打电话给苏北老家
爸爸的那座山是不是有山火
又问，附近有没有修高速
我突然想到

爸爸所在的山是朝向东海的
他热，他就要下水哦
他要游来深圳看亲人哦

面虫子

虫子是面粉长出来的
半年前由妻子提进门的
面粉还只是面粉
没有虫子
放着放着就动了起来
面开始是素的
放到一定时辰
就变荤了
女人也一样
开始妻子还是安静的
放着放着就动了起来
成了前妻

跑道上的亲人们

也许不是忧愁
即使披着紫外线
即使梦里有愧意
仍然不能算忧愁
混乱，你好吗
请让我自己拧
请让我自己乱
当我遇上了跑道
黑夜里三三两两的
脚步声，谁在放风
时近时远的黑影子
绕着道基，秒针一样，哦
也可以用跑道来梳理内心？
用跑道找到丝丝暖流？
亲人啊
当我把跑道踏出月光
当我的跑道在月光里颤动
当颤抖的我和你似同一个人

刚把暖意紧握手心
跑道上
更大阵容的亲人们
牵来一座雪山

深鞠一躬

深圳诗友要来梅林
给我饯行，我下楼
屯梯门开，我进去，她朝我看
她端详我，我低下头
接着她也低下头
我把头低得很深
因为她美吗？还是严肃
她住在更高的一层
啊，陌生人，多么熟悉
而陌生才选择清高？
英俊的就要领教孤独﹐
而孤独从来都充满歧义
矛盾重重
她明显把我放在了心里
她把头发盘起
大脑更加沉甸甸
她感到日子要珍重
首先要宽大自己的丈夫
而我在低头下行
看着脚尖
何尝不是向她
深鞠一躬

王夫刚，诗人，1969年12月26日生于山东省五莲县，现居济南，《职工天地》杂志社文学编辑部主任。著有诗集《粥中的愤怒》《斯世同怀》、诗文集《落日条款》《愿诗歌与我们的灵魂朝夕相遇》等多部。中国作家协会会员，首都师范大学驻校诗人，山东省农业管理干部学院客座教授，山东省诗词学会新诗委员会主任。曾于1994—1995年和2010—2011年两度居京。感言：北漂一种以集体的残忍的方式安抚个我内心动荡的具体存在。

暴雨及其他（4首）

王夫刚

潘家园
——为1995年而作

凌乱的房间堆满书籍和未完成的油画
窗外是北京的春天。你的自行车
比你更熟悉街道办事处的情况
但是，1995年前后的问题并不在这里

"夜间我们喜欢灯火。"三环路上的车祸
没有影响广西大厦的成长；垃圾场
使都市愈加繁华；走出一千里的
山东方言，听上去越来越接近方言了

半块墙砖出现松动，脱落，长方形的
事件，渐渐露出背景复杂的脸
我们的舞台尚未搭建
向首都致敬，尚需假以时日

更为具体的夏天，更为严峻的初秋
焦灼的时光因为底气不足而一身疲惫
勉强的上升，突如其来的
坠落，转眼之间不复存在

……有过沉默，就如落叶的树木
交换上午和下午的时光；有过道别
连附近的居民也未曾察觉
有过意义，正在未来的驿站休息

可以肯定，潘家园之梦将持续到下一个世纪
楼宇、人群和塑料袋包装的天空
遥相呼应，一个面目皆非的时代创造秩序
而没有窗子的岩石对倾听了无兴趣

隐藏键

输掉了记忆的人，做出登高望远的样子
其实他只是一个弃儿，在台阶上
涂鸦：道路一灯如豆，时代哭笑不得

出售门票的牌坊和庸俗的喜气洋洋
相得益彰（都不是生活的敌人）；他修了一条
游客止步的松涛小径，但你是个例外

啊，电视塔上的霓虹灯仿佛捐躯的梦幻
玫瑰骄傲如衙内；数星星的情侣
乏善可陈，可没了他们谁为光阴出庭作证

他虚构了一座山，虚构了一个登山者
学着天气预报员的口吻写公开的
日记：今日暴雨（当然，反过来说也对）

坐下来谈谈吧——山巅也有力不从心的
时候；天空也有被怀抱收编的时候
青春，在低档上也有暂且疯狂的时候

他把爱的事物想象成图书馆的模样
你偶尔读诗，却做了诗人的家长
在招安的命运中建立着隐藏键一般的举义的奇迹

执行力

老苏说，你要改变形象，从发型开始
你要对衬衫表示由衷的不屑
（虽然它们都没有过错）
怀着这样的勇气：折磨一首诗直到面目皆非。

老苏说，你一个来自外省的农民

居然敢在城楼上大声说话
奋力吐痰，敢让街上的车辆为你减速
鸣笛，还有什么痛苦念念不忘？

老苏说，不在广场的冬青树下做爱
的确是个缺点，但有些缺点
可以暂且不计——冬天到了
春天蠢蠢欲动，雪莱只是一个短命的天才。

老苏说，地铁是奖品，乘坐地铁
是另一件奖品：入口即出口。你要改变形象
换发型，换衬衣，换女人
——当然，最后一条仅供参考。

暴雨及其他

街道能不能变成河流？答案是肯定的。
街道的河流上能不能收留钢铁和人的尸首？
答案仍然是肯定的。
洪水猛兽，洪水是我们见过的猛兽
怀着一颗相见后悔的心。
而暴雨并非苍天的玩笑高高在上。
据说气象台主动把预警降低了
一个等级，高速公路被淹没到四米以下的水中
像极了一个现实版的童话，或寓言。
雨后的城市依旧灯火辉煌。
除了公交车厢比以往显得宽松了许多。
电视台的主持人决定宴请150位救人的
农民工；市民们则赶到殡仪馆
跟一言难尽的丁志健告别——
这个大学毕业的年轻人，有一个三岁的女儿
死在打不开门的越野车中简直是
另类的奇迹：110，忙音；120，忙音
119，忙音……只有他的妻子
在疯狂地跑向广渠门桥。
只有立起来的积水耐心地洗着下水道。
到了最后，他试图用头撞碎车门玻璃
而他的妻子就在几米远的地方
大声喊着他的名字。

他活了 34 岁，但北京正在经历着 60 年一遇的
水患；他说的没错，人生没有彩排。
只是这一次的直播过于残忍。
7 月 21 日，暴雨大到心痛，大到死亡。
7 月 21 日之后，暴雨大到怀念，大到遗忘。

阿诺阿布，彝族。诗人。北漂时间 2010 年到 2012 年。

在小堡

阿诺阿布

在小堡
——致一个朋友

所有的声音都关在门外
所有的车都往一个方向开
酒还在杯里 所有的路
急促在二十五岁才合脚的高跟鞋
三百三十个红灯
三百三十次等待
在小堡 为的竟然只是刹那间的幸福
刹那间的幸福 在小堡
离去是一种美德 在比小堡
更加软弱的北京
按照零点零一分的承诺
我拒绝酒与美食的过渡
拒绝人前人后的衣冠楚楚
拒绝打开那本 今生今世
让许多人耿耿于怀的备忘录
缺德的司机 他不管这一套
缓缓停靠在我们相识之初

没有一张脸说爱 或者被爱
小堡的优点在于
走一步 近一步
走两步 近两步
回到零点零一分的北京
我难以忘怀
键盘带给手指的安慰
回到今天 在小堡
我难以认同
一切被命名为艺术

我已经不再年轻　对人行横道
有着经验的恐怖　酒瓶开启前的谨慎
三杯两盏之后的糊涂　斑马线
一如既往的虚无　在小堡
我没有想像过一生有多么漫长
我不关心所有的前途和名声
而在此之前　姑娘　我从来不是
雨大随雨　风大随风

整整一个秋天都粗制滥造
在小堡　我想起乌鸦起得
比谁都早　每一次翅膀收回
都是身不由己　铭心刻骨
在小堡　我一丝一毫地看见
少女弯下她没有招惹谁的腰
优雅如童年时代的休止符
鱼离开水　花瓣离开枝头
姑娘　我们近得只隔一条马路
近得曾经彼此懂得彼此的痛苦
近得谁也不会相信左手的咫尺
会沦落成右手的天涯
近得无数陌生人都看见
在小堡　站台　比世界大　比天空空

布非步，女诗人，传媒人，本名布独伊，曾经做过编辑记者。出生于1976年3月。河南南阳人。2007年2月—2015年2月漂在京城，供职于精品传媒集团和旅游卫视。现居广州。在南方报业集团工作。感言：在城市之心，不存在爱情，每个人都是孤身一人。

献辞（组诗）

布非步

献辞

1）献辞
（题茨维塔耶娃及《新年问候》）

……冷杉树枝伸进窗户，
这个冬月肯定有些不一样
带着来自塔露萨的书，
有人在疗养院痛失爱人
而所有的诗人都是犹太人
一张脸变成了另外一张脸
告别的手臂被撕裂
纯种的奥尔洛夫马在圣彼得堡
被黑夜骑行

每天关心两地书，每天关注天气预报的准确性
巴黎以远，猩红色的天鹅绒
鸟巢和树枝生活的小镇，
两个影子的纠缠，到底是天堂还是地狱？
玛丽娜，你蓝褐色的大眼睛
切切的愿望清单被刻上烙印
漂泊一生的最珍贵的馈赠
不是致俄耳甫斯的十四行诗，
终究所有的事物，无不是以决裂，以失去
为了死才爱上，并且爱下去的。

我和你一样，被爱依旧是一件
没有掌握的艺术，站在你对面
在斯摩棱斯克。新圣女修道院的栗子树
阴影下
与自己相遇，看着你，不说话。

2）岁末书简
写下这最后一叠诗历
打开你的每一本书：
荆衣布裙，引儿契女
在人间烟火里浆洗衣服；
再把每一扇蒙尘的窗户
全部打开，把阳光擦得明亮而轻薄
——啊，可爱的女巫
哪一个日子开过光，我就知道
该在哪里把你放下来

3）病中记
她必须把毒药全力含着。在虚空里
她华发早生
卑微的时光变成沙漏
一丝一丝褪尽红颜
怯懦之人穿着现实的铠甲
逃逸去了异乡
三分药七分是毒
这属性与她的爱情 相生相克
贪夜里，在唇齿间互相折磨
就算身体里有一千根针
她也不想说出具体的下落

4）冬至的虚空之书
太阳直射南回归线时
天空收拢起最后一对翅膀的阴影
就像朔风，藏起离离的枯草，藏起烈焰
在冻十里种植下稻草人以及
稻草人上流水一样的鸟鸣
想象中的阳春白雪
从这里出发
把春天的诗行 轰隆隆打开
这时，一只空鸟笼
让你想起
青鸟已经上路
虚空之中的色相
它关也关不住

苏忠，中国作协会员，中国散文学会会员，出版专著八部。1969年7月出生于福建连江，2002年来京，从事企业文化宣传工作，2015年开始往返福建北京两地。感言：鬓角的白发一路举起投降的旗帜！

在异乡（5首）

苏忠

在异乡

一叶青草　摇着一面月光
在风里万物举起白旗
草原苍茫　能捧着月色的
只有一湖水的温柔

一颗星光　囚着一颗心
也只有浩瀚夜空
能收拢这些浮沉的浪子
离家多年　才发觉异乡也是故乡

正午

想来落叶纷纷
也是路上的行人
我穿行其中
风吹过涌起的大地

陌生的荒凉的世界
我推门而入
孤独地穿越四季
叶子落了又长

那些滚滚的车流
那些蓬勃的新叶
他们来　他们去
我只携带生前身后的影子

所以阳光啊

我来到世间并不缘此
兴也好衰也罢
世界与我都是偶然一截

也正是因此
骄阳把影子推前搡后
而落叶不停地落入心中
一片一片的

在这正午
万物接近原形
我站在原地
看见了明亮的窗门

独荷

有摇摆
有遮掩
有奉迎　还有妥协
在这淤泥上
还必须开出花儿

已经不容易了
风雨里
从未曾屈膝
一朵寻常的荷
只是这样活着

禅箭录

时间是弓弦
人们只是箭
被命运往后扯
还以为是向前

倒着走的今生今世

有一天　光阴松手
回光返照的一生

来路纷纷苏醒
谁都正中靶心

鸟的故事
——芝诺、公孙龙、卢梭与禅

影子没有动
是飞鸟穿越四季
身后的山川河谷在退却
飞鸟也没有动

才拔箭就射下鸟儿
箭哪有动　只一瞬
千人仰首　箭的影子光羽片片
无边的浩大的光阴啊　不行不止

我也没有动
才出生上帝就把我的模子碎了
一路行来　是眼耳鼻舌身意在动
我一直没有动

李之平，女，1969年2月生于山西。9岁随家人迁居新疆伊犁。20世纪80年代末开始写诗。主要进行诗歌、评论、翻译和散文创作。主编《新世纪十五年优秀诗人巡展》系列（公众号和图书）。著有《色空书》（与蔡俊合著），诗集《敲打着楼下的铁皮屋顶》。1999—2005年在京。现于湖南、广东两地生活。感言：北京是个开放的多元的文化之都。让人在其间认识自己，也迷失自己。只有心智强大的人才能坚持漂下去并可能扎根。我属于放弃的或漂泊失败者，也可以说是认识了自己才离开？怎么说都有道理。那个经历必定给我人生增加一抹浓重色彩和重要记忆。也一定是我人生和写作资源的一部分。

回乡后骑车上路（5首）

李之平

安神

霜降后
跟着脚步悉悉索索
"把秋冬丈量完
便是新生了"

雪把北方大地铺盖好
我便来了南方
这里的树叶正寻找新归宿
夏天时蝉们密集蹲守
进行狂热合唱
此时踪影全无

可以抚摸到的阳光
让枝叶光影稀疏
鸟和虫子压着嗓子交谈
水池的影子许久不动

万物退远
只听见自己的呼吸
身体与周边一切同起伏

所有的操心远去
分散你，消耗你的债主退出了

你感到自己越来越轻
神识坐定
闭目含光

澄明的秋天

白云在上，树叶编织绵密地毯
它们呼应彼此的美意
这种抒情等了一年

在暖色调保养期
牛羊享受最后的安宁
为人类积蓄美食

西伯利亚桦树独自褪去身上白袍
等黄袍加冕在身
等朝拜的人敬献

十一月的风随时大作
会将身体刮个干净

在河边，我看到它们
庄重的仪式交替进行

在萧瑟的冬天到来前
用身体本来的样子
仰望到久别的天空

辞别

多少年后
母亲仍要在我离开后
难过，落泪

所以我不敢
多跟母亲在一起
甚至不愿对爱人太好

我怕窥视着我们的幽灵

哪天嫉妒心发作
随时将至爱掳去

更多的告别
发生在陌生人之间
火车或高铁上
我们一路欢谈
分别时刻
道着再也不会见的再见

另一拨人上车
忘记之前与邻座在一起的欢悦

送别啊送别
留下不能分别的
必然会超越恐惧
生死共存了

回乡后骑车上路

故居仍在远处
与道路一样
变化的是表面

每次骑车
左右环顾
扫射迎面而来的脸——

这个是小时候常见的阿姨
已经成老太太了
那位是高我几届的
中学或小学校友
如今也成大妈大叔

我始终在留心一些
当年的"熟人"

可我看不到闺蜜的父亲了
他已去世多年

那时他常骑车从对面过
每回都要下车打招呼
媛媛一家早回江苏
那时我天天放学后到她家看书

随处是陌生的面孔
那些新生代是这个世界的主人

别人的城市
繁生更远的距离

父亲坐过的大门一角

在伊犁的家
每次经过大门，仍会往东南角望一眼
父亲似乎还在那里打盹
风不声不响
他爱穿的宝蓝色衬衫无声鼓胀

阳光晒着他闭着的眼和干枯的面颊
四周那么安静
并不担心死神将要来临

车祸后四年，
他只能在外面坐着打盹
关联世界的气息
身体的阳气呈递增式减少

最后那一年，便不能出门了
我远在南方，预感他的大限将来
最终在父亲离世前两天
见到了神思昏迷的他

他晓得最后一个亲人回来了
也不再叫喊他那些死去的亲人
仍接受母亲和我们喂饭喂水喂药
他不说出，一切都没有用了

那天早晨，几口牛奶泡馍

反复嚼了几口不再下咽
母亲从他嘴里拿出

时辰到了，擦洗身子
穿衣服吧
所有人眼泪啪啦啪啦滚下来
哽咽着送他
送他应该抵达的安宁和幸福

刘不伟，本名刘伟。1969 年生，辽宁鞍山人，祖籍辽宁辽阳。诗人、影视编导。现居呼和浩特，供职于作家网，编辑、撰稿人。1993 年 9 月 23 日来京，1999 年 10 月离京去往内蒙古呼和浩特、浙江绍兴、山东临沂等地经商数年。2004 年 3 月回京，2016 年 3 月 31 日离京去往呼和浩特。

拆那（2 首）

刘不伟

拆那·刘春天

刘春天
我亲爱的女儿
来亲一个

爸爸一离开呼和浩特
你就嘟嘟想爸爸想爸爸
鼻子也想
眼睛也想
耳朵也想
肚肚里也想

宝
虽然妈妈手机里有爸爸
你也不能总用舌头去舔呀
吧唧吧唧的
真有那么好吃吗
都舔坏三个手机了
这样子当然不好了
有辐射
辐射就是大老虎咬你的小脚趾头

是呀
爸爸也想你
可想可想了

如果
如果你像安妮卡公主一样

骑上长翅膀的飞马
飞呀飞
那你就一眼就能看到了

在北京
德胜门
55 路公交车上
爸爸正低着头
是是
低着大头
看着手机里的你
傻乐

拆那·有夕阳的林荫道

又是黄昏时分
五点钟左右
八角南路
我牵着我自己遛了一圈

晚报
北京晚报

陶醉，1977年生于江苏常熟，1998年底到北京。发起并策划"尚湖音乐节""江阴民谣诗歌节""望江南－风景常熟绘画展""诗·乐现场"项目并编著《诗·乐现场》等。江阴民谣诗歌节组委会成员，九灵犀书画院常务副院长，虞山当代美术馆副馆长。作品被国内外诸多机构和个人收藏。2000年离京。现工作、生活于常熟。感言：和所有处于青春萌动的人一样，心怀远方，渴望遥远又陌生的事物。北京，为我打开了这道门。

长江图

陶醉

在晨曦瑟瑟发抖的柳枝上醒来
再没有比一册线装图册更适合发凉的掌心
油墨黑漆古般的光点进惺忪的眼瞳
烟岚高旷，风吹过
雾霭呛了一口湖水，咳出
虞山，一里，两里……
咳出焦尾……五弦，六弦，七弦
依次
咳出崖
咳出洞
咳出林
咳出泉
然后
咳出批麻皴
咳出牛毛皴
咳出解索皴
咳出折带皴
咳出一个浅绛的江南
咳出一个青绿的江南
最后
咳出长江东流
咳出长江东流
哦
亘古一曲
清风飒然来①

①引清·陶澍（1778-1893）《虞山拜言子墓句》。

七月友小虎，真名李源，1986年生于广西贺州，系世界汉诗协会会员、广西作家协会会员，诗歌多发于网络，少量散见民刊，已出版长篇小说《酸甜果》，诗集《时光隧道》《我的北漂我的诗》《诗之帝国》。2006年自考于北京师范大学，2008年结业，先后暂住于旧宫和正白旗，在北大未名湖卖过诗，2011年7月离京返乡，现居广西贺州。感言：北漂是流进我血液深处的挽歌，即便离去，心仍在为之跳动。因为那才是我活着的意义和象征！

内心藏着一场大雨（3首）

七月友小虎

内心藏着一场大雨

不知是什么时候起
似乎它早就蓄谋在那，只是
一直藏着，藏着
我只知道
我易激动，总有发泄不完的东西
也易兴易奋易怒
甚至想大哭一场
因此，我只能选择写诗
不停写
写不停——这场雨
能下多久
究竟还能下多大，有时
我真想拿疲惫
来形容
而更多的时候，我乐此不疲
享受其中

青湾河

河水浑黄，是在一场雨后
河水上涨也是
在一场雨后

一场雨后的雨再也找不回童年的痕迹

只有迷雾横生

傍晚，春天变得那么薄
一不小心
就有可能坠入深渊

所以，我只有尽量的
慎之又慎
每踩下一步，怕踩死蚂蚁一样
踩垮河堤，踩到
青湾河的软肋

从签名说起

在这夜签出我的名比黑夜更黑
没有灯光
看不到我的眼睛
看不到表情，我的名字
你不知道
他藏着的眼泪
时刻想着结束生命
想到海子
会哭（那不会再有的
声音）
向日葵，也不会因为遥远的
梵高
再次复活
对我笑的，始终
是冷漠
在这个秋天
对诗的冷漠，就请你
不要想起
落叶里有美
因为你
不再需要。加上
我的签名
会让这时代更是白纸
一张

蒋立波，1967 年 7 月出生于浙江嵊州。曾与友人先后创办《麦粒》《星期三》《白鸟诗报》《越界》《达夫弄壹号》等民刊。著有诗集《折叠的月亮》《辅音钥匙》。主编《越界与临在——江南新汉语诗歌 12 家》。现居杭州富阳，为报纸编辑。感言：曾于 1993 年到北京漂泊。至今还记得北顶村大片的麦地、扑面的风沙、屋顶上麇集的苍蝇和一弯新月。这一年的漂泊让我明白，我的一生都将走在还乡的路上，为着那个永远失去的故乡。

许多诗只剩下了一个个标题（5 首）

蒋立波

许多诗只剩下了一个个标题

在我的电脑里，许多诗只剩下了一个个标题，
像砍下的头颅四处寻找各自的身体。
但它们并不准备成立政党，
也不打算加入天鹅的流亡政府。
只有酒杯里的人称，和堤坝上的政治，
在虚无的惩罚下互相置换。

……而惩罚是否相当于乘法？当一场雪
乘以另一场雪，盐库的崩溃
正在词语的内部发生；
当一次告别乘以另一次告别，
中年的杜甫，正被深秋的寒霜所总结。

记一次乡间出殡祷告仪式

他的肉身已经烧成了灰，生平
被一种最简洁的方式所缩写，他的灵魂已经
"睡主怀中"。在女传道人高亢的
声调里，亲人们的哭泣被压低
鸡在天井里悠闲地觅食，几个孩子在互相追逐
电线上的两只燕子倒像是最专心的听众
似乎只有它们懂得那只黄铜盒子里
灰烬的缄默：一种向内收缩的宗教
也像是乐谱里熟睡的两个音符
介于召唤和抗拒之间
等待一首赞美诗将它们叫醒

这中间有几秒钟的停顿，像福音降临之前的空白
将罪人的忏悔逼向瓦片里收藏的火焰
午后一点的阳光泼洒下来。鸡冠花
在集结最后的阴影
那一刻，时钟的舌头变得柔软
尘土覆盖的生平得到祝福
"在一个更美的家乡，泪水是甜的"

为一叶废弃的桨橹而作

有人带回野花的项链，以便
奇数的灵魂向沉睡的田野求偶；
有人怀抱枯槁的船木，一如抱回失传的琴，
那年迈的波浪仍在上面弹奏着童年，
练习与悲伤对称的技艺；
有人捡到一把手枪，可疑的准星像发烫的下午，
只对准自己：锈迹、尘埃和永远贫穷的光线。
而我觅得一叶桨橹，仿佛时间的片段，
一碎再碎，却分明还保存着水草的信任；
在江边的乱草丛，它和野鸭的窠巢、死去的鸽子为伍。
它分明还在划动，像一片翅膀，生出
另一片翅膀。我们身体里的水，在喧响中回答
那卷刃的记忆，为何神秘地向着
一本幽暗的航行日志弯曲？
我久久迷惑于那被历史省略的道歉，
搁浅的船舶，却还在乱石和淤泥中运送
国家猩红的铁，和源源不断的
——遗忘的肥料。

蝉衣

从药柜里拉出一个发烫的下午。医学答辩
在白云深处开始，但不会有结束。
蝉鸣声煮沸的医学院，
用浓稠的汁液
灌溉枝繁叶茂的梧桐，一种
蓬勃生长的疾病。

那一刻，从伦理的抽屉，

拉出帝国分配的一车皮蝉衣。
但呐喊始终未被听见，一个低回声团块
始终沉默。这是否意味着
一只聋掉的耳朵，需要一块黄铜灼热的担保？

似乎它还能振动翅翼，像一次测试；
还能与一个陌生的"他者"
相遇，交谈，并且构成对自身的辩驳。
但囚徒已经逃脱，只留下一件
不编码的囚衣。
一只废弃的药箱。

胸部背面：十字形的裂片
还在向内卷曲。
还在等待一段嘹亮的主祷文。

那一刻，烈焰置换为文火。
密闭的瓦罐里，抛向高处的草药，
重新回到底部，像春天的雷霆从屋顶滑落。
那传说中的苦杯，等待我啜饮。
那浓稠的黑暗，等待我咽下。

注：蝉衣，又名蝉蜕，中药名。其全形似蝉而中空，稍弯曲。长约100px，宽约50px。
表面黄棕色，半透明，有光泽。

与空旷相配

圆润的鸟鸣声，像一颗颗透明的水珠
在一个看不见的海洋里撞来撞去
对于奥秘无边的认知，让这些尖喙下的音符
无意中遵从陌生句点的神秘法则
一种与空旷相配的美，将一根根树干
弹奏成古老的竖琴

我仰起头，试图一一辨认
那些浓雾里隐藏的色彩斑斓的羽毛
我看到的却是天空，安静如墓园
将丧失已久的声音归还

我相信，这里的每一只鸟
都有一件神性的乐器
对于它们，仿佛存在一架从未造出的钢琴
一座韵律的玛瑙馆，以便让瞬间的寂静
给幽深的山谷送去一个低音的悬崖

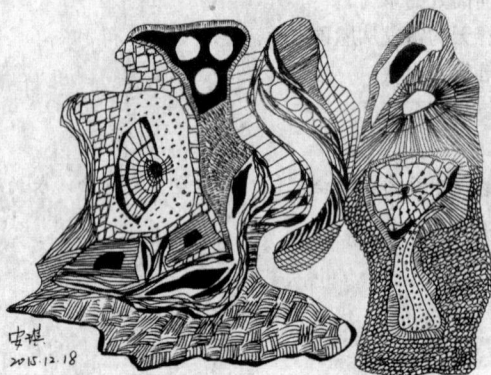

广子,本名郭广泉,1970年5月出生于内蒙古鄂尔多斯。主要写作诗歌、随笔,出版诗集《往事书》等。2005年—2012年旅居北京,先后住在石景山、劲松、和平里、马甸、宋家庄等地。现为自由职业者。感言:北京对我来说就是另一个呼和浩特或鄂尔多斯。

一生（5首）

广子

住在石景山

风吹落一片又一片树叶
石景山的天凉了。北京如此大
像一个胖子,充满亲和力
而我临时住在这里
辅以外省人的热情
白天萎靡,夜晚亢奋
和京腔保持着谨慎的距离
和首都永远隔着一张笑脸
开往长安街的公交车
随时发出;卑微的地铁
直通祖国的心脏。擦肩而过
我看到那些矮小的身影
像蝼蚁一样汹涌
作为时光的易耗品
我不知道他们是否感到
尘世熙攘不止,青春不堪一击
石景山一带风光还算秀丽
公园敞开了生活
广场遮蔽了时代

我为什么不默哀
——写在5·12汶川地震一周年

此刻。我宁愿接受你们的指责
让你们成为道德的。也绝不允许自己默哀

我不默哀。不是因为不哀
而是我不能沉默。又发不出你们期待的那种声音

我当然不会忘记那些岩石的低泣
伤疤犹存。生活也还没有历久弥新

在祖国疼痛的部位。孩子们成为
回忆的镇痛剂。是他们的眼神和笑脸

安抚了苍老的家园。教会了我们成长
我不默哀。是怕我轻薄的哀伤辜负了这种教育

我不默哀。是因为阴霾过后
混账的乌云和雷暴并没有得到清算

我的眼泪还可以忍住？在报纸上
或者电视机前，我的坏脾气还没有改善

不想去触及那个带三点水的
我一直读半边音的字眼。我不默哀——是因为

我知道，即使我的头颅垂得再低
也不能抬高那些亡灵的尊严

一生

晨曦中，他写到晨曦
世界的裂缝越来越大

长夜里，他写到长夜
稍不留神就被孤独吓了一跳

恋爱时，他写到爱人
紧挨着心跳的地方是乳房
他无法区别对待

旅途上，他写到旅途
苍山悲白雪，慈水挽清颜

梦境，哦，只是在梦境
他不能写下

除了那只爱跳舞的蝴蝶

此刻，他写到此刻
春光溅到脸上
春光啊多么性感

礼物

（祭南岳忠烈祠）

你说，忠烈祠是一个词吗
戴安澜是一个词吗？再大声点儿
你能说，野人山是一个词吗
同古是一个词吗？借给你一万吨梦话
你敢说，仁安羌是一个词吗
就算你糊涂，你就可以说
缅甸是一个词吗？山顶上的白雪
是一个词吗？比白雪更白的
骨头是一个词吗？就算翻书比翻山
更容易，你能坦然的说
历史是一个词吗？忠烈祠
真的是南岳的一个词吗
好吧，电视剧的确很好看
你坐在沙发上就能断定
远征军是一个词吗？敌人是一个
词吗？二十万是一个词吗
那么你已经在心里插满了蜡烛
就有权利悲壮的说，鲜血
是一个词吗？死亡是一个词吗
即使撤退到和平的语境里
枪是一个词，子弹是
一个词，刺刀是一个词
你能说出，屠杀是多残酷的
一个词，瘟疫是多恐怖的一个词
七十一年是多久的一个词
九百九十公里是多远的一个词
战争到底是什么样的一个词
祖国是何种颜色的一个词
如果你一定要逼着死人说话
烈士你说，死都死了

为什么骨头还要化成灰站起来
走那么久，那么多冤枉路——回来
你说，回来是一个词吗

礼物

（生日，与母书）

对不起，我忘记了今天
是哪一天？北京在下雨
内蒙古在煮饺子。这是晚餐时分
手机已经发烫，如果换成座机
牵挂或许会凉爽一点。好在这么说
母亲不会认为她的儿子头脑也在发热
母亲还不算太老，她牢记这一天
并非因为她的身体里有一台
疼痛的发动机，我猜测是由于她
储存了一颗不该发芽的肉刺
如此推断，我们就会明白
记忆的化石为什么总是钉子的形状
一锤一锤，把母亲钉在了年迈的墙上
这实在是荒唐，又有些难为情
我们的初衷是要把母亲钉在泪水里
天然的盐分，原本为衰老所青睐的消毒剂
最不济也是与青春结伴的晶体
但母亲显然不了解天马行空的儿子
早已是磨钝的钉子，除了母亲
这把生锈的锤子，没有谁能够把它砸进
悲伤的缝隙。可怕的是一种过渡
比如这个傍晚，明知是错觉
我还是坚持把不存在的电话线
当成一条手感更细腻的脐带
母亲在内蒙古煮饺子，我在北京的
屋檐下想：需要多么沸腾的雨
才能煮熟一只漂泊的饺子

魏克，男，安徽省肥东县人，70后代表诗人，作家，纪录片微电影编导，职业漫画家，《青年文摘》特约插图画家。1997年毕业于中央戏剧学院戏剧文学系，编剧专业。曾做过杂志编辑。2005-2011年在京。现居贵州。感言：北漂对我们来说更多是一个寻找机会和实现自身价值的过程。这其中有失望，有艰难，有欢乐。但更多是梦想燃烧在心中的那份让人激动的隐秘火焰。

一块不朽的地方（外4首）

魏克

一块不朽的地方

故乡要有一块不朽的地方
即使死去千年的人回去
也能见到往日景象

记忆里要有一块不朽的地方
无论度过多少悲苦岁月
唯有那里依旧温暖
仿佛逝去的人生还依然安好

屋子里要有一块不朽的地方
可以供你趴在那里阅读一本永恒之书
直至你的骨骼上也写满了文字
直至你的头颅广如大地

肉体里要有一块不朽的地方
只要你愿意坐在里面打磨
总能打磨出一块属于自己的石头

这世界上要有一块不朽的地方
像是蔚蓝色的天堂高高悬挂在大地之上
悬挂在我们都能
仰头看到的地方

大地上的椅子

我希望大地上布满了椅子
葵花般盛开的椅子

这个世界上充满了疲惫的生命
他们需要一个安坐的地方
我希望大地上的椅子手掌般盛开
希望无论走到哪里都像是回到了家里一样
都能随时坐下来拍掉身上的尘土
也拍打掉内心里
那巨大的疲惫

我希望大地上布满了不朽的椅子
无论过了多少年椅子都不变
都还在原处

我希望大地上盛开着无数张椅子
你一坐在那里便风停雨歇　万物宁静
无论风雪多么凛冽
你所安坐的椅子都温暖如火
你的内心也都平静如水

这个世界上有太多悲苦的人
有太多注定无法停止跋涉的人
他们都需要一张能消解他们人生疲惫的椅子
需要一张能将我们从波涛汹涌的大地上
高高举起的椅子

我希望大地上布满了不朽的椅子
希望大地无论经过多么剧烈的变迁
唯有椅子下的那一小块土地
永远不变

希望这些不朽的椅子上
坐满了永远也不会死去的人

风太大

风太大
我伸出窗外的手
立即被轻烟般吹散
我探出门外的头

立即被轻烟般吹散

整个世界空空荡荡
只有无数衣衫在大风中扭曲变幻
如沉沉暮色下的烟团

渐次远去的云层如空中浮桥
只有我寄居的小屋病床般温暖
旷野上高耸的柱石如砸进大地里的钉子
只有我栖居的草屋依旧风雨飘摇

风太大
把我的灵魂刮跑了
把世界的棱角也刮掉了
大地那么光滑
每一条弧线都被打磨得闪闪发光
我看见在这光滑的大地上
一切都流逝得比以前快了
一切都在变得寂静
仿佛滑向了另一个世界

我看见这光滑的大地
犹如一个巨大的漩涡

风太大
我缩回窗内的手
很长时间才慢慢聚拢
我缩回门内的头颅
却再也无法恢复原状

坐在椅子上　多么安宁

坐在椅子上　多么安宁
比一座空寂已久的院子还要安宁
比傍晚走在旷野上的一片林地还要安宁

坐在椅子上　万念俱寂
连自己的手指也变得遥远而透明
内心里

只有往日生活蓄积下来的忧伤
甚至 连岁月啃噬自己的沙沙声也听不见了
这多么安宁

坐在椅子上 内心忧伤
旷远而疼痛
想象着飞沙走石的故园早已空无一物
只有往日的声音 还在那里回响
这多么安宁

坐在椅子上 轻轻的
什么也没有 像是被挖空了
像是在一场隐匿的洪流中失踪了
就连椅子也空荡荡的
这多么安宁

坐在椅子上
什么都没有了
只有忧伤
这多么安宁

远方　那一小块地方

我无数次地怀想着
远方那一小块地方

那里有一片阴郁的原野
它的每寸土地都在轻微地波动
它的每寸土地都在缓慢地迁徙
几株伸入高空的石化巨木黑魆魆的
像是史前沉船
增加了整个天空的重量

天空那么阴
仿佛一种末日 但更耐磨
久远的时光使天地间
充满了粘力
那唯一的河笔直地伸向远方
它波影全无

它那么白　那么白
白得像是一种灯光

我无数次地怀想着
远方那一小块地方
它空荡荡地漂浮在一片空寂之中已经很久
那里没有声音　也没有生命
只有一些雾气在缓慢漂浮
像是一场不死的梦

我无数次地怀想着
自己终有一天
叫喊着冲向它时的情景

郎启波，男，1979年10月出生于云南昭通。6岁开始写诗，1994年开始发表。策划电影有《老那》《向北方》，纪录片《诗行天下》等；文学作品见各种报刊及选本。分别于2004—2006年、2009—2016年两度北漂。《审视诗刊》同仁。现在杭州。感言：北漂只是生命中的一小段经历，波澜不惊而又刻骨铭心。

陌生人（外4首）

郎启波

陌生人

从云南来的人，带着潮湿的
泥土气，径直闯入
拆迁中的北京平房

南方夏天孩子般说变就变
北方空气带着干燥的静电

冰镇啤酒可解暑
或——
带来片刻眩晕
语言的杂交
从这时开始了

他的厚镜片里躲着鬼马灵精
他温文尔雅如白面书生
他手握拳头似江湖侠客
他随时念念有词仿佛在诵经

她做得一手家乡的好菜

他们——
聚。散。擦肩而过
从各地奔赴而来的人
拥挤在各种器皿里

你好，陌生人！

我记得那年秋天吹过的风

迎面而来的树叶
大片大片地，舞动
从头顶到地面的距离
已是一出完整的剧目
这看不见的利刃
从石头里削出砂砾
送魂的哭腔，纸钱
与飞舞的树叶厮缠
在一起。亲人的亡灵
与尘世做最后的道别
那年秋天的风
将冬天撕开了一个缺口
凛冽便纷至沓来。

像树一样的人

我站着，是一棵树
我们站着，是列队的树群
我们汇集在一起成了森林
躺下，我是被砍伐的树
我们被堆放整齐，然后
进入工厂，各种工厂
进入生活的各种细节。
我站着，是被移植的树
是出生地到异乡的漂泊者
需及时克服水土不服
与他乡的漂泊者们为伍
我们始终站着，偶尔小憩
梦里不知有多少花开花落
我们醒来，吐纳氧气
我们睡着，砍伐继续
我们行走成熙攘的人群
我们奔跑着消失在人海。

天凉了

天凉了
我曾在不同秋天
送别过不同的亲人

不久后
这一切都将
被一场大雪覆盖
直到再长出浅浅的绿。

想念一个人

雾霾将一切撕碎
又将这一切愈合成
你陌生的样子。

我端坐在黑夜中，
直到将自己变成黑夜。

阿翔，本名虞晓翔，生于 1970 年，安徽当涂人。著有《少年诗》《一切流逝完好如初》《一首诗的战栗》等诗集。2005 年深秋来京，开始北漂生涯，曾辗转于石景山、通州、良乡、朝阳和大兴。2007 年 7 月离京。现居深圳。

离别辞（5 首）

阿翔

读一首诗心情压抑，目光越过窗棱，屋顶，一两根羽毛轻轻掉落

别动，我用一首诗比喻一只懒散的猫。
现在，它多出柔软的皮毛。

这是黄昏，水杯尚有余温，我容忍不了一首诗的粘乎乎的液体。
实在厌烦了
实在进行不下去了，余下的时间，我干脆让它
蜷缩在房间一角，它多出饥饿
还多出牙齿。

如果我愿意，它们另外会在那里，它们开始呼吸，耳语，在尝试
它们的翅膀
飞过下水道
然后彻底消失。

在星期天，我仅仅看到外面的一两根羽毛轻轻掉落
首先是黑的。
因此在屋顶上漂落时变得缓慢。

2006 年 11 月 22 日：低音

以至于今天，蒙你所赠，我现在的状态，应该叫远方，一直延伸过去
那些沉睡的人，在下边发生的事情毫不知情
黑暗中
支楞着耳朵，孤独尘嚣四起
不能言说。

要不了多久黎明将渐渐开启，之后是钟声，隐隐约约
在和平里

不喝酒
不奢侈
不宽衣解带
沿阶梯而上，头顶着一滴雨水，芭蕉枝叶繁多。

苦的舌头，那无边的潮湿，"我最怀念的，最终要消逝。"
在紫禁城
等待一道闪电
等待鸡叫第三遍，我不姓虞，不称阿翔
我是传说中的另一个死人，蒙你所赠，三十多年前无以寄怀。

经不住些微的敲打；有一阵子无处可去，如果你称之为沮丧，就像叶子静静掉落
那些人照样去跟女人鬼混
他们来来往往
又不断消失
有点晕，我走到屋顶的边缘
有些花在融化，一侧的乳房鼓了起来，伸出笨拙的手，何其微弱
天风已吹到远方。

怀旧

说出来就后悔了，事先没有征兆，前面隔着街道口
她的嘴唇流着光
我有时略显冲动，仿佛要接触。
那些昨天的，漆黑的，消逝的，隐隐约约的
这容易让我想起天气
而天气比我想象的更为明亮
就像我现在蹲在这里
看公交车走走停停，看很多人上上下下
看早晨十点的太阳
她出来时无声无息，不期然转过头
树掉尽了它们的叶子
腐败的气味
一直在周围久久不散。在生活以外
记不起我想说的话，说出来我就后悔了，我承认
我曾经隐瞒了我的身份。

即兴诗

河岸上都是茂密的，眼前的开阔地
无美可言
风吹芦苇花，仍有些逼眼。原谅她们的肥胖
她们随春色而行，嘴里嚼着草叶
在此之前
草丛里的兔子慢慢睁开眼睛
比原先陷得更深了，"早上好，早上好！"
持弓的人已不知去向。一层薄薄的烟雾，有些突然
把声音压的更低一点，会有更多的
马群出现。
眺望，窗口里的两片叶子，屏住呼吸，门敞开着
半明半暗，一些事情，忽远，忽近
她们在林中起舞
她们其中一个衣服还未干透。风一直向南吹
直到春天过去，秋天到来。

离别辞

一开始不可能遍地黄金
不会绕道太远。
树木葱茏，正在春天生长
叶上的露水，它们背上细小的房间里，她一直在做梦
悬在半空。
她的头发被风拉紧，跌进一个声音，它张开布袋
然后我们听到了寂静
变得更轻，仿佛有鸟掠过。
闲人无语
这会儿，向她认错，这需要耗费大量的精力
她的亲人出走天涯
再见！世界在她那边，而远处的水潭
浮起白羽毛
孩子迈着小步带出一串水花。

李圆圆，网名"元气少女"，女，湖南省祁阳县人，2005年3月出生于北京。从出生至九岁前，跟随妈妈及外婆在北京生活、学习，2014年9月转学回到老家，每年寒暑假都到北京陪妈妈，现就读于湖南省衡阳市英发实验小学六年级三班，曾多次评为"三好学生""优秀班干部"。

北漂的童年

李圆圆

北漂的童年

我坐在六年级三班教室里
抓头挠耳写命题作文童年
那个学龄前懵懵懂懂的我
从大人絮絮叨叨的家常话里
像悟空从石缝里蹦到我面前

妈妈怀上我就北漂打工
外婆城中村亲手接我到人间
妈妈帮我取名叫圆圆
寄托母亲对女儿美好的祝愿

当太阳掀开被子的时候
妈妈已经上班
外婆帮我穿衣衫

当月亮爬进窗户的时候
妈妈还在加班
外婆摇我进梦乡

当我学会走路的时候
外婆用绳子拴在我的腰上
像遛狗一样牵着我
走街串巷去捡破烂

我常常盯着喝饮料的小朋友
他们的空瓶子就是我的硕果
我常常恳求发传单的大姐姐

她们的广告纸就是我的收获
我常常比别人眼睛尖跑得快
挣脱拴我的绳索抢到废纸盒

外婆夸我是孙猴子
捡的破烂比她的还要多得多
我说外婆是猪八戒
背麻袋像背媳妇双脚打哆嗦

外婆捡破烂
我在捡欢乐
生活不是诗
外婆牵着我的童年
过成了甜甜的诗歌
诗意童年躲进我的作文
不知道老师通不通得过

后记：上学前，我跟着外婆陪妈妈在北京打工。九岁多的时候，我才回到老家上学。从大人们的谈话中，我依稀记得童年的趣事，那走街串巷的童年经历是我一生的精神财富。我的理想是考上北京大学，希望北京不再有城中村，让每个孩子都有个幸福快乐的童年。外婆双脚有点残疾，走路不太方便，她怕我乱跑撞车或丢失了，故用绳子牵着我。

天岚，本名刘秀峰。河北宣化人。中国作协会员、河北文学院签约作家。出版诗集《纸上虚言》《霜降尘世》《浮世记》。曾任媒体工作与企业管理。2006年至2015年北漂，现居石家庄。感言：北漂，已成为一代人的精神烙印。

一位迷途诗人的心咒（外5首）

天岚

一位迷途诗人的心咒

说什么远方，一辆接一辆的摆渡车擦身而过
说什么腾达，不过是不断收放的起落架
说什么故乡，耶路撒冷的哭墙上长出了苔斑
哪里才是归途，我没问，赶路的头陀也没说

十二月的北京

墙角的水沸着，窗外的风也沸着
十二月的北京，我成为一名负罪之囚

十二月的北京，我刚好经历过十个
十座无墙之城轮番放逐一个年轻人

十二月的北京，滴水成冰
谁把故土吐成孤独，又把孤独吞为故土

一场初雪刚刚清洗了天空
银杏树一夜间卸下金黄的旌羽

一个听风者为何逆风击鼓
他放出千军万马，他背负罪名中的罪名

隐秘的清凉

闭上眼，路依然在移动，我依然在路上
闭上眼，仿佛前世依然活着，前途依然未卜
你困惑一生，但终将明白

星月下那些白骨活法万千却终是走上了绝路
你终将明白，歧途之歧恰是命运之道
我们终将停下来，星月下坐享火中取栗的清凉

霾行天上，罪行天下

这是罪，雾霾裹挟鹰的翅膀，鹰的眼睛
淤塞麻雀的肺，婴儿的肺
这是罪，当太阳每日死于自己的难产
雾霾在天上运行，如同罪在大地上运行

坏账之身

云海里有雪，群山里藏风
飞机不断翻转着翅膀，寻找着陆的跑道
而我的路还长，任何迫降也不能把我安放
亲人远隔千里，未赎之罪已成坏账
我如自己胸中的一口霾，不能被自己吐露

祭月

心经、圣经、诗经，皆不度一颗俗我之心
人间青烟幂浮，弦月虚空独坐，聚精会神

陈波来，男，原籍贵州，1987年底迁居海南；2008年3月至9月短暂飘留北京。诗作散见《诗刊》等境内外百余种报刊，出版有诗集，2014年起开始重习写作并发表作品，近作入选多种年度或专辑选本；参加第十六届全国散文诗笔会、第二届中国网络诗人高研班；现为执业律师，海南省作协理事。感言：北京只是他乡；北京之外，几不知何处故乡。

中年诗（5首）

陈波来

落叶

我只说没有落下的枯叶
还在枝头，牵挂流水与赶路的脚步
只要还在枝头，秋天就没完

就不会让一个人，踩着越来越松散的云朵
走得越来越冷，越来越远
把旧山河弄得生硬地响，像撕裂

或者，我只说没有变得枯瘦的树叶
春风濯洗的器皿，从中不顾一切地舒展
闪亮又柔韧。一个人在青青阡陌中上路

远走的人在异乡的街巷一夜白头
枯叶最后孤单地抱紧自己，要从枝头落下
落叶的事，我不说了。归泥土说

真诚

你不用敲打我
不用说出第二句话，甚至
第二个词。秋天依然藏着锋利
我的沉默无以细说
像我的国家
我已经饱经沧桑
因此你不用……哪怕一点暗示
像磷在空气中一样
把我点燃。事实上

我沉默的身心已充满鼓点
我的泪水随时夺眶而出

芸娘
（又读《浮生六记》）

一碗粥，藏于闺阁。你把它吹冷
需要它不冷不热地
填一个书生晚来的饥饿，不止是他的饥饿

然后竟学吟诗，在一本偶见于箱匣的《西厢记》里
吁叹过，你连声称谢
因为披身而来的一件暖衣
因为一种温暖，你说出
所有他想写的诗

又一碗粥，为五声鼓响所暖
曾经聚来的，因此也可以散去
因此天明，那被泪眼终于看清楚了的
只有一更的生，其余
都是死别

啊芸娘！你最后说着来世
啊他个沈三白！不，他个陈波来

日月湾

总算走完陆地，搁下一生
坎坷不平的经历。海迎上来，献出
最纯净的蓝，顺滑接天

歇一歇如何？歇一歇就用去半生不惑
礁石一些左，一些右
像醒着的，菩萨濯着水

还有什么挂碍于心，远游者
那日渐沙化而塌陷的岸，那岸上
撑开扇而终未飞去的椰子树

歇一歇如何？陆地
一寸寸沉没；海与天，一点点升起
海浪不绝于耳，像抚慰之辞

你不答，也无视雀跃尖叫的红男绿女。
像沙粒回到沙滩，像水成了海

中年诗

人到中年，我得想想，在一块石头上停下来
与另一个行色匆匆的我把手言欢
一如多年前我能想象的场景。我得感恩！至少
另一个我带我走过水幻里重重的山野和街衢
带我停在一块石头上——坚硬的、尘土里的骨头
然后带走我全部的苦难
环佩有声，渐行渐远

然后，我在石头上掂量血肉之轻
直到石头说话，说出
属于暮日与秋天的无所谓的疼

杨晓茅，1961 年 10 月生，江西南昌人。2001 年在京任中视文化影视公司出版部主任。江西省作家协会会员，江西省杂文学会理事，《诗江西》编委，《江西画》报社策划部主任。

感言：生命中有一段北漂的经历，这辈子不会后悔。

一日实景

杨晓茅

爱人。在厨房炒菜
调味料理一日三餐

儿子。在卧室操弄电脑
平面设计：未来婚房、美女拼图

吾。在客厅葛优瘫
欣赏电视 接受碎片化信息

生活。有条不紊
一日实景 每天这样重复出现

我不需要这般光景 一成不变
偶尔移步换景 也能斩获好心情

程一身，本名肖学周，1971 年 5 月生于河南省兰考县肖桥村。教师。著有诗集《北大十四行》，专著《为新诗赋形》，译作《白鹭》。2001 至 2004 年，2013 至 2014 年两度在京。

感言：在北京时，我只能飘浮在它表面；离开北京后，我发现已被它划伤了肌肤。

我来到北京（外 3 首）

程一身

我来到北京

我来到北京汇入陌生的人流
身边走着刚下飞机和高铁的人
已经变成市民的人和农民工
只携带着金钱和欲望的男人女人
心怀梦想的人遍体鳞伤的人
无论活着还是死去都被忽略的人
厌倦尘世又不肯自杀的人
现在活着下一秒就会死掉的人
我来到人间看到这么多陌生的同类

重返未名湖

我来安慰十年前的自己
就像柳梢上的落日看望
摇荡在水波上的落日

那时我渴望爱，试图摆脱
孤独，如今我安于孤独
接受命运所有无爱的日子

那些古铜色的湖畔长椅
被湖光和观光客磨得发亮
它们无须毕业，像厨师

可以持续留在校园里
未名湖，偌大北京城
只有你容我随意探访告别

不惑之年的自画像

落日不盲目
沿既定轨道下沉

晚风把我吹成一片叶
无枝可依，大地

收留我，供我漂泊
不寄希望于任何人

二重奏：栅栏与灌木丛

走在栅栏的影子里，
栅栏的尖锐并未把我伤害。
一切皆可转化，
只要高处的光芒还在照耀。

我们爱美丽往往胜过爱真实。
灌木的影子落在石板路上，
比灌木（土绿色）还美：
温柔的黑夹杂纯洁的白（像气孔在呼吸）。

我踩上去，它们却跳到我脚上，
迅速闪过鞋子的斜坡。
而栅栏长长的影子
像慈爱有力的手掌把它们笼罩。

王寒山，原名闵光涛，1966年出生，湖北广水市人，复员军人，自修大学结业，中国神龙文化研究院副秘书长，中国诗歌网驻站、特邀、推荐认证诗人，中国微诗体诗歌协会常务理事。1996年秋至年末，短暂北漂。

大雪中的北京（节选）

王寒山

大雪中的北京（节选）

1）
1996年北京的一场初雪里
一处处灯红酒绿的夜宴
撩拨着一个不速之客的心弦
西站车水马龙
在去通州的公交车上
开始与陌生的首都交流
梦想从干瘪的烧饼上开始
商场排骨摊位上的台秤
淘汰了我不精密的数学
又悻悻来到昌平
报刊社临杂工的美梦也破灭了
最后一站 租住在房山区
一家药店接纳了我
谋了个驻店"导医"的差事
毕竟是二炮某部医院退役军医
与患者勾通还能勉强应付

3）
药店的工钱勉强维持
吸烟的恶习败于意志
她是我赊欠的商店业主
偶尔过来串门
一个小我一轮的靓丽女孩
我感觉是为讨帐而来
她却送来了荤菜盒饭
落魄之人的客套话尤为苍白
断然不敢有半点非分之想

我蓬松的长发 零乱的胡须
身着碍眼的褪色军装
一副未老先衰的寒酸之态
目光里的骨气只会扼杀机遇
我痴迷在昏暗的灯光下
与一些中外名著纠缠不休
善良的女孩容易错托终身
为了爱 我决定委屈她一生
我们去游故宫 看皇帝住过的
金壁辉煌气势恢宏的殿堂
毛主席纪念堂人民英雄纪念碑
与天安门广场庄严的升旗仪式
人流车流像跳跃的文字
穿行在我猥琐的心房里
高耸入云的摩天大楼都像天堂
我用卑微的心灵
丈量着我与天堂的距离
落伍于时代的男人最可悲
便自负起来"我必非久困之人"
脑海里的高雅逻辑彻底塌陷了
禁不住声嘶力竭地呼唤着
"我要去赚很多的钱
养活属于我的女人"
悲怆的声音充斥在首都夜空
女人的热泪令人怜爱
一个月的工资买了一对金耳环
却不知戒指才是合适的信物
难怪她后来说我不懂女人心

刘勇，男，1978 年生，祖籍江苏，北京大学中文系中国当代文学专业硕士毕业，现居宁波，有诗歌、小说等作品发表，并作为编剧创作了多部电影。1996—2000 年、2005—2008 年，两度在京。感言：北京的丰富性让人难以忘怀。

圆明园（5首）

刘勇

圆明园

仿佛敲碎的冰块蘸着黑泥
冬日的下午短暂如所有往昔
湖泊和小山岭抱成一团
那么多的好兄弟，好得像要死去
再抱紧些，管它莲花凋敝
冰面上插满整个枯萎的夏季
曲折的桥梁通往孤零零的岛上
喜鹊在寻找什么，又"呀"地飞起
微笑的仙人承起白玉的大盘子
为什么没人和他结为露水夫妻？
不怕冷的野鸭还在恋爱
红色的脚蹼拍打出成双的涟漪
绒球般的小雏刚学会潜水
在它消失的片刻，同伴焦急地呼唤
你在哪里？夕阳于一瞬间暗去

醒

在北国的午后醒来
像一片落叶
被腐烂托举出水面
窗外有一丈的高墙
偶尔麻雀在墙头的草中跳跃
此刻它们去了哪里
那些灰色的标点？
挣扎着挣扎着我坐起来
睡皱的皮肤仿佛荒凉的原野

泗海

灰黄的海面
莲花般的锐角起伏不定
我沉浮其间
脚掌下掠过平静的鱼群
他们满嘴利齿细密
却身着金黄色的僧袍
游动着，保持沉默的队形
我不知道，他们是否与我同行
是去朝觐那座寺院之岛
还是赶赴一场葬礼
在万千莲花之下
他们游动的光芒
照亮了我的身体

往生

我站在你的身旁
你在火中燃烧
锅炉轰鸣着
像一台巨大的发动机
它应该属于太空
却沉重地在地面匍匐
高窗上，黑色的风叶转动
在这间屋子里，这里
你的三个儿子
一个女儿，以及她的女儿
正在哭泣
他们的泪水比我更咸
火中的你那么平静
一点点地
也让我们平静下来
"这是往生，是去极乐世界"
当家师傅低声劝说
她也是位慈祥的老人
是她让我们进来
最后一次，和你在一起
但是，穿牛仔裤的烧炉工

从小孔里窥视过几次
终于拉开小门 将长柄铁耙伸进去
重重地拍打……
"母亲……"
有亲人顿时跪坐于地
合十的双手在暴风中颤抖
我抱住爱人的肩膀
仿佛那是座沉没的岛屿
"不要哭，不要牵绊她的脚步"
师傅的话仍在耳边响起
提醒我们仍是肉身
而你呢，轻轻越过这一瞬
已是一颗颗彗星
当你冷却下来
那盘浅粉色的碎末里
只有烧黑的钢制假牙框
是你最后留下的有形

电动船

关掉引擎，一家人停在了湖面上
两岁的女儿被野鸭吸引
妻子眯起眼睛
阳光里没有一丝风
丈夫反复诉说
水深二十米，掉下去没有机会生还
他想起冬季的北京
那个黄昏，跨过冰上的裂缝
从岸边去往荒芜的小岛
冰下的水，比这里还要清澈
那时他一个人，倾听
冰层间的哨音此起彼伏
在这个春日，他关掉引擎
换取同样寂静的片刻
手却不曾离开那个旋钮
他注意到扩散的水纹
船尾正按惯性缓缓甩动

乐源静雯，原名朱静雯，生于20世纪70年代末期，云南昆明人。做过乐队、音乐制作人、音乐教师，出过音乐专辑。现写诗、画画、弹琴。于2001—2002年，放弃大学教师工作和考研机会，独自北漂，混了一年独立音乐人。感言：生命中北漂的机会只有一次，我无悔。

在北漂的日子里（组诗）

乐源静雯

地下室

隔壁的夫妻
从东北某旮旯来
吵架声
传到了地下三层

男的叫嚣着
不是我把你带出来
你还要被天天搞

女的疯吼着
不是我被天天搞
你哪有钱带我出来

两人厮打
日子一久
也没人劝了

第二天
两人在热吻中
去买菜
去打工

三里屯

我以为
三里屯
就像上世纪的巴黎
文人云集

艺术横行

那天
背着我的琴
激动地去

一路尽都是
同性的
钢管的
摇头的
要拉我进去

我回头打了辆车
准备逃离
却被堵塞的交通
逼得
观赏了一组
灯红酒绿

学院

小叔带我认识了几个
学院的人
学院的名字
很响亮

我差点掉进去
"烤"了"烟"
发现烟丝不怎么香
包装倒挺好看

然后回到地下室
扔掉一堆
厚厚的书
与乐队的哥们姐们
一起
骂起了学院

暖气

冬天
南方人的我
住进了京城的四合院

古老的暖炉
要带着
口罩
帽子
换蜂窝煤
掏煤灰

送煤的人
耍着京腔
讨价还价
还爱搬不搬

不小心熄了
得向对面的大妈
根据心情
借个火种

在电话里告诉妈
暖气供应着呢
然后躲进被窝里
深深地哭泣

鬼街

一条火锅的街
一条扎啤的街

多年后
听说被拆了
不觉黯然

那时
一群人

演完
围坐在火锅旁

干着杯
唱着歌
抱着
哭着

诉说着经历的不易
高喊着友谊万岁

那些声音
也跟着
被拆了

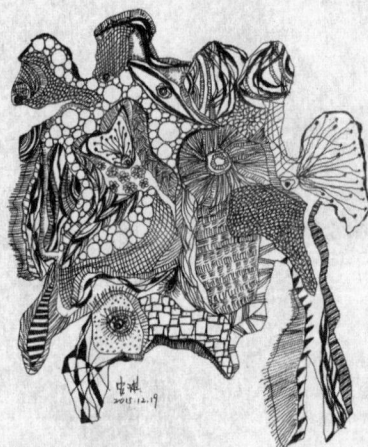

白连春（1965—）四川泸州人。笔名李当然，当过军人、农民，曾任《北京文学》编辑。著有小说《天有多长地有多久》、诗集《一颗汉字的泪水》等。感言：北京是中国的首都，当张开胸膛拥抱每一个中国人。

若（外4首）

白连春

若

若我燃烧，任我灰烬。
若我死了，等我腐烂。
若我侍候庄稼，给我一地球土地让我流汗，给我十亿人民让我养育。
若我飞，埋下你的脸，看我如何把露珠吻上你的睫毛……

我的眼睛里噙着狂沙十万里

我的眼睛里噙着狂沙十万里，怎么
忍得住不流泪？我的胸膛里燃烧着
烈火十万里，怎么忍得住不化为
灰烬？我的生命里既茂盛着又枯萎着野草
十万里，怎么忍得住春天和秋天交替
又怎么忍得住我不长成大地的一部分
我的心里沉默着十万个你，坚守
贫穷和疾病，叫喊着十万个你，捍卫
朴素和善良。我痛，我苦，前仆后继
血溅村庄和城市，怎么忍得住不恨你
我伤，我死，死了一次又一次
每一次都死无葬身之地，怎么
忍得住不一生又一生地恨你？你是
我的梦我的诗我的故乡我的祖国
我全世界所有的人民也是我唯一的人民
其实我就是十万个你。其实我只是
芸芸众生之一。我流泪。我化为
灰烬。我长成大地的一部分
都是因为只是因为：我，无怨无悔地爱你

到处是金子，孤独的，贫穷的

到处是金子，孤独的，贫穷的
这个在街边卖烤红薯的女人
满脸笑容，比烤红薯还香
这个鞋匠，一条腿空空荡荡
风雨无阻，天天准时出现在街口
这个捡破烂的老人，手很黑
脸很黑，头发却很白
这些从早市买了菜回来的人
大包小包拎着，挎着，背着
这些刚从火车或长途汽车上下来的人
疲惫，迷茫，看着大街
这些骑车的挤公交车的走路的人
这些修车的修锁的绿化的送水的快递的人
这些厨师服务员保安
这些扫大街的和扫厕所的人
这些装修工人售楼先生美容小姐
所有的人，他们孤独贫穷
普通善良，都默默地
闪着光，都是金子，值得人间珍藏

乡愁

我在春风中闻到你妈妈我想你了
我在白菜里尝到你妈妈我想你了
我在云朵上追赶你妈妈我想你了
我在泥土下抱紧你妈妈我想你了
我的呼吸颤抖着你妈妈我想你了
我的泪水苦难着你妈妈我想你了
我的血液焚烧着你妈妈我想你了
我的骨头磨损着你妈妈我想你了
我痛我哭我吃不下我睡不熟。我生我死我正腐烂我已消失
无数星星堕落的夜晚，无数太阳成灰的白天，无数辉煌的废墟，无数死人的梦
无数钻石被伤口吹抚的光芒，妈妈，我真的想你了
我对你的想，时间和空间都无法抵挡
我对你的想，大海和地球是最好的两个见证
妈妈，我想你了，我知道你也想我，我们的想是被保佑了的
我懂得没有神没有佛也没有主，但是，我需要你的乳汁养育

我需要你在我身边好好的
一直
我要妈妈。我要祖国。我要全部祖先。我要所有故乡。我要每一个你
我不叫白连春。我叫人间。庄稼地边一棵草的根是我的家

毕昇（约970年—1051年）

你的发明造就了书，使读书这个快乐的梦想成为家常便饭
因为快乐太多，就显不出快乐了
现在，更多的人已经不读书了，更多的人玩游戏
吃得太饱，他们玩饥饿游戏；活得无聊，他们玩死亡游戏
生命太平凡了，他们玩各式各样刺激的游戏
什么刺激玩什么：抢劫，杀人，被杀，吸毒，活埋……
把圣洁的诗歌当排泄物玩
一个人人笑傲江湖游戏生命的时代已经全面降临
早先，你只是印刷铺工人，由于天天手工印刷太辛苦
你发明了胶泥活字印刷术
被认为是世界上最早的活字印刷技术
真正意义上的书由于你的发明来到了
我坚信书是人类最美妙的奇迹，只有人才会读书
猪和狗都是不会的，有些狗虽然比人贵比人聪明，仍不会读书
读书是人的专利，是人心灵的需求
是人和普通动物相别区的惟一方法
为什么读书的人越来越少了？
为什么更多的人宁愿娱乐至死？死了都要娱乐？活着比僵尸还娱乐？
是社会进步太快了，是诗已经脏了，还是今天的人真的猪狗不如了？

后记 | 北京是一个锻炼人的地方

文 / 安琪

写后记，写什么呢？一本书总要有后记，才有头有尾，"头"由师力斌写，他是大博士，一定写得精彩。"尾"怎么办，我想了一天，起了好多次笔，又都删去，怎么写都写不好。内心太重视，太重视就有压力。为什么会"太重视"，因为这确实是一个有意义的选本。

这年头，编一本诗选也不是很难的事，为什么就这一本有意义，因为它是北漂诗人的第一次集结。北漂这个概念已经很旧了，旧到不用名词解释大家就知道指的是什么。那些个因为各种原因从自己所在城市来到北京求生求发展的，那些个在北京求学毕业后不愿意离开却又没分配在北京某个体制内单位工作的。一句话，那些户口不在北京的，被称为北漂。户口这制度从春秋战国时代就开始了，一直到今天还是政府管理百姓的主要办法。建国后曾有一段时间，人是不能随意走动，只能呆在自己出生的地方。好在改革开放后，政策开明了，允许人员流通，北京作为首都，各种资源集中，就业空间又大，且又具有神圣性和神秘性，自然成为社会各阶层有抱负的人的首选。到北京当然得有一点点抱负，一个人背井离乡来到偌大的陌生的京城，没有这一点点的抱负支撑，恐怕会垮下。

除了少部分幸运儿是携带着资本进驻北京以外，大部分北漂中人是赤手空拳来到此地，一切从零开始。以笔者为例，北漂13年，把北京的东西南北中都住过，搬了10次家，筒子楼也住过，塔楼也住过，蜗居也住过，办公室也住过，摇摇欲坠的小平房也住过……每搬一次家都很仓皇，东西基本都丢在原地。但北京这地方有一个好处，高手多，能到北京的敢到北京的基本就没孬人。我从刚来北京时的自以为诗歌天下第一，到现在看到谁都比我厉害，就是到北京后自我认识的清醒。"日日新"在北京是常事，它让你充分体会到生命的活力、一日三省吾身的必要，和知识的精进。

如前所述，北京的就业空间大，许多体制内的单位也向外招聘职员，体制外的个人公司就更多了。而在二三线城市，就业空间相对小，就业压力更大。一旦你从二三线城市辞职北漂，就注定回不去故乡，回去的话真是没事可干。这也是我为什么再艰难都要留在北京的原因。在北京也并不是都艰难，如果你应聘到好单位，还是有很大的发挥余地，毕竟北京平台高。据我的观察，和我大体同时北漂的朋友，13年来都找到适合自己的路子，有的成立了公司，有的成为著名导演，有的在国家机关工作顺风顺水，老话说，坚持就是胜利，真是如此。北京是一个锻炼人的地方。

也有离开北京的。那是家乡还有一份工作等着他 / 她，或者当初停薪留职，还保留有一碗饭，或者在北京挣了大钱回去安享，或者另外找到一个更合适的城市去落足。但生命中毕竟曾有过北漂的历史，只要生命中曾北漂过，便有一份回望。因此本书也把他们收了进来，让他们"以曾经北漂者的身份进入这样一部独特的诗选"（蒋立波），留下自己与北京这座城市相互进入的痕迹，用卓越的文本汇入"诗歌史的剖面"（王夫刚）。

本书第一辑给了现居北京的北漂中人，近百位入选者提供了他们近百种人生样态。在为本辑作者排序时我们遵照周瑟瑟的建议，按照进京时间由迟到早的顺序，有一种前赴后继感，也是一代代人北漂的明证。周瑟瑟在北京已买房买车，对他而言，"北漂已是一场疑固的梦"。和他同样没有"漂"感的还有老巢、爱斐儿，前者 1993 年从安徽巢湖来到北京，"第一次踏上帝都的土地，就有种莫名的认同感，恍惚中，好像是旧地重游"，这种感觉很有意思，兴许与中国人的轮回观有关。后者秉持"心安即是家"的原则，北京在她看来，"只是我的又一个安居之地"。如果每一个北漂中人都能像他们一样待北京如己家，焦虑和恐慌就会少一些。

当然，大部分北漂中人还在努力的过程中，他们用诗记录了自己的汗水、泪水与展望，有时也有按捺不住的悲愤。他们代表众多外省到京人写下了他们在北京打拼的现实，作为时代的一个见证，我们需要这样的诗篇，"我们住在北京城的地下室里 / 日复一日地为生存而奋斗着"（杨泽西）。只要奋斗之心犹在，北京，最终会给你灿烂的阳光。

在征稿过程中，我们也遇到了一些拒绝，主要是对"北漂"一词有抵触，觉得它不够体面，心理接受不了。我们尊重他们的"拒绝"，但坚持认为，北漂只是一个人作为物质的身体的位移，在全球化的今天，空间的置换是一种很普遍的现象，"从马和骆驼，船只和汽车，再到飞机和高铁，'漂'越来越快"（林茶居），一个人精神的运转有可能在这越来越快的"漂"中失控，也有可能在这越来越快的"漂"中被激发出无限可能，端看你如何处置。对这点，收入本书的诗人们已用他们各具表情的诗作作了回答。

感谢中国言实出版社颇具战略意义的眼光决定出版《北漂诗篇》，中国首部反映北漂诗歌群落创作状态的《北漂诗篇》的出版，将提供给读者"北漂中人在不确定状态下所确定下来的诗篇，使隐逸的身份重新说起，让模糊的历史再次擦亮"（周瑟瑟）。

2017 年 1 月 20 日于北京不厌居